寂寞的灵魂

南星作品全集

南星 ◎ 著
吴佳骏 ◎ 编

SPM 南方传媒 | 花城出版社
中国·广州

图书在版编目（CIP）数据

寂寞的灵魂：南星作品全集 / 南星著；吴佳骏编. -- 广州：花城出版社，2023.7
ISBN 978-7-5360-9969-2

Ⅰ.①寂… Ⅱ.①南…②吴… Ⅲ.①中国文学－现代文学－作品综合集 Ⅳ.①I216.2

中国国家版本馆CIP数据核字(2023)第062633号

出 版 人：张　懿
责任编辑：张　旬
责任校对：李道学
技术编辑：凌春梅
封面设计：介　桑

书　　名	寂寞的灵魂：南星作品全集
	JIMO DE LINGHUN : NANXING ZUOPIN QUANJI
出版发行	花城出版社
	（广州市环市东路水荫路11号）
经　　销	全国新华书店
印　　刷	佛山市浩文彩色印刷有限公司
	（广东省佛山市南海区狮山科技工业园A区）
开　　本	880毫米×1230毫米 32开
印　　张	17　1插页
字　　数	400,000字
版　　次	2023年7月第1版　2023年7月第1次印刷
定　　价	88.00元

如发现印装质量问题，请直接与印刷厂联系调换。
购书热线：020-37604658　37602954
花城出版社网站：http://www.fcph.com.cn

作者像

《蠹鱼集》，沙漠画报社，1941年2月1日出版。

《松堂集》，新民印书馆，1944年4月30日出版。

《甘雨胡同六号》,文艺时代社刊行,1947年出版。

《石像辞》,上海新诗社,1937年6月1日出版。

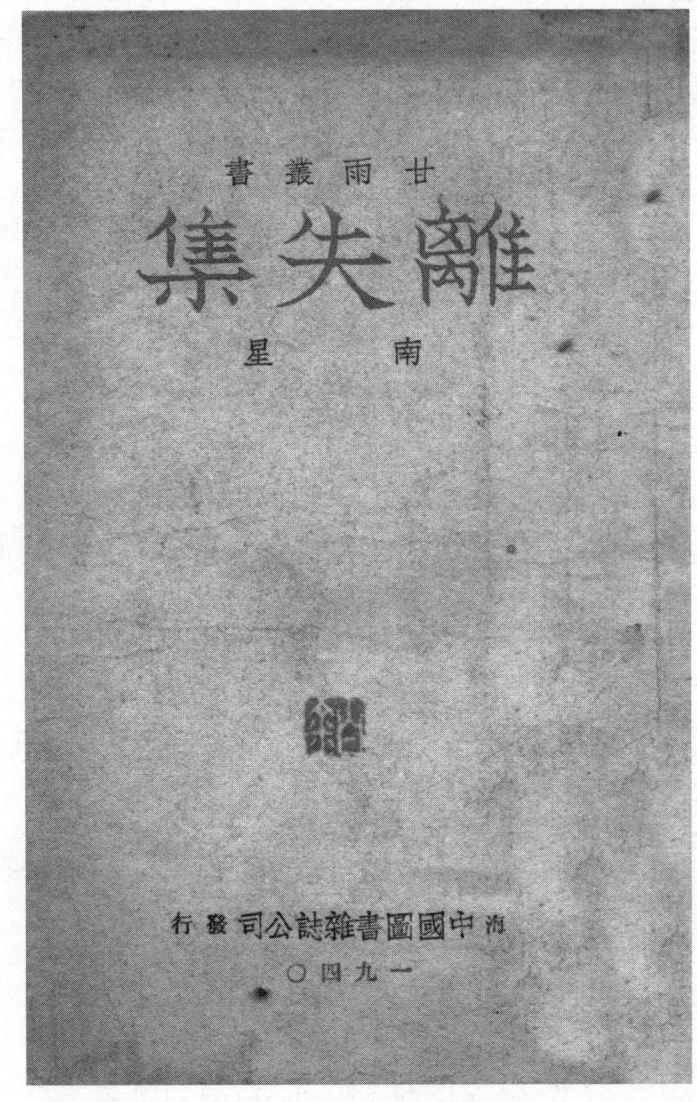

《离失集》，上海中国图书杂志公司，1940年6月1日出版。

诗人南星（代序）

张中行

几年前写琐话，虽然只是篱下的闲谈，却也有些清规戒律，其中之一是不收健在的人。几年过去，外面开放的风越刮越猛，草上之风必偃，于是我想，如果笔一滑，触犯了这个清规戒律，也无妨随它去。因为有这也无妨的想法，于是想谈谈南星。拿起笔，忽然忆及十几年前，被动乡居面壁的时候，为消磨长日，写过一篇怀念他的文章。翻检旧书包，稿居然还在。看看，懒意顿生，也是想保存一点点情怀的旧迹，于是决定不另起炉灶。但后事如何又不能不下回分解，所以进一步决定，那一篇，1975年最热的中伏所写，照抄，然后加个下回分解的尾巴，以求能够凑合过去。

以下抄旧稿。

不见南星已经十几年了，日前一位老友从远方来信，里面提到他，表示深切的怀念之意。这使我不禁想起许多往事。

南星原名杜文成，因为写诗文永远不用原名，用南星或林栖，于是原名反而湮没不彰。我们最初认识是在通县师范。那是二十年代后期，我们都在那里上学。他在十三班；我在十二班，比他早半年。在那里几乎没有来往，但是印象却很清楚。他中等身材，清瘦，脸上总像有些疙瘩。动作轻快，说话敏捷，忽此忽彼，常常像是心不在焉的样子。对他印象清楚，还有个原因，是听人议论，他脾气有些古怪，衣服、饮食、功课、出路，这类事他都不在意，却喜欢写作，并且已经发表过诗和散文，而且正在同外边什么人合办名为《绿洲》的文学刊物。我当时想，他的像是心不在焉，其实大概是傲慢，因为已经上升到文坛，对于埋头衣食的俗人，当然要不屑一顾了。

我的推测，后来才知道，其实并不对。——就在当时，也常常感到莫名其妙。他像是有些痴，但据说，聪明敏捷却超过一般人，例如很少温课，考试时候漫不经心，成绩却不比别人差。这样看，特别聪明像是确定的了，但也不尽然。有一次，九班毕业，欢送会上，代表十三班致欢送辞的，不知道为什么选上他了。十班、十一班，十二班，欢送辞都说完了，他匆匆忙忙走上台。面对会场站了很久，注视天花板，像是想致辞的开头，但终于说不出来。台下先是隐隐有笑声，继而变为大笑。笑了两三阵之后，他终于挤出半句"九班毕业"，又呆住了，他显得很急，用力补上半句"很好"，转身就走下去。又引起全场大笑。是没有腹稿呢，还是临时窘涩忘了呢？后来一直没问过他。总之，当时我觉得，这个人确是很古怪。

之后，恰巧，我和他都到北京大学上学了。他学英文，我学中文，不同班，也不同系。来往更少了，但是还间断听到他的消息。他英文学得很好，能说能写，造诣特别深的是英国散文的研究。还是好写作，写了不少新诗，也写散文，翻译英国散文和小说，而且据说，在当时的文坛上已经有不小的名气。脾气还是古怪，结了婚；女方也是京北怀柔县城里人，人娇小，也很聪明，结婚之后才学英文，也说得相当流利。生个女儿，决定让孩子学英语，于是夫妻约定，家中谈话限定用英语。这使很多相识感到奇怪，也有些好笑。大学毕业以后，他到中学去教书，可是因为像是漫不经心，又同校当局少来往，总是任职不长。生活近乎旅行，兼以不会理家，经常很穷。

不记得怎么一来，我和他忽然交往起来。他常常搬家，那时候住在东城。房子相当好，室内的布置却很奇怪，例如日常用具，应该具备的常是残缺不全，用处不大的玩物却很不少。书也不多，据说常迁居难免遗失，有时候没钱用还零碎卖一些。女儿已经五六岁，果然是多半说英语。家中相互像是都很体贴，即使是命令，也往往用商量的口气。我的印象，这不像一般的人家，却很像话剧的一个场面，离实际太远。

交往渐多，更加证明我的判断并不错。他生活毫无计划，似乎也很少想到。读书，像是碰到什么就翻一翻，很快，一目十行，不久就扔开。写作也是这样，常是旁人找上门要稿子才拿笔，也很快，倚马千言。字却清朗，笔画坚实稍带些曲折，正是地道的诗人风格。我有时感到，他是有才而不善用其才，有一次就劝他，无论治学还是治生，都不宜于这种"信天翁"的态度。治学无计划，不进取，应该有成而竟无成，实在可惜。治生无计划，不进取，生活难于安定，甚至妻子不免冻馁之忧，实在可怕。他凝神听着，像是也有些慨然，但仍和往常听旁人发表意见一样，只是毫不思索地随着赞叹："是是是，对呀！"赞叹之后，像是又心不在焉了。说也奇怪，对于帮助旁人，他却热情而认真，常是做的比人希望的更多。自然，除了有关写作的事务之外，做得切合实际并且恰如其分的时候是比较少的。

对于一般所谓正事,他漫不经心;可是对于有些闲事,他却兴高采烈。例如喜欢游历就是这样,不管他正在忙什么,只要我去约他,他总是站起来就走。有一年,我们一起游了香山,又一起游了通县。在通县北城墙上晒太阳,看燃灯塔和西海子,温二十年前的旧梦,想起苏诗"人生看得几清明",他也显得有些惆怅,像这样陷入沉思,在他是很少见的。

果然不出所料,他搬了几次家之后,生活无着,又须搬家了。新居已经找到,但是没有用具,问我怎么办。我帮他去买,到宣武门内旧木器铺去看。他毫无主见,还是我建议怎么办,他随着点头说:"是是是,对呀!"只有一次,他表示了意见,是先在一家看了一张床,转到另一家又看一张床,问过价钱之后,他忽然问店主:"你这床比那一家的好得多,要价反而少,这是为什么?"问得店主一愣,显然是很诧异了。那时候旧货都不是言不二价,这样一问,当然难得成交了。离开以后,我说明不当赞美物美价廉的理由之后,他自怨自艾地说:"我就是糊涂,以后绝不再说话。"

迁入新居没有多久,在北京终于找不到职业,他决定往贵州。我曾劝他,如果只是为吃饭,无妨等一等看,这样仓卒远走,万一事与愿违,那会得不偿失。但是他像是已经绝了望,或者对于新地方有幻想,终于去了。不久就来信说,住在花溪,水土不服,腹痛很厉害,夜里常常要捧腹跪坐,闭目思乡。这样大概有一年多吧,又不得不回北京了,自然又是囊橐一空。

后来找到个职业,教英文翻译,带着妻子搬到西郊,生活总算暂时安定了。我们离远了,兼以都忙,来往几乎断了。只是每年我的生日,正是严冬,他一定来,而且总是提着一包肉。难得一年一度的聚会,面对面吃晚饭。他不喝酒,吃完就匆匆辞去,清瘦的影子在黄昏中消失。这样连续有五六年,其后都自顾不暇,才渐渐断了消息。最后一次是妻去看牙,在医院遇见他,也是去看牙。妻回来说,在医院遇见南星,苍老多了,还是早先那样神魂不定的样子,在椅子上坐着候诊,一会儿去问问:"该我了吗?"急得护士说:"你这个人,就是坐不住,该你自然叫你,急什么!"他问我好,说自己身体不好,越来越不成了。这话当然是真的,近些年来,不要说他的诗文,就是信也见不到了。

我有时想到他的文笔,词句清丽,情致缠绵,常常使人想到庾子山和晏几道。他的作品,零篇断简,也不算少,只是大部分散失了,我手头只有两三本诗集和一本散文《松堂集》。他的译文婉约流利,如《吉辛随笔》《呼啸山庄》等,我都爱读,可惜现在都找不到了。这使我很惋惜,有时候想到张华对陆机的评论,旁人患才少,陆机患才多。南星似乎也是患才多,或者说患诗情太多。诗情太多,以致世情太少,用俚俗的眼光看,应该建树的竟没有建树,至少是没有建树到应有的高度。例如与他同时的有些人就不然,能够看风色、衡轻重,多写多印,就给人一种大有成就的幻象。"文章千古事,得失寸心知",乙夜青灯之下,偶然找出南星的小诗看看,情深意远,动人心魄,不禁就想起杜老的这两句诗来。

我常常想到他,但不敢自信能够完全理解他。有些人惯于从表面看他,冲动,孩气,近于不达时务。其实,南星之为南星,也许正在于此。我个人生于世俗,不脱世俗,虽然也有些幻想,知道诗情琴韵之价值,但是等于坐井中而梦想天上,实在是望道而未之见。南星则不然,生于世俗,而不黏着于世俗,不只用笔写诗,而且用生活写诗,换句话说,是经常生活在诗境中。我有时想,如果以诗境为标准而衡量个个人之生,似乎有三种情况:一种是完全隔膜,不知,当然也不要;另一种,知道诗境之可贵,并有寻找的意愿；还有一种，是跳过旁观的知，径直到诗境中去生活。南星可以说是最后一种。我呢，至多只是前两种之间，每念及此，就兴起对南星的深切怀念。

以下写下回分解的尾巴。

由1975年之后写起。1976年夏，唐山大地震，乡居的房子倒塌，我借了懒的光，在北京妻女的家里寄食，逃了一命。其后，乡以无下榻地的形势逐客，京以政策又变的形势纳客，我长安又见，重过写稿改稿的生活。许多久不通音问的相识又通音问了，于是转一两个弯，知道南星原来近在咫尺，他因为身体不很好，原单位请而坚决辞谢，回怀柔老家，悠然见北山去了。其时是1979年，又是中伏，我旧忆新情，中夜不能入睡，不免又是秀才人情纸半张，诌了两首歪诗，题为《己未伏夜简南星二首》：

其一
诗书多为稻粱谋，惭愧元龙百尺楼。
戏论几番歌塞马，熏风一夜喘吴牛。
也曾乞米趋新友，未可传瓜忘故侯。
后海晨昏前日事（曾同住北京后海北岸），不堪燕越又三秋。

其二
一生能见几清明，久别吴娘暮雨声。
岂有仙槎通月府，何妨鹤发住春城。
青云兴去依莱妇，白堕香来曳老兵。
安得秋风三五夜，与君对坐话归耕。

其后当然是抄清，贴四分邮票寄去。不久就换来连古拙的字也充满诗意的信。信末尾抓住"秋风三五夜",敦促至时一定前往,不许食言。我没食言,而且连续几年,去了不止一次。同游怀柔水库,独饮什么什么老窖(南星是不饮酒的诗人),闲话今人昔人,香文臭文,等等,都可不在话下。住一两夜,回来,路上总是想,他住在小城之郊,柴门独院,抬头可以看墙下的长杨,低头可以看窗前的豆棚瓜架,长年与鸡兔同群,真可以说是归耕了;我呢,也"话归耕",至于行,还是出门挤公共车,入门写可有可无的文章,在人生的路上,远远落在南星之后了,惭愧惭愧。

目录

蠹鱼集

003　沙果
005　小别
009　佳日
012　留别
015　赠答
018　梦雨
020　海棠
022　迟暮
024　岁末
027　二月
029　小病
031　东城
034　安息

松堂集

第一卷

040　松堂
043　寒夜
046　留别
049　家宅
053　冬天
055　夜食
058　骡车

第二卷

062　悼失一
064　悼失二
066　故人一
069　故人二
071　黄叶
073　寄远
076　江水笺

第三卷

080　寄北一
083　寄北二
086　来客
089　记念
092　桃林
096　夜读
099　我的诗篇

第四卷

105　蠹鱼
108　求乞者
110　刊物创办者
112　往昔

001

114 祈祷
116 友人之树
119 古老的故事

第五卷
122 谈小泉八云
140 谈劳伦斯的诗
150 谈霍斯曼
156 谈泰戈尔的《黄昏之歌》
163 谈露加斯
177 谈白洛克
183 忆克木

甘雨胡同六号

191 我在J的家里
194 走在一条长长的河岸上
196 宿舍的主客
199 甘雨胡同六号
202 山城街道
205 寂寞的灵魂
208 锡兵
211 旅店
213 十二月

散文·集外
217 更夫
220 庭院
223 诉说
226 晓行
228 秋花
231 忘记
233 寒日
235 露斯
241 读闻青诗
247 读《出发》
258 《山蛾集》后记
262 《作文杂谈》读后记

石像辞

第一辑
284 寄远
287 遗失
289 河上
291 城中
293 巡游人
295 石像辞

第二辑

298　忧虑

300　访寻

302　别意

304　诉说

306　静息

308　谢绝

第三辑

310　五月

313　一念

316　蛰居

319　不见

322　寒日

325　有赠

月圆集

第一辑

332　月圆

333　蟋蟀入室

334　久行步街

335　晨起

336　寒露

第二辑

338　送别一

339　送别二

340　送别三

341　黄昏

342　夜行

第三辑

344　登高

345　幽囚

346　有约

347　雨雪

349　岁暮

山灵集

第一辑

354　山灵

355　新月

357　白云

359　织女星

360　游思

第二辑

362　缝衣

364　久行步街

365 飞雪
366 问讯
367 夜宴

第三辑
369 初春别
370 不寐
371 月台
372 祭妹
373 折枝

三月·四月·五月

377 柳丝
378 深院
379 轻梦
380 桥梁
381 船
382 花束
384 杨花
386 宝藏
387 纸页
388 烦忧
390 高楼
392 雨岸
393 报偿

394 颤慄
396 赠礼
398 海
399 河
400 约言
401 黄昏
402 密语
403 声音
404 使者
405 小夜曲
406 谎言
407 苦难
408 倾听者

诗·集外
411 守墓人
413 遗忘
415 壁虎
416 黎明
418 响尾蛇
420 群星

附录

425　不要忘了南星的散文 / 陈子善

428　关于南星先生 / 扬之水

436　南星的《松堂集》（外两篇）/ 姜德明

439　读《甘雨胡同六号》

442　南星与《文艺时代》

444　南星与《春怨集》/ 刘福春

453　《春怨集》序

456　《春怨集》后序

458　《春怨集》编订后记

460　海豚驮来了那颗南星 / 沈胜衣

465　情系甘雨胡同六号 / 王圣思

488　南星和王辛笛的晚年交往 / 高卧东山

497　诗人之贫困（附：跋《寄花溪》）/ 纪果庵

504　跋《寄花溪》

后记

510　寻找南星 / 吴佳骏

南星
作品全集

蠹鱼集

沙 果

雨天里听见叫卖沙果的声音,就觉得在屋中坐不住了。

天空低低的,雨从早晨继续到下午,中间略有一些间断,声音并不沉重,而且带来轻微的寒凉,虽然院中杂草仍是丰盛的,也令人想到似乎到夏秋之交了。若没有这一点雨,季节的更替也许就毫无痕迹吧。远方的信不来,一个完全寂寞的日子。

没有伞,从屋里走到家门外,身上也淋了一些水滴。开了门看见那正停在门外的卖沙果的人,衣服几乎全湿了,神色上看来似乎对这小雨不以为意,那叫卖的声音更显得悠长可听。

"为什么这么不好看呀?"

"今年水大,果子都淹坏了。看着不好,吃起来倒很好。"

"那么可以贱一点卖么?"

"这都是从山里驮来的,本钱不小哪。"

带着一堆微红的沙果回来,放在桌上,屋里开始有淡淡的香气了。

对着这些小小的水果觉得有些生疏,是今年第一次看见,也似乎几年来只有这一次。久已不回家,那山中的小城又早到满街水果的时候了吧。清早市上就热闹起来,一筐接着一筐,都是刚离了枝的,带着有香气的叶子,鲜艳的颜色上罩着一层白霜。人们的语声又诚挚,又亲切,争价的事几乎没有,过路人也可以拣取几个不受阻拦,仿佛都觉得既然到了水果成熟的好季节,每人都该分享一点。狭窄的街道上夜间才会寂静起来,打更人过去之后,只剩下几棵老槐树和极其柔和的月光,而对着家门的那个水果摊并没有撤去,只是每一筐上都有了覆盖,它们的主人卧在一个廊下,熟睡了,盖了薄薄的被子,没有深夜的顾客会去叫醒他。

Y说昨天遇见从家乡来的人,正是经纪果品的,说下次为我们装载一筐沙果来。想着那辛勤的驴从山下果林中出来,走在崎岖的或泥水陷蹄的路上,从朝到晚,我们要给它多少感谢呢。

终日的雨。卖沙果的人已经走了。我们思念着而且担心着我们的运输者,愿意早一点听见平安的驴铃之声来到门前。

小 别

今天你终于走了。偏巧我们的院里搬来那家生人。他们的生疏的灯光和生疏的笑语不像你所想的会让我减少一点寂寞,而给我不少孤独的预感。今早五点钟,你在屋里整理东西的时候,我站在院里望了一下星星,有七个北斗星,有织女。"Y走后,在这大城里只有这几颗星星是我认识的了。"直到我们的车走在两行窗门紧闭的房屋之间的时候,我仍然这样想着。我们真没有起过这样的早。街上那么沉寂,站上又那么喧嚣。火车外那么寒冷,车中又那么闷热,没想到因为不留心开车我得以多送你一程。你知道我对于坐火车早已厌烦了,而今早我却觉得车走得十分柔和,愿你一路也有同感吧。车在东便门只停一分钟,我再不能不跳下去了。你的"雇一个车"的语声留在荒野里,天渐渐亮起来。我在野站上做了失路的人。我一直向东走去,以为那城墙的角楼之下必有一个城门。那些荒丘和崎岖的小道让我转身走回站上来,受了一个警察的询问。他说:"你不要一直向西走。过那个桥,就是那冒烟的地方。"我过了一个高桥又一个低桥，河岸旁有了一条长路。河水没有冻冰，而且流得十分活泼。有一个骑驴的人走过去。安静的两岸，树木似有生芽之意。为什么我们没有出来走一走呢？

我回来得不晚，想着，"再过一点钟Y就到家了，多么奇怪。"午饭我忍耐着自己做自己吃了，然后我整理屋子。你笑我总是搬挪不够吧。我把桌子和书架子又换了位置，也扫了地。坐在窗下，听得见表的声音。夜间我走到街上去，那些灯光像昨天一样，风却是吹面不寒的，是春天真临近了么？

风吹着每一个行人，吹着我。
我有健壮的脚步，
但我的心因怀念而柔弱了。

不知你在远处的灯光下做什么。你走了，墙壁、火炉和书籍都不向我说话，我也不愿意说给它们听，所以前几天我的"你走吧，我不怕"这句话说错了。今夜我就早一点睡吧，也为你的睡眠祈福。

你走后的第二天。天没有亮我又醒来，觉得异常寒冷。我起身，走到炉边，才发现火熄灭了。我不想再生起它来，虽然木柴和煤都是近在手下的，从前我们却常常劈几片旧木板或者去拾落枝。我离开这寒冷的屋子。天空澄净，可喜的阳光在地。寂寂的院子，我在院里伫立而且倾听，好像不久你就要来了，我倾听的是门环的声音。

下午我睡了，但始终是半醒着。睡起正是黄昏。怎能够做晚饭呢，火也没有，热水也没有，我穿了大衣，默默地走到街上去，终于走进那个我们常在那儿买面的小饭馆了。怕等得寂寞，我带了一份报纸,饭馆里的人们围着争看起来,我给了他们,他们还不住地道谢呢。那些食桌都很干净,碗箸也好,饭做得很快。我正为不得不喝汤的思想所苦的时候,"给盛一碗粥"的声音让我即刻愉快起来了。"我也要一碗。"我叫着。那粥是玉米渣做的,多么意外,多么感谢。但不久饭吃完了。我必须回到没有人的寒冷的屋里去么?我踟蹰在街头,想着除非买一点水果子吃,或者可以填补一晚的空虚,虽然我们都是没有钱的。今夜的水果必让我密藏起来,一直等到你回来的时候。这样想着,我便原谅自己的浪费了。

应该是你回来的日子了,Y。天暖,有好风,"春天的泥水满地",冰雪似乎绝不会再来。我没有炉火也不需要它了。只有饭吃得不好,那个小饭馆究竟是不可常去的,我一个人又懒得做,怎么好?

幸而夜晚很快地到了。我挤上了电车,不留心车中的拥挤和窒塞,只在心里反复地想着:你也许不回来,那么我就应该很镇静地离开车站,练习一点忍耐;如果你来了,也应该因惊喜而快乐。我下了电车,看见车站觉得有些生疏。站外只有零零落落的几个人,十分平静。但大钟的针告诉我时间快要到了。车是常常误点的,我知道。今天会不会延迟得太久呢?我在站上走过来又走过去,不愿意坐在硬硬的长椅上。终于一个警察告诉我:"这就是××的车。"我接着说:"出站了?""到站了。"他说。我连忙跑到月台的栅栏口,看着人们水一般倾泻了出来。接人的人极少,只有三四个,其中有一个孩子,见了出站的母亲,即刻迎上去拉住她的衣襟。而我始终做了观客,没有你。车站又恢复平静了。我一步一步地走出来,觉得对面的风有些寒冷。有几个声音问:"要车吧,要马车不要?"但我又走到停住的电车之旁,它开了,正好我没有上去。这城市多么令人不快。我望着天空,看不见认识的星星。

夜深回到我们的家门。门紧闭着,推不开。我敲了门环,又拍门扇,我拍了又敲。好久才听见院邻的老太太问:"谁?"然后她隔着墙壁对这位敲门的客人说:"我已经睡下了,不能开了。"以下就没有声音。我又费了许多时间,算是惊起了另一个人。

一盏小油灯。我不是应该睡了么?但我怕再有人来敲门。等着吧,等着吧。三天的别离,就给了我这么多的不安,你会不会笑我呢?

佳 日

我们在小山上,早晨,凉爽而柔和。

唯一的一棵桃树,桃花满树。昨天我们才发现桃花开了,所以春天应当从今日开始。我忍不住偷偷地爬上树去了,Y在下面笑,同时又催促我:"快点吧,有人来了。"我们跑回来,把花从开着的后窗扔进屋里来。Y说:"我知道你又有事情干了。"我洗瓶子,灌水,又把一枝剪成两枝。

"你看,你看,水牛儿。"Y指着墙。

"是么,是么。"我跑到窗户那儿,把水牛儿拿下来浸在水里。"水牛儿水牛儿快出头。"可是它不出头。

Y想要桂花,也想象着中秋。我们走在街路上,去巡视每一个花厂子,都没有桂花,只有夹竹桃、水仙,也有丁香。这院里的丁香也发芽了。在街上遇见××胡同的厨房人,向我们致问候之意。知道我的故居现在完全换了另外的人住了,我的朋友遗弃了那个有丁香树的院子已经七八个月,有一些忆想从远方飘到这儿来么。

两个客人,一个带了许多枝桃花来。今天是有桃花之日。

沉重的阴天,从上午到下午。

我们没有炉火了。阴沉的天气,寂静和寒冷。我们到堆乱东西的屋里去,找来一些木条。劈木柴的声音一定传到远远的地方。我们喜欢听这叮叮的声音。不久,烟起来了。不久,我们有火了。

温暖的欢喜的黄昏。

早起来就听雨声,仿佛从屋檐上滴落下来的。我隔窗望了小山、丛树和石道,并不太湿,只像是刚刚用水洒过。所以雨是下了不久的。

雨的上午。寒冷的日子没有人愿意出门吧,可是我们跑到街上去了,穿了大衣,仍然没有暖意。我们走在泥水中间。

身上有寒冷,脚上有泞泥。

只有Y是坚强的,不愿回家,想到水果店里去。我们问了两三家,又空手走回来。

雨住的时候还不到黄昏。窗外有人给栽种珍珠梅了,大丛的花。可是我不知道我是不是喜欢珍珠梅。

第二次在街巷中间,道路几乎变成泥塘了。Y能走,我难道不能走么?我们的鞋沾满了泥水,从胡同转入大街。我们的水果子买成了,两个大包。Y必是愿意早到家的,快点走。

树木斜斜地立在小山上,美好的图画。

第一次把躺椅搬出来,放在花房前面,Y就做了一个晒太阳的孩子。

我把纸铺在小山下的土台上,写我的字。阳光是有些刺眼的,然而,我离不开那地方。怎能够坐在屋里呢?天空也发出柔和的呼唤的声音。

窗外的树为什么不快点发芽呢?天热得使人想脱衣服。

Y用手巾盖住脸,有躺椅,有满身的阳光。我跑到堆乱东西的屋里去,前几天我们看见过的躺椅已经没有了,怎么好呢。

我从假山下搬一块石板,沉重而又光滑,像是石碑的残余,我用尽了力推着它,推到Y的躺椅旁边。我的座位一点不热,也并不阴凉。

下午,我们走在尘土太多的街上。一个背着筐子的人走来了。

"你不是爱吃苹果吗?"

Y买苹果,带了膨胀的书包走回来。

夜间有凉风。我发现躺椅仍然在窗外。

"我们出去好么?"

我们在躺椅旁想象着未来的夏天夜晚,有月亮的,多星的,和阴天的。

可是几个过路人走来了。

"呵,这山上可有一只狐狸一只狼。"一个人说。

"哪儿有呀?"我问。

"不知道住在哪儿,它们夜里常出来。"

"真的吗,我怕。"Y说。

"真的,我们回去吧。"

留 别

我茫茫然到这儿来,许多日子过得像做梦,在我心上没有留下一点值得记忆的东西。今夜似乎比前几天更平静,然而,一种新的情绪从心里生出来了。它悄悄地先告诉我说,桌上的灯这样光明,但明天就不能和它相见了,这大城中的异乡人将做一个旅客,独走上他的路程。我听着,没有回答……

窗外忽然有了声音,淅淅的,滴滴点点的,这不是雨又来访问它的相识者么?我一听见它就觉得天气即刻变凉了,甚至让我身上有些寒冷,想加一件衣服。几天来我过着晴爽的日子,为什么竟有小雨悄然而下呢?它可是知道我的行期,来做最后的会晤,或者它怕我临行时觉得不安,才带着凉风乘夜唱出悠长的歌子,让我能静静地早睡?啊,雨,请放心,今夜我必安然地闭上眼睛,因为我不想念别人,也不会被想念,我未曾独来,但也无妨独去,今夜虽睡在这大城中,我的心魂已经在北方多沙的路上了。

这一个潮湿晦暗的小屋也把我陪伴得到日子了,近几天我几乎是不回来,让它空空的,寂寂的,被抛弃了,而且,从明天起,它将永远听不见主人的声音,但那时候会又有新的主人来抚它了。我并不是不愿回来,任这可怜的屋子守着寂寞,我只是不敢回来,好像其中有什么可怕的东西;而今天我终于回来了。当我一步一步走进屋子的时候,我看见地上仍是这么潮湿,卧着许多碎纸,我抬起头,在这吱吱咯咯地响着的椅中坐下,然后四周巡视了一回。我仅有的几本书骷髅一般在桌上站立着,而且其间有一个蜘蛛在爬动,傲然而行,好像没有看见我一样,它已经占据了那一个角落……

明天是我的行期。潮湿的卧具,零落的书,也都随我回到北方的家乡去吧,让这儿暂时只余下阴森的四壁,它们永远是默默的,不会对人说出我的消息,但它们对我从来没有过淡漠的神色,在这深夜中,让我低低地对它们道一声"再见"。

我隔窗望向远方,远方是暗沉沉的,没有一颗星星。这座大城现在也昏然入睡了。我在这儿低吟,它不能听到一声。它威严地耸立着,只投给我无数的影子。当我没有来时,我忆念它像忆念我的母亲;我来了,像游子伏在母亲的怀里,我觉得温暖,到处充满了柔情。我开始了大城生活,四围的一切都很恬静,很安适。我住在一条胡同里,孩子的呼叫也毫不令人厌烦,只增加了城中的生意,小贩的叫卖时时随风而来,无论从远处或近处,都使我听了觉得安心,因为它们有时是亲切的夜歌,有时是抚慰的催眠曲。城中的房屋、树木、河水,也充分地表现出它们的古朴、幽深,令人无论在哪儿徘徊也不觉得疲倦。我还在城中的一角看见前世纪的风光,我的想象回到古代的都市里去。但这大城究竟是衰颓了,它如同一个老人,眼睛昏花,看不清在它的怀中的远客,来时它没有笑容,去时也不肯挽留一句。在这儿我过了几十天,悠长的日子,它只能让我的身体安舒，看不见我心的震荡。明天早晨，当这大城睁开它昏花的眼时，如果看得见一个异样的旅人，送他一阵晨风，那就是可感谢的了。

我曾走在街巷之间，看见我的许多同类，他们有的是守夜的老人，有的是辛勤的劳力者，还有背草的孩子，还有在河边洗衣的女人，他们都久住在这大城里，而且在我眼中现出宁静的样子，而我竟不能多留几天，我对这儿的爱恋让深切的辛酸给压下去了。现在，快要离别的时候，我的感觉倒变得迟钝起来。我昏昏沉沉的，只想伏在桌上，等到外面露出了天光。当我明天走上北方的路看不见这大城的影子时，或者会把这儿的经历忘记，如果我多留半天，光亮的太阳再照到这小屋里来，照出我的简单而零乱的东西，我的心恢复了清醒，我必为记忆中的伤痛所压倒，僵伏在阴湿的角落里。

夜是什么时候了？雨已经不在窗上击打，明天它一定不会阻碍我的行程，也许天亮时就完全晴朗起来了。我将孤身而行，这一走才是完全地无牵无挂呢。没有人知道从这屋里失去一个客人，我将像小虫一样地爬到远方，入于我爱的田野，我再不会受这大城的诱惑而重新想着它。

我闭上眼睛，眼中又出现黑色和绿色的图形了。今夜我还需要睡觉么？即使我躺下怕也不会睡得着的，我听见四壁在同声地说："起身，起身……"

还有唯一我听得见的虫声，似乎近在我的窗下："笛——笛——笛——"这声音给我以一种深切的寒意。它们也许是因冷而叫啊。是的，季候已到秋天，又下过一阵凉雨，这大城里的最后的夜让我悚然；明天我绝不会误了起身，带着一宵的冷气回到家乡去也罢。

赠 答

××：

　　读了我的不相识的朋友的诗，又接到他的来信，而我仍有了纸上的赠答。为暂时不相见的人们祝福吧，因为想象必使他们得安宁。从前有一个夏夜，我在深院中做主人，也接到一封信，写信的孩子亲自送到我的门口，然后轻轻地在夜色中走远了，为了免得我们相见相识。隔离使记忆的颜色单纯而鲜明，永不褪落。六月是长的，倾听这些轻细的声音吧。

　　有一件事我敢说你一定不曾想到的。当我从一个热闹场所淋着冷雨出来时，仿佛是知道什么在书桌上等候我。几年前就想认识你，不过苦于没有机缘，那么，这回接到你的信可以说是偶然的吗？

　　学校没意思极了，于我这未长成的人，更显得处处森然可怖。写东西的人很少，而且在我这眼高手低的人看来，都极其幼稚，除了没事时自己看看诗，和朋友玩玩 Bridge（桥牌），"Loose and neglect the creeping of time"而已。

如果必须，这是一点自己的介绍，你看了不要笑："父母是××，人，现在俱已故去，我生在××，从十四岁起开始写诗，起首的原因大概只是抄起来省事，一直到现在，我写起文字来，总是懒得要死。……今年十七岁半，身长五尺十一寸，体重很轻，只有一百零几磅。"

我寄给你的诗都是自己挑的旧稿中和你气味相近的，另外有些我自己很珍惜的诗，不过，我想你是不会喜欢的。现在已近大考，功课忙极了，暑假中我很想找你一次。

这几天的雨多像秋天呢，当我的眼光落到满窗的绿荫上时，我真想看见一棵落叶的树，那够多好玩。祝好。

××

二十九日

PS：我本星期日或星期六也许可以进城，你那两天有工夫吗？我们若能一块谈谈诗多好，不知怎的，我看到你住的地方名字时，就想象得出你也是像我一样（也许更甚些）寂寞，是不是？

××：

读你的诗觉得幸福，因为我久已没诗可读自己也不提笔了，读后就想写给你："这纯净仔细的心情是最难得的，愿你珍重地保持着它。"我很怕环境和岁日会使一个诗人平凡起来，但昨天接到你的信，知道你是那么年青①，于是我欢乐地为你祝福了。

你要来找我，我觉得又高兴又惭愧。在你想象中的我能是这样

---

① 本应为"年轻"。考虑作者的年代，故保留作注以补。——编者注

么,一个软弱的人,一个把时间廉价出卖的人,一个为贫穷和忧虑所压倒的人。然而,我怎能不愿见你呢。可惜我忙一点,每天上午上课,下午编报,只剩晚上七点半到九点半这两点钟,本星期日又恰巧约出去了,那么,假如你打算住在城里的话,盼望你星期六晚上来玩。问好。

××
二日

××:

物体常因人的本身而变,你的气质(如果允许我妄猜的话)一定常使你忧愁于别人漠然的东西,这也是没法子的事。我看世界还没有到你的程度,总想它是——

The right place for love

And I can't think of going to any place better

几次小打击还不足以改变这种性格。但你必须写下去的,不但为安慰自己,也为安慰别人,给人以一种 gift of peace。

我这星期不能进城,很对不住你。当想到我这里动笔,你也许在那边抱膝等我时,我难过极了。但一则是接到你的信过晚,二则我有许多别的约会。但暑假快来了,我会以惊异的眼色去敲你的门的。我不知你想象中的我是怎样,同样你也不一定明白我想象中的你是怎样,这种友谊是多么可爱呢。

祝福你。

××
三日

梦 雨

　　永远记得那个五月多星的夜，百药来看我。我们在灯影下谈话，虽然也说到户外的人间琐事，他的本意只是来劝我心思超脱一点，珍重自己的生活。然后我们在院中看星；真如同他所说的，它们指示着每个人的宿命。我像是忽然彻悟起来，而觉得他的话字字可珍了。

　　一个软弱的人需要看护，只要有一句启示、一声劝慰，就令人即刻脱开对这人世的厌恶之感，而觉到超乎感谢的温情。昨天我又在恶劣的心境中闭门不出，似乎去做拜访的事是不为主人设想的，但百药忽然来了，说出去走一走好。到了听见鹅叫的小道上时，我的步履已经十分有力了。我们坐在水边，望着远方有三个灯光亮了起来，黄昏的谈话是宁静的。但雨落了，没有声音地滴在水面上，轻细像蛛丝。他说："这是梦雨。"他在梦雨中展开他的诗篇。他以一章赠我，我真惭愧不能答他，更惭愧的是对那些诗篇我只能做一个平凡的读者。我觉得每一篇的结句都是极有神韵的，正和普通人的诗作相反：

"银汉与密实的星应照着
我们每一个人的宿命。"
——"怀千里草"。

清道夫门前雪扫开,
路灯还在守夜。
——"怀想母亲作"。

我喜欢"碧纱窗下读毛诗",
袅袅的青天同远人不见。
——"那蝴蝶"。

一夏天的晚上无限回忆。
——"夜晴赠林栖"。

回来时"纤缓地走过水湿的林荫路",灯光在远处,满天暗云,而脚下的泥水一时比一时多起来,我们像两个孤独的探险家一样,没有遇见一个行客。别后的途中看见在另一世界里似的许多耀目的彩色,于是抄庾子山八句赠百药并赠自己:

无闷无不闷,有待何可待。
昏昏如坐雾,漫漫疑行海。
千年水未清,一代人先改。
昔日东陵侯,唯见瓜园在。

海 棠

今夜似乎是第一个冷夜。白天虽也没有暖意,院里看得见淡淡的阳光,风响着,吹起许多沙土,却并没有带来多少寒冷。自己一个下午关在屋中,觉得天气不会怎样变化了,于是蒙眬地看起书来。

晚饭之后,在屋里坐着,有一种不可知的气味盘旋在四周。灯仍是不很亮,四壁沉静。从前我是极不愿移动的,这次决定地站起来,没有熄灯,走到门外去。

饭后散步的习惯早已没有了。我一边走,一边计划,总是想出一点事做才好,到街上去闲游似乎是不可能的。我想起水果子来,这一次就去买水果子。

我的门外正是大街。马路上几乎是完全黑暗的,如在夜深。风吹到身上,让我的心里悚然,觉得裤子也需要换厚的了。身上是两件新找出来的衣服,如在昨天穿就会发热的。我在风中走了几步,望见一个红色的灯光,那似乎是唯一的马路旁的灯光。我有一点轻微的欣慰,因为那是卖水果的人没有回家的记号。我走到灯光下,不同的水果子都摆在我的眼前了。主人像是不怕冷风的,我奇怪,他为什么不早些回家呢,在这马路上行人也少有的时候?但他的海棠卖完了,我问他明天有没有,回答是不一定。接着又说现在好的海棠已经不容易买到了。今夜我才忽然看出来他是一个老人,从前卖海棠时似乎没有看到他的面貌。我走了,一面想着自己去年住的某一个城里,那街道上的卖水果的老人仿佛更不怕冷风,每夜要守候到夜半以后的。

  风推着我向和原来相反的方向走去。那边也有一个灯火,我散步一般地走近了它。那儿竟有一个我从来不知道的水果摊子。主人不是老人,摊子上又有许多深红的小果实。我买了,装满在袋里,满意地走回来,听见不常有的风响中的脚步。

  回到院里,看见天角的月亮,半圆的,光辉很充足。月光下的房屋和树木还是黑影子,正与前几夜一样。这景象是极其适宜散步者的,但我徘徊了一会儿,身上锐敏地感到一种不舒服,即刻想到自己的屋子,更想到炉火上去了。

  这是秋天特有的一夜,也许是秋天的末夜吧。如果冬天现在到来,仿佛太早,但今夜的风已有这么逼人的力量,以后要变成什么样子呢?这样地外面去了一次,因为风冷,自己的身体也像更弱了,在想象中是一个弯腰的、步履迟慢的人。

  海棠的滋味没有改变,但其中的汁液似乎更冰冷了。我留下一小半,放在架上,明天就会把它们吃净的吧。

迟 暮

那是夏天，当我快离开这儿的时候，我对一个友人说："已经有几年了，我的饭吃得总是不舒服，茶也都是半生的，像是刚放在锅里即刻又盛了上来，小饭馆里的人一定以为我和他们另外的顾客一样地健康。我极愿意吃一点粥，但不能得到；他们虽然有叫作粥的东西，是一些硬米加一些水，让我每次吃饭时想念从前的滋味，但也只有想念罢了。"于是他说："除了在家里自己做，外面很难吃到好一点的粥，我家里虽没有别的，做粥还容易。过几天请你去吃一次。"

这语声是十分柔和的，我至今觉得感谢，虽然我仍没有到他的家里去过。近来每晚有寒冷的风，我经过许多日子的间隔，又回到这地方来了。第一次吃饭时我就有些怅然，因为摆在我桌上的完全没有变化，正和多日以前一样。我望着四壁，它们仍然负着长长的裂纹，只有屋里的土地更其阴湿了。我想，许多悠长的岁月在后面，我恐怕要命定地这样过下去了。我对于眼前的饭菜觉得十分厌恶起来。

第二天晚上，我迟缓地走出门去，在街上也听得见风击树叶的声音，我觉得自己确是一个秋天的人了。但没有想到要加一件衣服或雇一辆车子，只随着自己的迟缓的脚步过街角。我恭敬地向一个人询问什么地方有小锅卖，他指给我前面的油盐店，说："就是那卖各种青菜的地方。"于是我走进了那门槛，问他们，果然说有，但他们特别搬一个凳子从积满厚厚的灰尘的架顶上取了下来。在挑选的时间中，他们说："买一个有盖的吧，省得落进土去不干净。"我听从了。许多盖子对于锅口都不配合，这让我等待了好久，几乎有些烦躁起来，但我离开那儿时心里很轻松，因为价钱是很便宜的，而且他们告诉了我最近的米店。我见了堆簸箩中的深黄色的米，真觉得伤感而且安慰，它们与我别离太久了，我们之间充满难解的故旧之情。我把小包放在锅里，珍重地捧回来，路上还顺便买了一些水果，此前我是不敢和那脾气坏的水果商人交往的。

把水倒在碗里的时候，我的气力似乎增加了一点，米洗了两次，然后我把小锅轻轻放在离住屋不远的炉火上，看着它们很平安，我便退回来，数着一只表针所走的分数，耳中有沸水的温柔的叫声。

终于我坐在晚饭桌前了。灯下的热气仿佛是第一次在屋子里旋绕着，那温暖之感引我回到遥远的记忆里去。我觉得自己不是孤独的了，觉得寒冷的风不会从纸窗透进来。

此后，等待米熟和刷洗锅碗也许成了我的日课。希望在秋冬之际的日子里，天特别恩待我，多给我一点阳光，像恩待院里的虫儿一样。

岁 末

　　岁末的日子。今年我赶上正在家乡，预想会有另一种情味的；但现在我已经尝过了，不过是平静而又平静，这也就是和在别处过岁末不同的地方吧。近来我只有守炉火和徘徊两件事，我注意到阳光和炉火的颜色之不同，也有时一心地默想，在心上做出许多幻影，于是我的白日很容易地飞过去了。我一见了灯光即刻觉得换了一个世界；我的心安定起来。我可以倾听远处的声音，或者读一点书，或者一碗一碗地喝水。但我又想着：今年的岁末太寂寞，连风声也好久没有听见了。只有寒气并不减少。有时候我坐得冷起来，就要把炉火移到离我的小桌更近的地方。现在，如果外面充满了冬天应有的冰雪，我一定不敢出门，我记得两年前还不是这样的。

　　我想起我的一九二九年末夜来。虽然也是平常的一夜，我的心情似乎比现在强健得多。那时候，我在北方的大城里，还有一个好伴侣。我们在灯光下的马路上走来走去，走得出汗了，忘记了深夜的寒风。后来，四周的灯火和行人都稀疏下去，马路上变得清寂而黑暗了。我们抬起头,看见天上的星星,它们告诉我们夜半已经过去,一个问题忽然在我们的脑中活动起来:到什么地方去投宿呢?最末的一夜也一时比一时寒冷。

我们想到一个住在"沙滩"的朋友,想到他的公寓,于是决定去找他。我们几乎是摸索着穿过一条一条的小胡同,幸而没有走错;但门牌的号数看不见,因之又费了许多工夫。终于我们在黑暗里用力地敲起门来,而门里面很快的有了应声。

"找谁?"

"陈——"

"不在家。"

"哪儿去了?把他的屋门开开吧。"

"不行,没有钥匙。你是谁?"

"我们是他的朋友,没处过夜了,开开他的门——"

"没法子开。他又没有留话,不行。"

我们急走出那条胡同,像是怕被公寓里的人认识了的样子。我们并不着慌,我的伴侣说再去找,北面有许多他认识的旅店,或者不认识的只要空房子就好。于是我们又开始了阔大的脚步,曲折地过了几街,我认不出来什么地方了。我们在许多不同的门前停住许多次,先是敲门,以后有的回答说没有地边,有的没有回答。我们又转入大街的时候,似乎天快要亮了,但四围仍然是黑暗的。我们像是独占了那座大城,两个人橐橐地走。我的伴侣说起他从前的故事来,说也是在同一的大城里,只不是冬天,他曾步行了一整夜,一点没有觉到不睡的疲乏。

又过了好久,意外地,他敲开了一家的门。那店主人还似乎和他有些熟识,说只有一间房子了,怕我们嫌弃。我们随着他走进我们要在其中过夜的屋,狭窄的,长方形的。引领者说没有被,也没有炉火，我们回答说不要。但屋子还不是完全空的，有两片床板支在墙角，而且床板旁有一张盖着的桌子。我们关了屋门，坐在床板上。

我忽然觉得腹中空起来，比冷的感觉更其锐敏。我问我的伴侣，想找一点东西吃。他笑了，他说找到住处已经是极其难得的事。但那时候外面有一种声音，正像是叫卖，听来模糊中又显得清楚。我即刻跑出大门去追寻那个声音，而我很容易地碰上了，当我站立在门外的时候，从北边走过来一个黑影和他的担子，而且和我在屋里听见的声音一样的仍在他的唇边。

"卖什么的？"我确定地问。

"元宵。"

"元宵！"

"只有七个了。"那微细的声音接着说。

我有一点失望，只得把全数的元宵捧到屋里去。我的伴侣神色很安然，——是的，店主人给了我们一段蜡烛。——似乎认为买到元宵是当然的事。我们分吃了以后便倚着墙角睡了，我记不清究竟睡着了没有，而不久就到了早晨。

回想起来，觉得已经是极其遥远的事，甚至不像自己经历过的。这儿，有温暖的被褥，有火炉，有预备夜里吃的东西，而且我没有出门，此后这一点寒冷饥饿之夜的记忆更会淡下去的吧。午夜也过了，叫卖声在这小城里却不能听见。

二 月

醒来,从窗子最上的两格望出去,可以看得见异样沉默的天空,似乎是和每天不同的,蓝色隐在一层淡灰色下面了。四壁之间也显得黑暗,像在天开始亮的时候。我觉得自己醒得早了。

"但那天色分明是阴沉的样子。今天如果有一阵微雨,也是愉快的事吧。或者,只要这样地阴下去已经比有阳光更可喜一点了。"这样想着,我听见窗外簌簌的扫地的声音,随之是一声那扫地人的招呼:

"早呀,才六点多呢。"

我的感觉仍然是完全的静默,这静默是自己惯于喜欢享受的。但也想到早晨的鸟声,尤其是这几天来,有过从前没有听过的鸟轻细地叫着,若远若近,听起来里面充满了春天的气息。

开了一扇屋门,我的静默的感觉却被一种听不见的声音扰乱了。门外的地上覆了雪。丛聚的雪花不急不缓地飘落下来。

啊,奇异的天气呀。

院子是狭窄的。墙脚排着栽了几年的小树,中间的土地分成一些不同形的花畦。有几次早晨起来后我就披着阳光在那儿散过步。树干上是暗色的空枝。花畦内外卧着一些久留的枯叶。那土地先是一方一方起伏着,有的干燥有的湿润,后来渐渐变作同样的地面了。自己的脚步常是极轻地放下来,并在每个花畦旁停歇许久。那儿留着我的许多记忆。从那些瓦格上或硬土上,我可以辨识出过去的秋季里在那儿生长的每一种花的位置。只有野菊、红蓼和高大的秋葵是杂开在一起的。茉莉的花丛最多也谢得最晚。它们盛开时和衰残时的形状也会在我的想象中浮现出来。我也弯下身去审视过,希望能看见一两个新生的嫩芽。后来倒是桃树上的新芽被我发现了,暗绿色的,在远处很难认得出来。它们仿佛做了我在过春天的日子这信念的保证。

但雪仍然不停地落。那些花畦完全被遮蔽住了。

啊,奇异的天气呀。

空中和地上的白色像对我说着春天很遥远的话,而我遗忘了的异乡人的自觉从心里伸展上来。

小 病

　　"那无语的山桃杆上
　　已有了新生的绿芽,
　　而啄木鸟开始敲啄了,
　　做出忧烦的春晨曲。"
　　在前许多日子的日记上写过这一句:"为自己的健康担忧。"那是屋里有炉火的时候,也许是禁不住风雪的侵击了。今天,这句话又轻轻地浮现出来,因之觉得自己的记忆仍然好得可喜。但健康的情形确是更足以担忧的。几天来都有很好的阳光,院中过往的风也没有寒意。屋里虽然和从前一样阴晦,有脚下的土地,想看出一些新的变化。这次小病是没有原因的。近来虽有客人闲谈过了午夜,自己除了写两封短信之外并没有其他案头工作,在湿润的街道上漫步了几次。这些不会费什么精神,而且似乎是适宜的休息方法。终于小病悄悄地来了,头痛和疲倦。
　　从屋外的院子走到另一个院里去,像经过很遥远的路途,步履意外地迟缓。那院子是很相识的,我做过它的住客。走下那一段石阶,看见地上的砖石和头上的老树枝,仿佛回到家乡一样,不知不觉地在心里对它们诉说起来。然后走近了那几棵小树,它们都发芽了。我几乎不相信自己的眼睛。那些新芽让我有一种说不出的珍惜,甚至愿意它们暂时隐藏起来,等到十分温暖的日子。夜,阴天,偶来的冷雨,它们预备怎样防御呢?我更担心那些山桃枝上的花苞将忍不住地开放,而且迅速地落去,不等到我病好的时候。只有古老的槐树是稳重的,仍有过冬天的样子。我唯喜欢丁香枝上已经伸长的绿芽,它们将变成可爱的圆叶子,并不急于开花。

在屋里休息也许是好的,默想却把我久留在外面:窗下的两方空地应该先锄松起来,晚间去买花籽或菜籽;五色莲是悦目的,满架豆花更有亲切之意;我要做一个握着锄的人,手上有可喜的泥土。小病让我微微地急躁了。这样的日子是清静而不寂寞的,应为自己的健康祈福。

东 城

  总有一天我要去一次东城,去访问我离别已久的故地。无论我走到什么地方也是想念着那儿的,况且我现在又回到我的大城里来了。

  那是前几天呢?像是前四五天了。那个夜间我从北城到东城去,当载着我的电车拐了一个弯子入于我五年前走过的大街的时候,我的心便颤抖起来,比回到久别的家乡时还要颤抖。我急急地看着两旁的房屋、灯火、人,而那些房屋都对我板着脸现出生疏的样子来了,难道它们真的变了么?我惊讶着,凄楚着。我想,也许我所经过的街道并不是从前我所认识的。而那时,各处的灯忽然灭了,几乎灭得一盏也不剩,我完全地陷入特异的黑暗之中。我忍耐了好久,仍然什么也看不清楚。我跳下车,独自走在马路上,远处有一些可怜的小灯火闪动着,它们照不到我的身旁。我走着,在模糊中走到一个城门之前,我仰望着,哦,我还认识它,它仍是那么古老庄严的样子,门洞里面是晦暗的、阴沉沉的,而我并没有一点恐怖的感觉,像是它也在俯视我,现出一种亲近的颜色……以后,我回来了,仍是在特异的黑暗中,我跟跄地走着,如果是一个下雨的日子,我一定会踏到泥水里面去。我听不见嘈杂的市声,我觉得那时候已是半夜以后了。我抬头望着天,天上散布着一块一块的白云,有几颗红色的星星在云缝中露着,黯淡而且无力的。

是的,那个夜里如果灯没有灭,我必去安心地拜访我的东城,从大街走入胡同里,走到怀抱过我的地方,对它一一地诉说我多年的辛苦。然而,偏偏在那时候黑暗阻止住了我,我不得不回来,又蛰伏在自己的星里面。

我的故地虽不在近前,但它不会离开我的心。当我冥想或者做梦的时候,我便清楚地看见它。那儿的一切都是恬静的,朴素的,温柔而且亲密的。我正如一个小孩子,徘徊在母亲所住的地方。

那东城的一角并没有什么新奇,对我却永远留着一种神秘悠柔的印象。是的,我记得那条我不知走过多少次的胡同,曲曲折折的,不宽阔也不窄狭,其中总是很清静,没有许多行人,也没有尘土会飞扬起来。胡同东边有一个地方,每天那个推车的小贩会停在那儿,等候着他的顾客,他是一个中年以上的人,我很记得他姓布,我还记得他的笑容。离他所在的地方不远就是我住过的高屋了,它的周围有许多树木。那是秋天,一个秋天的夜,下了雨,我淋得湿湿的从外面回到屋中。我轻开了窗子,望见远处的灯亮。我的耳朵里面正响着一时比一时沉重的沙沙的声音,是雨声,夹杂着我窗下树的叶子响,树叶子是黄的,它们互相击打起来。我听着,忘了自己是刚从街上回去,而且身上是被雨淋湿了的衣服。于是以后我更爱那个高屋了,而我不久竟不得不弃它而去。

还有北边的另一条胡同,其中有我爱的一个小饭馆,干净而且便宜,我真的舍不得离开它。它除了会治好我的饥饿之外,更让我的心里安宁,不至于想念着家乡和朋友。

  总有一天我要去一次东城,去访问我离别已久的故地。但我又怕那个地方会对我特别生疏,当我投入它的怀中时,它不以我为故人,则以我为他乡的生客。那时我必会流出泪来,随着脚步滴在胡同中的地上。

安 息

　　昨夜，一种心情引我到外面去。我走在边道上，街市是已经见惯的，但有一种异样的力量让我的脚步慢下来，于是我看见灯光已经减少了，余下的也似乎渐渐缩小，随之我发现行人都没有了，自己有些孤零。灯光和行人都隐没在什么地方了？这样想着，忽然听见一声绵长的叫卖，宏亮的声音中却透出浓重的睡意，几乎让我转身回来。

　　终于我走入市场。灯光仍然是刺眼的，一行行的摊子仍然整齐排列着，而摊子上只有木板了。我看见人们在做一致的工作——整理，堆聚，包装，动作的杂声代替了语声。我离开市场时，叫卖声也听不见了，只看见一个警察，像一个沉重的影子，移动着，那样地迟缓。

　　我总没有认清世界的形容，以为人们永远是忙碌扰攘的，如每天所看见的那样。但这一次世界在我眼中预备安息了。只要这动作一开始的时候，世界便完全改变了。灯的眼睛闭起来，车马喃喃地说着再会，灰尘守定各自的位置，人们的语声一时比一时减少，在不自觉中最庄严地开始最神圣的工作。各人心中有一种模糊的意念，他没有说出来，但四处已经响应了。

这安息的意念是崇高的、永久的，密藏在人人的心里。虽有时为别的意念所遮蔽，它不会消失，而且隐秘地生长起来。暂时的变迁只是一颗流星，一缕闪光。凡从何处来的，也必向何处去，虽然中间经过不同的旅程，所以安息永久伴着人类的灵魂。快乐、悲哀、烦恼或别的热情只令人觉到炽热的燃烧，安息来临时才给人一种身体上和精神上的不可形容的平安之感。每一个对安息都是特别熟识，而不常提到它的名字。它是普遍而又神异的，当夜过去一半，你偶然醒来的时候，那种完美的安息只有自己去尝味，你会觉得你和白天相隔得远而又远，而你绝不愿离得略近一点。但不久你又走入睡眠，因为那珍奇的感觉不让你和它长久亲近。

当我走在市场中的时候，我真确地看见了人人的内心。就在那个时候，在我四周的人们，讥诈的或诚实的，贪婪的或慷慨的，愁苦的或愉快的，都轻轻地得了各自的解脱，他们之间再没有间隔，脸色一致地圣洁，那残余的末后的声音是他们的夜祷。

每天我们有和安息同在的时候，时候若较长，我们就更有幸福。就这样，安息引领着我们的生命，到一切暂时的意念都绝灭时，安息便永远和我们在一起。

南星
作品全集

松堂集

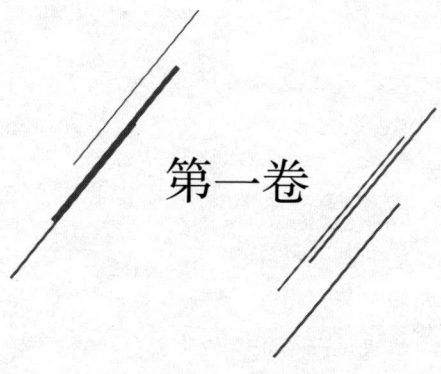

第一卷

松 堂

安坐在红火的炉前，
木器的光泽诳我说一个娇羞的脸；
抚摩着退了色的花缎，
黑猫低微地呼唤。

百叶窗放进夜气的清新，
长廊柱下星近；
想念温暖外的风尘，
今夜的更声打着了多少行人。

——辛笛《松堂一夜》

  我在松堂做了一夜的客人。那房屋像一间亭子，除了窗格，大概都是石块筑成的了。新装的窗帘是绿宝色的，和全屋中淳厚的古代气味相调和。屋里铺设很多，但我仍不免有身入石洞之感。同时觉得对它有些亲切，因为看见不久将供我休息的一张床了。我的安心让我几乎闲暇地把屋角和屋顶都审视了一回，仿佛是一个初到新店的租客。房屋给我以高度的满意。那完全是山野的地方，走出屋门就看见西方的山崖近在眼前了。山和松堂的交界处有一圈简陋的土墙。"院子"是一片繁密的脂松林，白皮的，略带蓝色或紫色，树皮分裂成鳞形，终年有枯片离开树干断续地落地。松果则与普通的一样，有许多卧在杂草之间。东墙有一个较宽的门，对着乡野的大路，行人只看得见里面的脂松。倘我只从外面经过，必以为我们现在这住处是一座墓园了。

　　夜间没有月亮，云色很浓重。树木和高耸的山石开始变成怪状的黑影。如果我做了一个失路的或走在半途的客人，在这儿遇见黑夜，我将在树林里隐匿呢？还是登山寻望远处的灯火，然后走下去找一个荒野的茅屋呢？或者倚着一棵树不敢移动双脚，听见一声虫叫而战栗起来并在心里浮动着一些可怕的幻影呢？这古老的石屋仍有它的不可思议的抚慰我的力量，总是一种奇异的事吧。然而，它不是我的家宅。当蜡烛摇动闪耀的时候，我不禁想念我的灯了。烛光找不到屋顶和屋角，所以那些地方都有阴晦之状。我和PH先是静默地坐着，后来开始闲谈，语声在各人耳中变得沉重起来，我们觉得奇怪，它们几乎不像自己的了。因为石墙么，或山中的黑夜么？我们似乎都做了故事里的人物。如有一个牧童或乡人听见这语声，次日早晨再来寻觅不见，他会以为聆听了山鬼的密谈。到卧下时才有了虫声，很繁密，比在城中的加高了几倍。最清楚的是"金钟"的铃铃之声，把蟋蟀的和灶虫的都压了下去，仿佛草叶也随之愉快地震动。没有听见夜鸟或醒来的牛羊。夜半后窗外像有粗率的咀嚼声，终于不知道是一只狗或一只野兔，以及它吃了什么。

日落之前，我们曾到墙外去了一次。先经过一片山田，一边是高粱和豆子，一边是玉米，我们走在中间的为茨棘和幼榆所夹的小路上。看见那些密密的形状不同的绿叶子，我想起多年前每天亲近过的稻田来，想起曾在泥水中把握过的高粱梗来，想起新折下来的玉米梗下部的甜味来。我尽力吸着掩住山的气息的田野气息。这第一次来到的地方像变了旧相识似的，我对于雨旁田地中的伫立者觉得异常亲近，甚至让脚步慢下来。好久后才转入山道。石块愈上愈多，引我们到了一个直通山下的泉水之前，声音很微弱。两个女人在那儿用小罐子接水，旁边放着水桶。我们回来时看见她已挑到半山了。山腰有一所羊屋，分作四圈，第一圈里已卧满了回去的羊，别的空开着门。远处牧童以鞭击石的清脆之声时时听得见。牛屋在羊屋之上，相隔着一层耸立的山崖，但有残留的为茨棘所遮蔽的石阶。牛屋旁是一座庙的遗址，那已不很平坦的方形基地还能辨认得出来。断砖残瓦完全没有了。奇怪的是曾立在庙门前的石牌楼仍在，像是昨天才倒塌下去的。那折断的石柱下部裂痕宛然立在石基中，缝隙中有雨水的沥迹。倒下去的并没有粉碎，只裂成了几块，牌楼顶似乎和未倒之前一样完好，柱上雕出的精细花纹也没有损坏。我们站在那些白石上，向下望了一眼即刻退后了。邻近还有三四座古庙，有的墙上的赭红在夕照中闪耀。但它们没有得到我们的探视。我们从那三四座耸立着的古代烽火台旁走下来。

　　次一个早晨临行时我们才把别的院子看了一次。一个满生着的枣树，枣有的变红了，有的透出微黄色。我们尝了它们。另一个院里有许多桃杏树，桃子是小而多毛的，但很甜美，我们的衣袋里也装了几个，即使被那给我们做饭的诚实的人看见，他也不会责斥我们吧。前一晚他还给我们煮了玉米，那还别有滋味地久留在口中。我们终于轻易地离开那儿了。睡在大门里的两只猪还没有醒来，阳光还没有照在我们走过一次的山路上。

寒 夜

终日终夜的雨令人忘记夏天,
黄昏也来得早了。

这主人只能守望,
在窗前,默默地。

淅沥之声仿佛已是固有的,我尽力想辨识出另外的声音来,但不能。窗下是两方昨天才刨松了的土地,几乎被雨水完全覆过了,上面浓密的树叶子失去卫护的效力,但泥水中两个足迹已微微地显露着。唉,我的过客。今天早晨,我带着欢喜把几颗扁豆谨慎地种上了,希望雨能让它们快一点生出芽来。我想象不出来那践踏者的粗暴的样子。雨水又过多了。不应时的黄叶依附在我的"豆畦"的一角。

灯光也显得寒冷。我想取出一件厚的衣服来。我想,从前,从前……我有一个友人，我们在一把伞下面到街巷中去听自己脚下的泥水响，去买雨水洗过的杏子，一路上充满清爽的阴湿。我忘记了那时候我们穿的什么。我觉得他又来了，没有伞，衣服上沾了许多湿迹。他对我说是特别选了今夜来看我的。我觉得我们毫没有生疏，而且更其亲密了。他又带了杏子来。他说种豆不如种花，说他有茑萝、西番莲，问我要不，说不久给我送几棵来。于是他走了，剩下幽暗的窗子。

我坐不住了。像是在街道上有一点温热，或者在人家里。在另一个友人的家里，我想。因为那个九月某夜间落了雨，满地落叶，屋里也阴寒，他来了，要我随他回家。我们的脚深深地踏入落叶与泥水之混合中，雨点向身上击打。但我没有颤抖起来，我们很快进了他的家门，像两个兵士。我看见他们炉灶中的火光，觉得心里温暖。他为我预备夜饭。菜蔬上散发着热气。饭后我又在那儿与几个不相识的人叙谈，语声都是柔和的。

所以我今夜又去找他。我敲开门，直走进他的屋里。灯光薄暗。"你的炉火呢？"我没有这样问他。他在诵读一个剧本，声调很深沉，仿佛把心思专注在上面了。我做了他的听者，好久好久，同时我忘不了窗外的声音。后来，他说他想把这雨夜当作平常的夜度过去，希望使自己不觉凄凉；说家里有一个病人，我知道就是那昔日语声柔和的人之一。病人也感觉到阴湿与寒冷么？……我要友人到街上去走一走，"那不是有些发疯了么。"他说，他继续诵读他的剧本。我对他说我必须回来，虽然不愿见我的屋子，它不会有丝毫改变。我推帘一望，雨流不止。我向他辞别。

闭门的声音似乎太沉重了。听不清自己的脚步。天和地结合成一致的颜色，转过一个犄角我才望见一个远处的路灯。四周围的泥水像在不停地跃动，占满了全巷，那儿是不应当有行人的。天什么时候了……我拖曳地走过一家的门外,门闭着,没有缝隙。但我看见一个影子在一扇门下面的石阶上。我很快地走过去,再回头。是一只狗伏在那儿,头放在尾与后腿之间,仿佛向我微微地望了一下,并没有叫。它是要这样度过一夜么?但愿门檐会遮蔽着它,不至于让它湿了身子。我忽然觉得雨已经小了,泥水像凝结在地上,发出污暗的光辉。

我的扁豆恐怕因寒冻而不发芽了,我想着。风开始击打街路。

留 别

我听见有人唱"雨打江南树——",这信口而出的声音听来不知为什么有些凄切。歌者也是在怀想他的家乡么?今夜的雨并不大,仿佛是时来时去的,从黄昏开始,现在仍有淋淋之声。但湿冷的空气从窗外一阵阵地送进来,这已经使我的旅客之心情更加浓重了。前许多天都是晴朗而燥热的,对雨的怀想在心里不知发生过多少次,但不曾得到一次抚慰,直到今夜。然而,现在为什么我的心颤动不宁呢?如果雨不在今夜落,我必会安闲地倾听,能够分辨出它击打在地上和草叶上的声音,并且让自己口中的微吟和它相调和。我愿把日期忘记,也莫为远处的事物担心,我会快快去卧下,做一个阴湿的梦。

不久以前,我走在街道上,举着伞,觉得几乎有秋夜的意味。我是去访问一个女人,向她辞别。但在她的寓所里,只剩下灯光看守着没有主人的屋子。我站在那院中,听着雨声繁密起来了,依然很柔和。那院中有两株杏树,一株我忘记名字的树,枝上缠绕着豆叶，一丛玉米立在院角。它们那样宁静地接受着雨滴。我像它们一样，久久不动。但我不觉得舒畅，而觉得那院子将与我分别了，而且恐怕是永远的。虽然那是友人的院子，我曾吃过那杏树的果实，曾为它的折枝悼惜，也曾因初开的豆花欢喜。今夜竟如此轻易地分别了么？我疑虑着，终于在半自觉中走出门外，到一条狭窄的街上。我觉得自己成了一个流浪人。几乎刺眼的灯光从商店中射出来，照出安静的售卖者、安静的顾客、安静的货品，尤其是那些摆在门前的青菜和红色的萝卜。这些对于我忽然变得异样地亲密，似乎我又是那地方附近的一个老住户了。我想与稀疏的过往行人交谈，让他们明天莫想念我。一阵歌声从旁边传过来，我曾听过的，失去了从前的欢乐的声调。我低下头，转入黑暗的小巷，觉得双脚拖缓，无力。

我望着自己屋窗上的灯光，像有些寒冷，但我走进来，看见四壁之下的东西并没有移动。我不想整理它们。到我走后，这屋子必仍然像住着人的。也许有人不相信我的远行，但我怕尘土和蛛网会轻轻地遮盖住一切，让白色的墙也变为晦暗。我的钟会停住，我的灯光会显得更凄凉。能有人来为我打扫么？即使能，这屋子也必失去温和的气息，像保留着的一个死者生前的故居一样。

我坐在窗前，默默地，像是安闲的主人。雨声又听得见了，簌簌不止。是打在我的豆叶上了么？我看不见它们，只能从窗外的暗色中辨得出空架的影子。那几株扁豆是我最担心的。二十几天以前，我从刚去过的友人的院子里把它们的种子带了回来。所遇的人都对我说种豆太晚了，应时而种的早已开了花，晚种很难长得好。但我没有听从他们。我找不到锄，用一把斧子刨松了自己窗下离着石块的坚硬的土地，这工作几乎耗去了整个的下午。扁豆的种子浸在水里过了一夜，我看见他们肥大起来时，正和五六天后看见土地有了裂痕时一样地觉得欢喜。然后屋门外砖路的两旁渐渐排满了双瓣的新芽。在每天日暮的余热中，我在院中走过许多次，提着水，毫没有倦意，仿佛浇灌把我做成强健的人了。但当每一株扁豆有了四五片嫩叶时，上面忽然聚满了毛虫，而且无数黑蚁上下爬行，让我的心即刻沉重起来。次一天我觅了一种药水涂上去，而豆叶的沾染处由变黄而枯干了，我忧虑着，直到我发现毛虫是从上面的柳叶上落下来的，于是乘夜把做遮阴的几条柳枝砍去了。一个晚间，我买了竹竿，搭起来一个高架，并系好许多垂地的细绳，缺少的今早才得补完。有几棵早已攀上去，但仍有开始伸蔓的。我不能守护着它们都上了架。也许它们会找不到绳，举蔓而立，或者攀住别的东西。谁替我引领它们呢？雨对于它们应当是好的，但我怕它们过于寒冷，难以度过连阴的日子。阳光似乎极其遥远。

到架上覆满了豆叶时，这地方不知会有什么样的景象。若有人从我的窗外走过，他必看不见屋门，因为它已经被深绿的手封闭住了。封闭得紧一点吧，豆叶永不会受伤损，屋门也永没有人来敲，那时候能再落一次今夜这样的寒雨么？

家宅

"某一天，或者，我会有一个家。但那'或者'的程度与日俱深，当命运向我秘密欣笑时，我几乎绝望了。"由这寥寥的几句话可以想象出一个人长久生活之苦痛来。到了老年，住在新得的家宅里，看着自己的书籍与花木而有欣悦之感的时候，这回忆仍然是有力的，使人想着"真不知道那许多年怎样地度了过来"。随之觉到一种事后的恐惧。然而，现在已得安居了，在闲暇中把从前种种漂泊的记忆写下来的时候，心里的愉快必多于恐惧吧。我仿佛也将与 Giving 有同一的命运。这假定可以使自己略为安心，幻想着老年时突然而来的家宅，但那遥远已足以引起我的烦虑，不用说将来是否可能了。最真切的仍然是每天伴守着的四壁。为什么不能把心思寄托在另外的东西上，或者以现在的住处为家呢？这似乎不可解释，也许总与自己的生活方式有关吧。不能与广大的人群结缘，没有独特的癖好，也没有崇高的想象，最能影响我的感觉的都在耳目之间。风的或雨雪的日子让我兴奋或忧伤，秋冬的阳光给我以多量的安静，屋门对面的墙垣之剥落也是一件缠绕在心上的事。

几年来，我借寓在别人的庭院里，因为习惯了，对这地方生出一点亲切之情。前几天我亲眼看见一条枯枝从院中的树上突然落下来，于是停了步，在那儿注视了好久。窗前一棵马樱花在严冬中长出肥大的芽苞，我的心曾为之颤动起来。在十月的散记中，我写道：

今天无心读书，在院里闲步，注视着门前空地上的阳光，开始思索怎样在那个地方种一些花，将无害于花的生长。现在自己的门外看着真有些荒凉。我预备搭好一个架，让牵牛与扁豆都爬上去。没有蔓的花自然茉莉最好，此外要几棵凤仙或九月菊，或新知道名字的五色莲呢，我没有决定。

但这预想过去之后，我像是清醒了过来，知道这院子并不是自己的，虽没人阻止我，我不忍使自己在突然来到的一天受必须遗下手植的花草而去之苦。某一个上午，我看见一只蝼蛄在墙下阴湿的土地上爬行，我用眼光追随着它，过了很长的时间。它略有一些急促的神态，时时摇动着土粒，或向一个孔穴中探头，于是我的异乡人的自觉轻轻地伸展上来，觉得吹到我身上的风有些凉意了。

这院子和屋子都是古老的，做砌路边沿的砖块残缺了许多，窗格久已失去光辉，令人想不出从前它的颜色来。门扇上的细缝变宽了。我并不为这些不快，只有当屋上的尘土簌簌地沥下来的时候，或当天花板纸渐渐透湿并有水滴答答而落的时候，或当壁上补好的纸重新裂开的时候，我尝到一种烦忧。自己终不能把这屋子加以修葺，房主人不来经管，房客只有暂时在烦忧中住下去吧。

家宅的意念渐渐在我心里生长起来。它是完全建立在想象之上的，与实体有关的只有昔日家宅的回忆。那老屋与我已经别离了五六年。我觉得如果再能回去，我会看见后院的草堆，看见鸡埘与椿树，看见自己住过多年的南房，那窗下满生着绿苔，屋门开闭时总要吱吱地响；砖砌的花墙也仍然会平平安安地站在院里。然而，两年前我已听说那儿变得荒凉了，院中长满深密的草，其后又做了别人的住处。我怕不能再去找出和记忆相合的东西来。而且，在我前面的岁月是难得更变的，去探视我的故居成了一件希望之外的事。一个久离家乡的客人，到了老年，才得回去做最后的访问，他在那名字未改的地方看见极生疏的房屋和街道，仿佛他的记忆是完全错误的。这样的故事也只能在书册里读到了。我对于自己之曾有过家宅开始怀疑起来，因为没有人能为我做证。

　　别人的家宅十分清楚地立在我的眼前。走在一条胡同里，我看着一家家紧闭的门，它们无论是高大的或低狭的、光辉的或晦暗的，都有一种庄严的神色，拒绝我的亲近。朋友的家宅似乎略好一点，但——

> 我不能任懒惰的脚久停了，
> 哪一个是我的相识者呢：
> 方的小院子，长的门廊，
> 架上垂下来的未熟的葫芦，
> 开门人的语声，孩子的笑声，
> 在愉快中飘动的窗帘，
> 或围绕着我的久别的气息？

另一家，我进了门就看见耸立着的玉米，宽大的叶子密排在茎上，果实有的吐穗了。我急急地避开它们，心里充满了感伤，因为它们和我从前种植过的太相像了。其后我再到别人家里去时，怕那院里会有茉莉或玉簪，但我终于没有遇见。

我曾可笑地安慰了自己的家宅之思。一个车夫听了我说的地址，告诉我他也住在那条胡同里，而且正是我的邻居，我毫没有对他解说。我经过一家门前，听见里面的语声，随之门开了，于是一个菜车在那儿停下，我觉得那买菜的人是不可形容地幸福的。我也在菜车上买了一点，而那小贩似乎已看出来我是一个无家的行人，我只得怅怅地走开。

最后，我的心思在想象中久住了。我的家门会是素样的、暗黑色的，从墙上会有碧萝的叶子垂下来，围着一盏淡淡的门灯。里面的房屋会对着阳光，窗格上没有彩色，但窗纸之严密给人以安适的情调。屋顶会禁得住风雨的侵击，瓦缝中生长着一些杂草。院里必有几个移砖而成的花坛和一棵高大的枣树，夏天，枣实落地之声做了不扰人的音乐。

冬 天

　　安静的冬天。当我抬起头望着窗外，看见天空和树枝的时候，我就要终止我的谈话，如果这屋里有一个客人；或者闭起我的书，无论是不是一本紧握住我的心思的。天空永远是灰白色，纯净，普遍。树枝稀疏地排列着，有的还负着几片久已变色的叶子，它们与天空完全调和，互相依傍着，酣然欲睡的样子，其间流溢出一种愉快的沉默。凡过冬天的日子的，都应当有冬天的性格。你这不安静的人，无论在什么地方，看一看窗外吧，看那树枝和天空吧。

　　我遇到过许多次冬天，它的神情总是一样的。它安然徐步而来，不隐藏也不张扬地站在我的窗外。我认识它，我对它比对一切别的东西更熟悉，我们的交谊深挚，长久。那浮着碎云的天空和凄凉地负着枯叶的树枝都因它的抚爱而变为柔和，脱去不整齐的衣服，洗掉污浊的颜色。冬天的沉默也是可赞美的，不是完全没有声音，而是那些声音毫不刺耳。暴风少有到来的时候，喧噪的夏秋的歌者也都隐匿了。从早晨到晚上，必须经过很长的时间才听得见一声麻雀的鸣叫，一丛树枝的窸窣，轻细而隐约。另外是烟或水汽冲入天空的声音，这需要最深切的听觉上的注意。

但这一个冬天有一个不一样的日子，似乎是冬天故意给我一次惊讶或试探，在我们初会的时候。就在前一天，那个早晨，我带着温暖的愉快开了门，看见地面变得阴湿了，天在落雨。我退回来，找出我的伞，带着一种新奇的心情把它展开。我听着头上的淅淅之声，几乎觉得又是一个季节了。

我走到街路上，雨点却变了雪团，而且渐渐地转了方向，正对着我的身子。雪团接触到地面便消融了。泥水积增在整个的道路上。阴湿的感觉那时候我不很留意，只惧怕着袭来的寒冷。风吹起来，却是没有声音的。我的手似乎僵硬了，几乎失去了举伞的力量。让我更其惊讶的是河沿上结满了叶子，湿透了，毫不动转。那一片片污暗的颜色把河沿装饰成一个生疏的地方。寒冷又加重了，仍然攻击着我的手。前面，同样的，落叶夹着泥水和冰。道路变得意外地长，对面的房屋模糊，遥远。我听见雪打在伞上，簌簌地响，声音中混杂着沉闷和忧伤的调子。没有另外的行人。我觉得自己是一个旅客。我热切地四顾，愿意发现一个小店，我就可以走进去停息一会儿，紧紧地闭上门。但不久我到了真实的所要去的地方，进了屋，隔窗向远方望去。有一列密集的山峰，大都被雪盖住了。那儿的寒冷直临到我的心上。

想来是很足以安心的，这异样的日子已经过去了。缓步在温暖的炉边，眼中的树枝和天空仍然是柔和的，而且有可喜的阳光守护着它们。这只是冬天的开始，还有许多宁静的日子在后面。这样想着，便轻轻地开了门，预备到院里去。

夜 食

坐在屋里，炉火的暖气围着全身。如若外面也很沉寂，没有过客的脚步，没有树枝互相碰击，我就可以保持住心上的平静，预备开始读一本书了。这时常是在夜间，灯光对我是有爱的，又想到没有什么约定，没有人会来敲我的门，于是我默默地尝受今夜会是安适的预感。不久便有一种嘶嘶的声音，让我轻微地惊讶，我需要回一下头，看见水壶站立在炉火上。它增加了这屋里安适之感，而且，我常常因之想到吃什么东西上面去；仿佛炉火上有一个小锅，水同样地在里面叫，我将把预备煮的东西放进去。

在夜间有一些零食或别的东西吃的事是好久以前的，而我的回想每一次给它们染上新鲜的色彩。我看见那个低矮的火炉，它的红色的焰苗不息地伸展着，我坐得那么近，觉得衣襟上发热。我只在留心地守候那小锅里的水，它的叫声在增高，水上弥漫着白的雾气。如若总没有沸腾起来的样子，我就会坐不住了。在这以前，我是走在半冻的雪地里，披着沉重的棉袍，鄙视着迎面的风，携带着瓶子或碗走向一家小店里去的。当我回屋的时候，身上的寒冷完全遗在门外了。我匆忙地在桌旁安排起来。最后的事是可以想到的，我满足了我的食欲，直到夜深，仍然会带着满足的心睡下去。没有做不熟或味道不合的时候，也没有几个人争食的时候。这都在哪一个冬天呢？我记不清楚。其后夜食的事渐渐稀少起来，以至于不愿想到，免得遭受失望的懊恼。是的，现在我很怀疑那时候的举办之易。如在今夜，我的炉火会有旺盛的焰苗么？我会有一个小锅和预备好的食物么？我能走出去买调料而且找得到一个小店么？我能那样热心地在炉边等待着么？更重要的是睡前不久的饭食会让我失眠或生病，但我记得做小孩子的时候，必要等夜深，祖父从外面回来，才陪着他快乐地吃晚饭的。

两年前，我住在一个小胡同里，远离开纷乱的街市。屋里有炉火，但仿佛总没有欢跃起来过，只在屋角发出淡黄的光。我常常不注意它，直到自己的脚寒冷起来，才去搅动炉中的余烬。我不敢想到它会有煮熟一点东西的能力。每一夜，代替水响的是门外的几种叫卖声。它们来访问那荒僻的地方是奇怪的。有时我走出去，站在门口，看见担子上的灯光，很明亮，照着胡同的一段。我认识了几个小卖者，尤其是那卖馄饨的人，出于试买一次而我变为他的主顾了。他的语声与叫卖声都是可听的。我可以坐在屋里，不久他就捧着一碗送进来。我觉到自己的贪食，每一次碗里毫没有剩余。就这样，当腹中温热之感未退的时候，我舒适地睡下，我的梦将是很幸福的。但我终于离开那条胡同了。我在那里寓居的期间很短，不过四五个月吧。迁移后开始过雪解冰消的季节，所以对我熟识的小卖者的思念并不太深切，渐渐地淡漠了。在某一个夜间，我走到一个小饭馆里面去，要了馄饨，不料那味道与我记忆中的完全不符，我没有吃完，走到街路上去，觉得很忧愁，正如在寻找什么东西终于不见的时候。

又有一个夜，我不知道已经过去多久，以及在哪一个季节里。空中落着凄凉的雨。夜半了，我在一条不认识的街上找一个人，为了到他那儿借宿。我找到了。当我坐在他的疲倦的灯光下的时候，忽然一种空虚的感觉有力地攻击着我，它给我的困恼和不安让我不能设法睡觉。我无意识地听着，外面"硬面饽饽"的叫声像一条蛇爬进耳中。不久我已经站在另一个灯光之前而且对被我赶上的人说话了。在伞的覆蔽之下，他打开提篮的布盖，展露出来微白的、淡黄的、有花纹的和带着芝麻的方圆或长的小饼，我抢夺一般地把它们放在手里。为了回答我的询问，他告诉我他久已惯于夜行了，在半夜后，那些做着异样的事情的人们正需要食物，而且会买得很多。但他对于我之所以做他的顾客也许认为是意外的吧。

近来当我到街上去或从街上回来的时候，也常常遇见担子、灯和热气，那小卖者或在叫卖或坐在那儿默守着，但我们都是不相识的了。为什么我不走近他们去看一看呢？为什么我失了我的食欲呢？为什么我不再找另一个卖馄饨的人呢？没有东西吃就可以过夜，这是生活上改进的表现么？我对夜食的事虽有些淡漠了，而那种声音，无论来自叫卖者或水壶的，仍不失为我的提示者，让我停住当前的思想，用一段时间去追踪我的记忆。

骡 车

从前我在一个污秽的小城里住过许多日子。在那儿，我的住处正临着街道，只有一道薄薄的屋墙做了我与街道之间的屏隔。那墙上的窗子总是紧闭着，但是街道上飞起来的尘土太多时，它会由窗缝烟一般地飘进来，让我的窗台上有了一层细末，甚至落在我的床上。幸而那窗子很小，而且在高处，像某处监狱那样。

每到夜间就有另一种情形了，无论多么微细的白天绝不会听到的声音，那一道薄墙也不能隔住，于是很清楚地传到我的耳中。有时因为白天太劳乏，卧下后不久便入于朦胧的状态，而近在耳边的脚步声会即刻让我十分清醒，它们常常是沉重的。我不知道为什么会有人深夜走路，尤其是在我墙外的那条街上，那是一条很荒僻的，白天也行人很少的道路。为了那种无法避免的声音，我时时烦恼起来，除了当我夜里失眠，心绪极其杂乱，无论怎样也不能入睡的时候，我倾听着墙外的声音，觉得感谢，甚至愿意那儿不停地有人走路。有一个冬天的深夜，似乎落了雪，外面只有冷风狂舞着，而忽然,我听见一阵响亮的人声,那是在唱歌,歌者的脚步做成很匀整的拍子,悠悠地不肯休止,好久后风声才把他的歌子吹得隐约了。那时候我并没有害怕,只觉得那个人是奇怪的,或者他身上有极厚的衣服,否则就是喝醉了酒,忘记了寒冷与夜深。

再一种声音就是骡车的了。双轮的木车,有时候也驾着驴子或牛,但我所见的大半是骡车。午夜或黎明以前,如若有它们从墙外走过,那轮声真像压在我的心上。一种漫长的、懒惰的、枯索的调子,缠绕着我的耳朵,直到我听得疲倦了的时候。如在冬夜,辘辘的声音更其清楚,因为街道上覆盖了坚冰,或者那些泥土与石块冻得僵硬了,车轮与牲畜的蹄子在上面碰击着,那单调的音乐常常使我很悲哀,想着那骡子与赶车者都是辛苦的,不论黑夜或白天,走着泥泞的、崎岖的或冰雪层积的路,他们并不抱怨,只有车轮似乎在喃喃地为他们诉说。

然而,在乡间,在温暖的日子里,在有车辙的道上,我看见的骡车便与深夜听见轮声时所想象的不同了。那牲畜很强壮,拖着一个轻车,似乎走起来毫不费力。那赶车的人坐在车的边端,鞭子在手里,有时候是根树枝,常有指挥的声音从他的嘴里出来,像是很自在;在我的眼中,甚至有一点骄傲。他并不辛苦,悠闲地赶着,走向所要去的地方,如若那车是他自己家里的,他走在乡野的大道上时,更会觉得高兴的吧。他一定不知道有一个他随便看了一眼的人,当他的车已经走过去时仍然站在路旁,睇望着,神往于他的地位。

我在乡间散步的时候很多,骑车几乎每次遇见。有的是空车,有的载着收割的庄稼,有的载着人。那轮声是愉快的,牲畜也不会露出疲倦的神气。我每一遇见时就要在心里深深地默想,为车上的人们,为那赶车者,更有时候为他们计算行程。那时我唯一的愿望是即刻坐上去，给他们做一个车夫也好，随着走上那条遥远的道路，我一定很舒适、很安心，不会望着车后的沙尘而起怅然之感了。只有一次我在城角遇见一个牛车，天晚了，那车正走到一个极高极不平的斜坡前面，道路是曲折而上的，而且没有另一条路可走。几个强健的乡人尽力地推而且拉，车的负载也不重，他们竟白费了许多时间。天色渐渐地暗下来，车静止着，他们的牛沉默着，他们吆喝着、怨恨着，直到我带着疑虑的心离开那儿的时候。

有多少年我没有得到坐骡车的机会了。我只记得在小孩子时候随着祖母到外祖母家去，一个很干净的骡车，上面还有蓝色的布篷子。我坐在里面，最初望着道旁的景色，后来不知不觉地睡着了，轮声没有惊醒我的梦，那次难得的坐着骡车走在可爱的乡间大道上的乐趣竟被我轻轻地跑掉了。再一次是坐着姑母车到她的家去，时期较晚，想来反觉得模糊。近年过定了内户生活，重坐骡车必须等到意想不到的日子了。

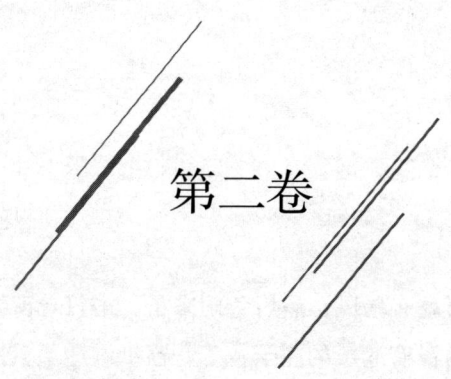

第二卷

悼失一

天未明时就有暴风,然后急雨来了,击打着窗纸。雨是那样地疯狂,对于这没有遮蔽的屋子,于是窗纸湿透了,把桌子上浸成了泥水的天地。泥水中有几本书,有纸片,有你的来信。不要以为是你新寄来的。它们都是一年前的信,昨夜我才从一个积满尘土的纸匣中检出来。就让这些珍贵的字迹受了污染么?信纸上的新水迹真让我心里有一种无可奈何的惆怅,想不出宽解的方法来。然而你一定完全料不到另外的一件事,那事更使我悲痛过深,难以平静的。告诉你,叶华的信件已经是零落不全的了。这十四个字如同报丧的钟声,令人心震。知道么,去年初我离开这大城的时候就把你的信整理起来,用线绳紧紧束好,到乡间又随时一封一封地添进去。冬天我轻轻地去,夏天重重地回来,知道自己的行囊中有别人行囊中再也找不到的东西,有一种秘密的欢喜。只要我得着一点闲暇和安静,就把它们排列在眼前,按次取出来默读。这也许是你不相信的或者觉得可笑的,不过我何必不告诉你说呢。去年夏天我们相见的时期何其短促。夏季还没有过完,你离别了这大城,一去不回,我离别了我的故居,迁移到一个窄狭偏僻的胡同里去,带着你的信。然后,去年冬天和今年春天,我又搬了两次家,而这几个月中我过的都是纷乱不安的日子,忙于做饭洗衣服,忙于出行,总没有把你的信重新看一回。我深信它们必然卧在我的纸匣子里,极其平安。直到昨天的夜半,我在灯火下想寻觅一些旧日的影像,找出那些信来,它们已经散乱了,号数都不相连接,我惊讶了好久之后才发现了我的重大遗失。至少有二十封。我又去用心寻找,寻找,而那纸匣里除了别人的信只有尘土了,我去寻找五次。Y又说:"我们没搬家的时候,信都放在那间空屋里,不是同院的人偷去许多点炉子用了么?"但我分明记得你的信在最下面的纸匣里,没有移动,因此到现在我仍不知道遗失的原因。倘若真是哪个人去点火用了,他真犯了不可饶恕的罪过。我的记忆从昨夜一直苦恼着我。我记得某一封信中有某一些言语,但一句也背诵不出来。看见书架上古人遗留下来的书札真觉得嫉妒,怨恨。我又想把现在仅有的你的零散的信一起烧毁,好尝受这整个的悲哀。我过去的生命完全寄托在你的信里,我没有日记,也没有别的文字,时时回想昔日的情形,让你的无数字迹做证。我常常为记忆中的烦恼而忧伤,必须重听一回你当时劝慰我的话;想起过去的飘忽的欢乐,更愿意耳边有你的笑语。无论在冬天,在夏天,在月夜或风雨的日子,你的字迹给我多少温暖,多少兴奋。现在它们大部分死亡了,埋葬了,永远地无从觅寻。我应当听从Y的话,"让叶华再给写一遍"么?

  风雨不停,暗晦的天色,仿佛黑夜就要来了。到夜深,留给我的只有狗叫和枭叫的声音:"嗦突嗦呼。"我将为那些夭亡者写出挽歌。

悼失二

从前，我收存着两个朋友的日记。一个名字叫A，他把日记写在每年一册的厚本子上，共四册。第一次读时我曾彻夜不眠，因为那些字迹有不可抵抗的力量，让我再不能闭上眼睛休息。他每天写一页，若想写的话过多，就用极小的字填满两旁以及上下的空白。那四个厚本子比它们的主人还清楚他的生活和心境。他从北方到山东，又到南方，然后又回到古城里来，开始是热烈的恋爱故事，后来和他刚刚结了婚的那个女孩子之死使他几乎疯狂，再后来就用沉重的笔写孤独的流浪生活，虽然遇见不少女孩子和不少热情，他的辛酸的心却衰颓下去。在第四册还没有写满的时候，他悄悄地死去了。这是极平凡的故事，我珍惜着它不是因为作者是我的朋友，却因为我珍惜每一个人的生活，无论是简单的或丰富的、多波折或充满平安的。那都是一只看不见的手给他们安排的，在世上并没有所谓可崇拜的或可鄙弃的我们的同类。思想和毅力的效果小得可怜。知道每一个人的生活既然是不可能的，这几册日记我应该替他印出来或者重写出来，但它们也都失去了，毫无痕迹。余在我手下的只有R的日记了。R在远方，愿他平安地生活在世上。几个薄薄的小本子，里面的记录也是零落不全的，每本上他都题了"第二日记册"。他曾对我说，他的第一日记是写日常生活的，第二日记里只有心情和特殊的记录，那时候我就知道他已经走上爱情的狭路了。R是又热情又多思的人，为一件小事常常忧愁起来，不能解脱，虽然他对事实的看法并不奇特。他只是耽于幻想，大半是悲哀的幻想，似乎受了幻想的折磨之后心里才得到坚定的信念，或者是经过一番自苦对真实的境况觉到一种意外的愉快。但和别人比较起来，显然他是缺乏判断力而过于放纵情感的。他一向前走，走入果树园自然很好，走入险恶的深渊也就无法退出了。而在他自己看来，宁可直为他所珍爱的走入深渊也不肯徘徊在荒野大路上。那个女孩子的性格和他完全不同，她又豁达又坚定，但有一些任性。他们的结合是幸福的调剂，若不结合却随时有发生悲剧的可能。R的日记过于不完全，也没有动人的故事，但这一些纸页是仅有的可宝贵的友人的痕迹，让我谨慎地守护着吧。这是初冬，树叶快要落尽了。何其寂寞的日子啊。

故人一

在人群中忽然遇见故人，觉得又欢喜又惆怅。

已经一年不见了。是什么把我们隔离开了呢？说是因为我的懒惰，不如说是我的羞于见人吧。极其不安定的生活，同时是极其单调的，见了朋友除去千篇一律的诉苦之外就没话可说了。我渐渐孤独起来，又觉得自己的周围寒冷可怕。这矛盾说明了我的软弱。

见了久别的故人，他没有一点变化，脸色比从前更光辉，我想他是比我强壮得多的。我的隔离让我特别清楚地想起往日，而觉得对他的疏阔是一种大罪了。

他仍然守着我们同住过的庭院，有多少花草和树木。他手植的桃树一定长得茂盛高大，那是他欢喜的一个孩子的纪念树。孩子的死曾重压着他的心，他对我说一个人坐在灯前就听得见那稚弱的声音的招呼。那小块墓在西山静卧几年了？

他是那么一个多感的人。我们常常做郊外的漫游者，有时在小丘顶上，有时在深密的树丛中，也有时坐着乡间的牛车走过美好的田野。他的语声总是绵绵不绝的,到暮色四合时我们还不肯回来。在城里散步的次数就更多了。有一个浓雾的冬天早晨,我们走过景山前街,看见一个小牧人独坐在马路边,脸藏在手里。他说那孩子必是有了可忧愁的事,也许是丢了自己的羊。于是他关心地去问,孩子却呆呆地回答不上来。

然而,他有正确的生活态度,他虽然喜好自己的理想,但绝不逃避现实。他说人生的每个时期都是很值得去经验、去体会的,所以不必悔恨过去或惧怕将来。他说对人生不可过于认真,应当把它当作一个包裹严密的美丽的匣子,最好时时欣赏,假如一定要一层层地打开,也许发现不少珍宝,但也许有一个魔鬼从里面跳出来。就这样,他给我过多少指示、多少安慰,我为此写过一些拙劣的诗句:

> 现在是秋天了,这些淡色的
> 叶子受了你的抚摸,在晚上,
> 你得到的感觉只有阴凉吧。
> 我感谢的嘘息逐去我的怨言:
> "你来得晚了,现在是秋天了。"

> 这土地,我常投以不快的目光的,
> 因你的脚步而变为柔和,
> 那些忧伤的记忆也疏淡了,
> 倘没有秋深的暴风,我的日子
> 将是平静的,守着你留下的安宁。

一年不见,我想着他的家一定更温暖,有一个比从前更可爱的孩子,一只喜好喝水的猫,到天晚他会安安静静地读《冰岛渔夫》。从他今天的笑容上,我相信他必原谅我的疏懒了,我能不去敲一敲××胡同八号的门么?

故人二

在邮局的柜台之外,听见一个不很生疏的声音对我招呼了一声。那个微笑的脸让我心里温暖,而且,时间的距离即刻缩短了,似乎我们只有三四天的不见。我用最从容的声调问他:"这么大的包裹寄给谁呢?""给罗先生。"那个矮小而肥硕的罗先生,我的院邻,每天在厨房里看着厨子做他自己特备的菜,那样的和蔼而且稳重。故人告诉我说罗先生早已走了,他存的东西却到现在才能寄去,是很觉得抱歉的。听了这话我猜想着"我们的"厨子的这位弟弟又回到大哥身旁来了。他说是半年前从家里来的,仍然在玄极观,不过房客都换得生了,对于我和另外几个熟人真有时候很想念。于是他关切地询问我的朋友YC的消息,说写信时务必替他多多问候。这年青人似乎比从前更消瘦了一点,我没有问他:"为什么又回到厨房里去,你那挑花工厂的同乡女孩子怎么样了?"

回来,我从尘土封蔽着的清卷找出朋友的"玄极观日记"来读。

厨子气愤地告诉我："这种弟弟您说有什么用处。什么事都不管又骑着车跑出去了。"我一听他抱怨他的弟弟我便心痛，如果没有玄极观幽静的地址，没有他们弟兄俩殷勤的招待，我将不知道如何生活下去。据哥哥说，前次弟弟当了兵，把人情全托遍了，好容易才把他拖回来，终于又跑了出去。今年十二月里听说他在外面拉洋车，特意找到他，为他还十块钱的印子，让他到这里帮忙，一吃饱饭又不好好地干了，整天和那个挑花工厂的女孩子打混，六个月花了七十多块钱。今天硬逼着又要了十块，秋节后到惠民工厂去，说是不干这营生了。听了之后很难过，我喜爱那个留着长头发的年青人，一张灰白的面孔永远浮现着微笑，清早起来总是拿把扫帚四处扫，一出门便听到"××先生，起来了"的温热的声音了。庭院深深，锁不住为恋爱燃烧着的心。

那灰白的面孔在今天的微笑下露出一些忧郁，美丽的故事也许是简短地结束了。寄完包裹之后他又要回到那个绿荫荫的庭院里去，有刺柏，有丁香，有葡萄和枣树，也有藤萝围绕的古香亭。对于这些我所怀念的他恐怕已经厌倦了，给房客送晚餐时会常常仰头向天空望一望么？

黄叶

从前自己是以写信过日子的人，现在每天不提笔，难以解释的疏懒。友人的信早已稀少起来，焦心期待的习惯也失去了。有时在街上遇见邮差，就任凭他路人一样地走过去，毫无系恋。住在这残破的庭院里，守着异常的悄静，觉得院门是邮差永不能敲的。

杂草寂寞地生长起来，有了淡紫的花朵。主人不会种植也不会浇灌，自开自谢，也做了季节的记号。春若去了，夏随之来临，友人的书信却是仍有黄叶气息的。我比从前更谨慎了么，它们没有变色，完好如初。季节变了，被收藏的应该再显露出来，让我重读：

这里有多梧桐的院落，窸窣的风声，雨天带来北方深秋的意味。今天是连雨后第一个晴天，太阳也是秋天的太阳了，院里静得很，楼廊上有人奏手风琴，奏思家的曲调。在黯然的心情下写信给你们，想念你们，如同你们想念这行人一样。S来信说，只有你们是幸福的，你们是幸福的么？如流水的岁月啊，N，如流水的岁月啊。

　　你们过那清苦的日子，不可思议啊。正如我跟人说的，想起朋友，我只有惭愧，我不带给他们任何帮助、启示，任他们瑟缩在北方的寒风里，度艰辛的岁月。孩子们，到了今天，只有自己是卫护的人，珍重，珍重，一切就这么艰苦。我不需要衣服，不要寄，寄也寄不到，你穿用吧。当你穿用我的衣服的时候，你可以想起我来，我幻想你穿着我的衣服，心上也安静一点。我们每人做一件棉袍，足可以抵挡些冷风了。孩子们，我不放心你们，更甚于你们不放心一个离家在外的人。我心依依，可是找不出话来，千言万语，我不是说过么：数不尽的繁星，说不尽的相思话语。

　　要相信命运，勇敢地接受命运所给予的一切试探，学习忍耐，学习安心。我无论走得多么远，总会记着N，因为他是一个懦弱的孩子。我想你们会常常梦见我，正如我梦见你们一样。你们那里恐怕已经很冷了，虽然这里仍是温暖如春。上一个冬天，我们通讯说要火炉，要花生，再上一个冬天卧在北辰宫的阳光下看《圣经》。往后日子全如梦境，如梦也好，让我们思念梦境时思念梦里的人。

　　不可再读下去了，风起了。应向远方祈福，并且早睡，让灯光暗下来，再轻轻地掩门。

寄 远

PH：

可怜我们的日子过得真是梦一样，在一个长年之中若疾病和愁苦偶然离开我，能够有工夫想一想往昔，又深思地向周围看一看的时候，就尤其觉得像梦。什么不是和从前一样呢？房屋和街头，树木的空枝和裸露的花架，嚎叫着的寒风和在天上微微颤抖的星星，这冬天的日子对我熟悉而且亲近，正是应该接到你从郊外来的信的时候。"我们坐在窗下听一听雪吧。"PH这样说。无论你离我多么遥远，我常常觉得你近在身边，看得见你，听得见你。年月的飞逝，生活的变化，人的衰老和死亡，好像都只是传说上的、小说上的事，"我们"似乎永远是依旧的。等你回来的时候，我们可以关上门（我们仍然可以在北辰宫找一间房），谈着，笑着，歌唱着，带着一点骄傲，自称为过着大学时代的年青人。尤其是PH，永远地年青，不但在十年前，现在也仍然是年青的，虽然孩子们长起来了。因为，不要告诉别人，这究竟是他们的世界了。我们的日子，我说的是从前的日子,不是已经够好的了么？那些永不褪色的记忆不是很可以做我们现在的安慰么？

> 我们相见时珍妮跳起来
> 吻了我,从她所坐的椅上,
> 时间啊,你这盗贼,喜欢把快事列在
> 你的记录中,把这个也加上！
> 说我疲倦了,说我忧郁,
> 说健康和财富都错过了我,
> 说我老起来了,可是还得说一句
> 珍妮吻了我。

一月二十日。和PH同回家,家里正在扫房,PH谈结婚和恋爱哲学,听无线电。五点半回来。PH来,和YC谈理想夫人。

一月二十二日。晨七点醒,天尚黑,说了一声:"讨厌。"PH忽然睁开眼睛说:"你讨厌。"九点起床,PH大谈婚后生活。

一月二十六日。PH来信,信如诗,说寂寞,说读书。

一月二十七日。去年今日在床上听PH谈《写在冬空》。打电话给PH,说已经进城来了,于是等着,用等待过了上午。

一月三十日。PH屋门外有一个纸条,写着上Y园了。在冷风中跑到郊野去找他,不见,回去时才发现PH、PC都在屋里睡着。

二月四日。出去找人,回来的路上买了橘子吃。PH骂我awkward。我们十一点半卧下,谈昔日读书时的顽皮事。

二月五日。两个人都迟起。谈话不多,但我们中间有最高的和谐。

二月六日。与PH在青年会吃茶。

二月七日。写信给PH。

二月八日。PH忽来,下午两点回去,留他不住,只得放走了。

二月九日。PH来说要理发,随他赴北中原,夜给PH写信未终。

二月十日。PH来,两个人躺在床上东一句西一句说些秘密的话。十一点半,到×××去吃饭,遇见一个女人,饭馆的人偏问:"三位是一块儿的么?"

二月十一日。坐电车回来,PH、PC刚刚来过,奈何。

二月十二日。PH来电话说不大愿意念书,答应给我写信。

二月十四日。接PH信,说沉郁,并说羡慕我。思想错误的孩子,岂有羡慕我之理。

二月十六日。赴大吉巷,十点半回来,PH正在YC屋中,他发的信也到了,十一点半熄灯,和PH谈话不多,因为他明天六点必须起身。

二月十七日。PH果然早六点走了,我还没醒,他在纸上写了"Bye-bye Morning"而去。九点,读了那两个字,心里凄伤。

从前从前,我们有多少年生活在一起,过得丰富而又欢乐。时间啊,你这盗贼,喜欢把快事列入你的记录中,把这个也加上。

江水笺

想到朋友在远处，炎热的天气中也深深感到内心的寒凉。自己似乎已经过惯了坚硬的生活，不敢信曾有过美好的往昔，因为朋友久已走了，带着亲切的语声，亲切如梦，而岁月是可怕的，常常对人说不幸的预言，为"信念"做证的只剩下一封来信。一切皆变，不能长存，这些熟悉的字迹是多么可珍贵呢。

P心好，他告给我许多故事，说你们做饭做不熟，Y就哭了，和你们同住的"狮子狗"说"是不是为我呢"；说你们有意到鱼子山村去管果树园，后来又说你们搬家搬到十八号；说桌子上有三个墨水瓶；说Z思念着远方的友人：

听我说，你要回来，
因为我们喜欢北方的风雪，
花生和火炉都在这儿默等，

不可以在远处以写信过除夕了。

在几千里以外能够知道这么多事情，心里很骄傲，只是自己没有写信，却苦了你们。我知道你们担我的心，却不知道我过的是什么样子的生活。"八日。深夜看香姑娘的诗，不很好，陌生的人们，知道我爱听细弱的歌声的缘故吗？九日。雪更大，使我记起北方的冬天，如果在××呢，炉火上的湖水会沸腾的吧，花生和橘子有着调和的颜色，独自假寐于炉火的温暖里，或是低低地诉说友情，咆哮着的北风也该是可爱的了。现在什么都没有，一身孤独和疲倦。十日。晚饭后到郊外看黄的菜花，绿色的麦苗，已经到依稀的麦穗了。傍着江堤回来，见大猫，见小K，大猫凝视着江水，小K伫立江边，等候着不一定回来的远人，可怜的孩子们。回来有着空虚的心情，拿什么东西填补起来呢？十一日。依然是落寞的心情，沉闷的天空压得低低的，檐水滴到积水里兀自响个不住，低气压使我窒息了。渴望着清朗的天空，渴望着温暖的太阳，渴望着有一般人能够倾听我的怨诉和心曲，渴望着有一个人寄给我一封温暖的信。天气像是连阴下去的样子，怎样才能够给自己一点安慰呢？"写着写着安慰就来了。香姑娘是江南人，有着纤细的身材、纤细的手，脚步很轻，微笑的时候眼睛就剩一条缝儿了。Y喜欢不喜欢这样的女孩子，告给我。她很会唱歌，会唱戏，唱歌的时候声音永远是颤动的。这些日子她不大说话，不大唱歌，像是满腹心事的样子。我们这里有二十多个女孩子，小猫和小K是里面的精英。因为自己已是一个衰老的人，没有好的兴致和心情，时常独自出走，到江边听听江水，到山上听听松涛。告给Z，这儿是一个风景佳丽的地方，比我见到的江南好，苏杭都不及她的野趣天成。譬如说这里有竹丛，有棕榈树，有黑衣白领的鸟，有高高低低的水田。江上有望不尽的白帆，晚上有一点一点的渔火。最爱在清丽的日子小睡，在山涧的旁边，醒后就听见流水的声音了。刚来的时候，听不到叫卖声，现在寥落地可以见到几个羞涩的货郎，生涩地喊叫着货物的名字。我也养成了夜食的习惯，一个人在黑暗里摸索着道路见到一盏半明不灭的灯，叫卖者的声调是凄恻的，慢慢地吃过一碗像是馄饨一类的东西，默数着自己的脚步回来。幻想我是一个老人吧，这老人有着伛偻的身体、沙哑的声音，闲常叼着一支烟袋，白天在太阳地里晒天阳，晚上是一席甜眠了。其实我过得很好，有一点忧郁是真的，不怕我思念远在几千里外的友人吗？不能够。我现在怕过春天，春天给我以回忆，静穆的大殿，静静的院落，窗前的丁香，Z窗前的山桃。Z和Y要好好地过，海棠开后，要多多默念远地的故人。我会是你们的祝福者。幻想着Y越发丰满了，两颊永远是红的。祝你们好。

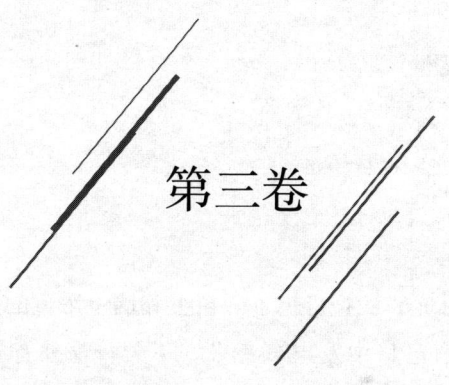

第三卷

寄北一

今夜有月光，我把灯熄了。窗上和墙上浓重的黑影子。我独立着，觉得从自己口中发出声音来。不久，窗外有一个孩子的笑声说："怎么你摸着黑在屋里唱？"我没对他说什么。如果我说我在思念一个人，他更要笑了。或者我说是有月亮的缘故，他会怎样想呢？因为这月亮，我今夜真应当回到我们的场院里去。我会在那儿过月夜，没有凉风，有虫叫，不像这地方寂静而且寒冷。今夜的场院一定仍然是那样的，不，也许我想得不对。你告诉我吧，我问你。那时候场上堆着成捆的玉米叶子，我倚卧在晒干了的叶子上，你说："你愿意凉，坐在这儿来。"你指给我新打下来的一捆。然后你又说："外面凉，里面烫手呢，信不信？"你让我把手伸进去试。现在它们仍在那儿堆着么？或者已经都晒干了，如果都喂了牲畜，你莫对我说吧，虽然我很喜爱那老牛与盲眼的骡子。你不在场院里的时候，我常常在柳树边守着卧在地上的老牛，看它的嘴嚼几口，停住，过一会儿再开始嚼。我想也许它胃里存的草太少了，但我没有解开它的缰绳。那盲眼的骡子我倒拉出去放过的,你知道么?我把它扔在树林里就跑回来,想着它不会走远。不料那一个晚上下了大雨,我不敢出门,是谁送回它来的?现在我也应当请你代谢那个人。天凉,蚊子变少了,每晚还在树下烧碎枝子么?我爱看那火焰,但常替站立在烟中的牲畜不舒服。牛棚里还湿不湿?鸡房比从前好一点么?那时候鸡总是不愿意进去,每晚等人往里面赶,到最末就剩下那只最大的公鸡了,不过我很喜欢它,虽然它时常啄小孩子,有一次还啄了我。早晨我看着它从猪圈旁跑到最高的墙上去,伸颈用力地叫,我也替他骄傲。它在秋天里一定更健强,愿你告诉别人莫嫌恶它,莫伤害它。鸡鸭想仍在一起住。鸭子是不是仍有四只?它们也可怜,喂鸡时总把它们赶开,让它们到门外没有鱼的水沟里去,尤其是那只似乎坏了脚的,走几步就要跌倒。我常偷着给它们大麦吃,现在你替我做这件事才好。山鹊仍然叫得高兴么?不知近来有没有暴风雨,它们白杨顶上的家宅想是平安的。鹧鸪走了没有?在这儿,天未明时一声"滴水打水"也听不见。有一次你告诉我:"鹧鸪不走,等着呢,等吃完了'玉米灰'。"我真是想念它们,想看那黑色的尖端宽大的长尾。如果它们已经飞往南方,你就晚睡一会儿,免得早醒来觉得寂寞。早饭后你若有闲暇,为我去探视一下磨房,看里面灰壁多了没有;探视一下倒了又扶起来的桑树,看它是否已经长好;探视一下午后的小胡同,看有没有虾蟆在其中跳跃;也探视一下菜园中的小池,看浮萍仍然遮满在那儿,或者已露出透明的水面来。凡在我们的场院里的都是我所关心的,愿你让我知道它们怎样过秋天。我更要问你自己怎么过秋天,怎样过月夜。那一个夜间,我偶然跑出门出,到苇塘边走了一回,我回去时,篱门上的铃锐利地响起来,于是你在里面问:"谁?"我很愿意做一个客人,想改变一下我回答的声音,但你即刻听出来了。近来使门铃的都是谁?他们有时候给你一点喜悦或烦忧么?也许你一听见铃声就知道不是从我手下发出的,我必须在异乡再多过几天。你一定记得影壁旁的一堆黍穗,那个阴沉的早晨我绕着它走,告诉了你我的行期在次日,你说:"明天下了雨你还走么?明天必须要下的。"然后你问我回去的日子,我说在十一月初。这日子我谨记在心里,不会改变。愿我们都留意秋冬之际的到来。

　　我这地方的许多景物都与从前一样,有的变化了我也不很关心。但我愿意对你说我窗前的豆架。它是我费了许多力搭成的,高处的竹竿连接着屋瓦。夏天,有不少日子我为了初生的豆蔓不快快地长大觉得忧愁。现在这些密的叶子做了门窗的荫蔽,正如我所预料的。我一抬头就看见它们,也看见紫红色的丛花。我数过已经结成的豆荚,快到一百了,最近几天中有许多很快地膨胀起来,然后变作微黄色。我不肯吃它们。将来把它们摘下来收存,回去时带来你看。我们菜园的篱上一定结得更多,盼望你给我留一点,把它们剥开在窗台上晒一晒。等你午间去看视它们而觉得阳光十分可喜的时候,那就是十月的末尾了。

寄北二

我刚从一个宴会上回来。在那异样的灯光下面，仿佛每人都兴奋起来了，但是，你知道，我是最不适宜于赴宴会的，尤其是今夜。因为席上有两个我不相识的人，他们在我眼中几乎故意地做出亲密的样子来，让我觉得自己很卑微。也许你会责备我错用了心思，不把精神放在当前的实物上。也许你会对我说："那不是有些发傻么，在应当尽量欢乐的时候还苦恼你自己，让一件无关的事影响你心情的健康？"我禁不住自己，我知道错了。恐怕也是这雨夜的缘故。雨从昨夜落起，至今不止，像是每一滴中都有多量的寒气。我冷得觉也睡不着。窗外的声音听来毫没友好之意，而且，我抬头一望，看见黄色的豆叶子了，它们一定是突然变黄的，又偏在这时受了雨的击打，你想多可怜。我想到宴会上去躲避这寒凉的，但我只见了别人的温暖。我离开那灯光，与街上的湿气相遇时立刻寒噤起来，路上满是泥水的光，我的脚步声迟缓而不调和，几乎忘记了所应当走的道路。各条街道上落叶代替了行人。他们都到什么地方去了呢？我不是也应当在家里么？不是应当在我们的西屋里，坐在床上，熄了灯，听你抱着大猫说故事么？这是真的，因为现在恐怕是阴历九月的末尾了，你一定已经离开一整月的收获的忙碌，可以享受一点新的轻松了。秋麦想早已种好，前十几天，有一个家乡的来客对我说，地都可以犁，既然少雨，所以现在这过时的雨是没有用的，除非引起我的怀乡病。自然，每一天我的心思要离开这儿，到我们的田野里、我们的场院里、我们的老屋里去，而这锐利的寒冷使我的身体也不愿在此久留。直到现在，我不愿去开那卧在墙角的小衣箱，我老觉得自己在等待，等待天气变暖或听见"还不快添上一件去"这句话呢？我不知道。近来我睡眠更糟，因为深夜不能给我温热。在梦中，正是昨夜，我看见自己在我们的篱门外，满地是好的阳光。我预备写信给一个朋友说，"我喜爱这儿的阳光，真不想回古城了"。我醒来毫不觉得惆怅，仍是很安适，因为我不能认为昨天的事比梦中的事更真，凡醒来记得的，就是我确实经过的。如果梦做得不寻常，我更觉得感谢。你相信么？你笑我么？或者你说"快回来过几天实生活吧。真没想到你这么可怜，用恍惚的梦境来安慰自己"么？你放心。我会过得好。我不应当写了这许多字形容我的寂寞，让你不安。完全是雨的缘故。明天快晴吧。近来我能读书，能和友人说笑，能到街上去买东西吃，而且许多极小的事会让我高兴。一个黄昏，我和几个人走过一条狭窄的荫路，他们在扁柏下面发现一只刺猬，已经蜷缩成球的样子了。于是他们用力踢它好几次，并议论着如何处置它以做自己的娱乐。我不知费了多少事才从他们的暴力之下把它夺回来，仍然送到那阴暗墙角下去。我在心里对它说："你饿了吗，可怜的孩子？你知道这儿离果仓有多远。愿你幸运。"我微有些歉意，因为不能给它找一点东西吃。但那一夜心里很安宁，觉也睡得很好。有一次，我在早晨的街上绕圈子，一只狗正在横过马路，我知道它一定会碰到我的车前轮上的。我按了一下铃，它极其敏捷地站住了，让我过去。我不禁地做出一个微笑，周围的行人也都陪着我微笑了。像这些偶遇的事是常有的，而每天我乐于做也必能做的是煮粥。在这儿，没有小院，没有柴棚，没有灶，没有木柴，没有在灶旁跳跃的蛙，没有炊烟，没有人语，我只看见炉火的焰苗，又是那么微弱，不能发出熊熊的火光，但我守在炉边，可以把我的想象和记忆连接起来。粥的颜色和滋味总没有让我失望过，甚至有时候我不再吃别的东西。我应当骄傲地对你说："现在我会煮粥了，做得很好，你信不？"只有今晚我不能不让我喜爱的锅与碗空放在架子上，我冒雨去做了客人，回来时衣服上脚上都是泥了。雨仍是没有住呢，你听。不过我没有委屈的感觉了，在外面走一次受一点寒冷与阴湿算什么呢，我只想知道你今夜过得怎样。你不要出去吧，场院里的禾堆一定早有人给遮蔽好了，牲口也早拉到棚里去。屋外若有晾着的新洗的衣服，你不用管它们，反正拿进屋也不会干的。你且听一听有芦鸟叫没有，有粗声的蛙叫没有。也许都没有了。为什么我觉得我们的乡野间仍是夏天的景象呢？等我回去时，我必为了树叶子的减少与你衣服的加多而惊讶起来。那惊讶快一点来到才好，那时候我再不会怕这样的雨夜了。

来客

夜了。有一个不很亮的灯，一只多年的椅子，我就可以在屋里久坐了。外面多星辰的天，或铺着月光的院子，都不能引动我。如果偶然出去闲走一会儿，回来后又需要耽搁好久才会恢复原有的安静。但出乎意料的是只要我一个人挨近灯光的时候，我的客人就从容地来了，常常是那长身子的黑色小虫。它不出一声地落在我的眼前，我低下头审视着，它有两条细长的触角，翅合在身上，似乎极其老实并不会飞的样子。我伸出一个手指，觉到那头与身子都是坚硬的，尤其是头，当它高高地抬起又用力放下去时就有一种几乎可以说是清脆的声音。我认识它，它是我所见过的"叩头虫"，我对它没有丝毫的厌恶，它的体态与声音都是可赞美的。它轻轻缓缓地向前爬行，不时抬起头来敲击一下。如若用手指按住它的身子，它就要急敲了，我不愿意做这事。但不留住它，它会很快地飞到别处，让我有一点轻微的眷恋。

又有一种更小的飞虫，双翅上满敷着银色的粉，闪耀出银色的光辉。我不知道它的名字。有人说叫作"白蛉",夜间咬人的,但我并不十分相信。我看不出它的嘴一类的东西。它落在桌上,两翅微颤着,似乎带一些可怜的神气。不幸一次因为有许多只结队地来扰乱我,又不受我的驱赶,我打死了几个,那翅上的银粉也剥落下来。其后它们绝迹不来了,直到现在,我仍没有遇到过一次,想来总觉得对那几个死者有些歉意,因为它们是我的最小的客人。

不到桌上来而永远徘徊在墙上的是有许多条腿的敏捷的虫。它的身子是灰白色,腿上还有些暗黑色花纹,但我并没有看得十分清楚,因为我发现它时有一点恐怖。那么多的腿很足以让人的眼睛不舒服,不过,与蚰蜒比起来,又是温和得多的了。我叫它"钱串子",这自然不是各地通行的名字。当它见了人或灯光时,并不转动身子,仿佛在注视甚么,直到我用一根小棍敲着墙的时候。它走得非常迅速,不久就完全找不到了。这屋子永远是潮湿的,所以它不愿轻易离开,我还注意到它已经在这儿生了儿女。但它们吃甚么呢,整天地伏在潮湿的墙洞里面?

第二种在我屋墙上爬行的虫只有八条腿,而且走得很慢,一步一步地,像一个病者或老人。那是蜘蛛。但并不和在院中常见的完全深黑色的身子,看去有些笨重,伏在一个大网上的一样。我的蜘蛛的腿特别长,深灰色的细瘦的身子,带着文雅而庄重的态度。只有见了它时我像是遇到旧相识,我们各自没有惊慌,并以友谊的眼光互相睇视。有时它走到我的书上来,停一停然后回到墙上。我至今没有发现它的网或住处,但总觉得它不是一个远客。

许多日子以前,我在书架上翻一堆旧书,在一本下面,发现两个大小不同的蠹鱼。没有等到我捉,它们就钻到看不见的地方去了。那时候我想不出捉它们的方法,倘用手,似乎是不合适的。后来,它们渐渐地跑到放在桌上的书缝子里来,而且毫不畏惧地爬上墙，在我的眼前跑来跑去了。那种敏捷的程度不下于那多腿的虫。或者它们也是多腿的，因为细小得不到我的注意。对它们我特别觉得嫌厌；但当我检视了我的书，并没有发现几个破洞时，也就不很关心了。

别的虫少有到这屋里来的。上面说过几种，虽然也常常相见，却不能破除每夜的寂静。我想念着那灶虫，那柔和的有力的歌者，它每到天黑时就开始唱起来，几乎可以整夜不息。那声调虽没有高低长短的变化，我听着绝不觉得厌烦，它会引领着我的沉思，给我以微凉的感觉，让我幻想着已经到了秋天的日子；它也不让我的心里凄凉或伤感，只有异样的安宁。它喜好庭院中的风露，所以这屋里得不到做它的住处的光荣了。我见得到不同的虫，但它们都奏不出夜的音乐，除了那敲击着这桌子的叩头虫，叮叮的，声音是那样沉闷，枯索。自然，在我的来客中它已是很高贵的了。

记念

　　愿我们都记念着这一个暴风的日子。前几天的天气是柔和的，我们每天在一起，觉不到天气的变更，也不知道自己生活在哪一季节里，而今天，不，是昨天，暴风就来了，携带着多量的寒冷。昨夜我一个人上了街，像是在那儿做了唯一的行人，今天早晨，你们到这儿来的时候，每人都缩在衣领里。你们说，冷得太厉害了，耳朵和脸都没处躲藏。我听了觉得很惭愧，我是没有出屋门的，我应当伴着你们走在狂风里。我知道，天气变冷是冬天应有的过程，但为什么偏要在这两天？我们记念着吧，记念着这暴风的日子，它用全部的力量阻止我们分手，它让我们今天的记忆更其坚强。

　　我们的日子过得这样快，不知怎样就到了今天，而且到了黄昏。然而，我知道，从此以后，日子又会过得迟慢了。就在这黄昏开始的时候，我听见窗外有鸟的叫闻和展翅声，那声音断续着透出一些愉快的调子，我真想即刻把他们赶走。我向四周看了一下，桌子、椅子、书架，和它们负载着的书籍、纸片和别的东西，一致现着默然的神色。我听见它们用细微的声音说：日期到了，从今后再不能接受那亲切的手的抚摸，它们将呆呆地等待着，让一层层的灰尘落在它们的身上。我知道世界已经变了，好像从白天变成黑夜，我不能把太阳招回来，甚至哪怕一缕薄弱的日暮的光辉。

当我走出屋门的时候，不自觉地向东方一望，我惊讶了，因为那儿，那天上，正有一个圆圆的月亮照耀着，而满院子有了淡白的光。它这样突然地和我相遇，让我即刻急急地退回来，那圆圆的脸上充满了恶意，在笑我，在揶揄我。我诅咒了它，但它并没有沉落下去。今夜，你们是不是也看见了月亮？你们不觉得它是可恨的么，在这末一天的夜里来窥伺我们？

我守在灯光下面，看着这屋里的散乱的东西，我不能也不愿去整理它们。因为这个样子是你们亲手造成的，每一件东西上有你们最后的痕迹。只有这地上，你们曾践踏过千百次的，没有留下一个你们的足迹，我低下头找寻，眼中却模糊起来。

今夜世界上异常安静，风也似乎停住，不再让我的窗纸嘶叫。好久后，我听到一种当当的声音，又微弱，又清新。那是钟声，我听得出来是挂在那个空屋的钟。是的，那是一个空屋，除了一个钟还有什么呢？今天下午我们在其中聚会时正是三点半，现在到了什么时候，它为什么这样地响起来？但钟声终于过去了，四周恢复了沉默。我仍然在倾听，倾听着那个空屋。渐渐地，其中荡漾出来一阵歌声，那正是我们的，我们所唱的歌，它飘荡着，缠绵着，无尽的颤抖的声音在我耳边。我想再去推开那个屋门，我会在那儿看见你们，看见我自己，看见各人的面庞，看见笑和泪更替地浮在各人的脸上。

你们去了，这儿的欢畅的空气也随你们而去。一夜来有几次我睡而又醒，似乎总有一些闲心的事还没有做完，又没有确定的解答。梦也连续着做。最末一次醒来,天就亮了,我睁开眼,感觉正和每天没有两样,我仿佛很着急,急于穿衣,怕你们来了又要笑我晏起。但我听着,四周充满了礼拜日一般的寂静。我起来,带着一种轻微的希望走出门外。满地是阳光。四面的屋子环守着一棵安静的老树。我像是来到一座庙宇里。你们知道么,今天是一个晴朗的日子,昨天的暴风早已隐藏了。西屋的窗上覆满了树影。你们走了,那个屋子就完全失去拜访的人。它的门锁了,它的神色仍然像昨天,安安静静地等待你们回来。你们将让它等待多少日子呢?从昨天的黄昏、夜间,到今天的早晨,我时时望着天,也望着遥远的影子问:"我的好伴侣,还能再得相见么?"记着昨天你们临行时,每人对我说的一声"再见",那两个字含着多少言语、多少凄伤。

让我们永远地互相记念。在我的想象中你们的笑脸一个一个地现在我的眼前,那样地真切、清楚。我将好好地守护着它们,让它们再不会模糊,无论经过多少年月。当许多日子过去之后,我再这样一一地访问你们时,心里必生一种深切的温情,那就是你们的宝贵的赠予。

相聚的时候没有想到今天,但今天终于来到。仿佛每过一分钟,我们便离得更远一点。我们如同一群飞坠的流星,分散向四方,一个也不能留住。我只有时刻展开我的想象,想象着你们有的在车里,有的在海上,或者停在家里,或者正在劳顿的路途中。我知道你们也正和我一样,心里在辗转不宁,为了自己的伴侣。我们将默默地流出泪珠,我们的语声再不能互相听见。

几天后我也要离开这地方了,我受不住过往日夜的怀思的袭击,虽然到他乡更是满眼生疏。等过几天就再回来,仍然守着这个庭院,期待你们的消息,直到不可知的日子。

桃 林

许多商店的门都开了,小城中的人似乎惯于早起的,街上略略显出繁荣之状。但道路崎岖狭窄,铺着不整齐的石块,和两旁低矮的老屋衬起来颇有古意。除了一些赶早市的人们之外,有几匹驴摇摇摆摆地走在街心,负着多量的柴薪,后面的驱赶者是两个健壮的乡人,像是从山中来的,一面走一面吃着他们的早点。

我发现自己走在一家招牌很多的商店门口。那是一个点心铺。陈列在窗前的颜色不同的食品对我有一种淡淡的诱惑。我并不觉得饥饿,却想买一点做道路上的点缀,便走了进去。

"这个多少钱?是新鲜的么?"

"呀,刚刚送到的呢。"那个卖点心的人满脸是笑。

当他把买好的点心包了起来的时候,我问他:"到H城去要经过什么村庄?"

"H城么,那就到'新庄'吧。"

"离这儿多远?"

"四五十里吧。"

我道了谢,重新走到街路上的时候,已经不是一个无所携带的旅人了。我觉到好久不曾有的安慰,因为有了食品,或者是因为得到了路径的指示。

街道尽处有几棵老树,仍然是一片空枝,但颜色很鲜润,有正在生芽的样子。一只山鹊在上面叫。我走过一段空场,看见低低的城门了。城门里面停着几只驴。我刚刚走进了一点,驴的主人们就殷勤地和我说起话来。

"骑驴走吧。您到哪儿去?"

"新庄,多少钱?"

"说的是'桃林新庄'吧?"

一个驴夫告诉我东方并没有叫作"新庄"的村子,只有二十里外的"桃林新庄"。我觉得地名和远近都没有什么关系,方向不错就很好了。于是我们商量好了价钱,而我添了两个伴侣。

天仍然阴着,却毫无风雨之意,整个的乡野间充满抚人的湿润。草色青青的,似乎到处都有绿芽。田亩中一行行的麦苗排列得十分齐整。远处的树梢头上笼罩着淡淡的烟雾,烟雾中有的地方透出一点红晕来,我分辨不出是桃花还是杏花。

柔和的风,柔和的驴的脚步。我们已经远离开那荒城,来到一条小河之旁了。驴一点不迟疑地走下水去,似乎爱听自己的四蹄溅水之声。驴夫也早已用双脚亲近了寒凉而不刺人的河水。我很想跳下去走一走,但不久已到了对岸。我怅惜地低头看着道路上新留下的足迹,驴夫却对我讲起河的变化来,说到夏天它变涨到十几尺深,假如他种地不很忙,他就是船家了;说可惜那只木船已经坏得不能用,不然我们一定有很多重见的机会;说他在这条河里救过一个孩子,孩子的母亲说一生忘不了他。然后他又说了自己的简单的历史。他住在"桃林新庄"十里之外,一个自给自足的农夫,有妻有子,还做过一次村长,知道无数村里的故事。赶驴和撑船并不是他的副业,只是一种癖好,仿佛对自己周围的人们谈话谈得太熟了,很愿意和过往的行客倾吐一些衷曲。

这位村长娓娓地诉说他的英雄事迹,我安心地听着,感觉比城中的那些同伴好得多了。驴也不会跑跳,永远迈着欢悦轻快的脚步。我们三个似乎都是诚实的,又都有些坦白的自得,因此这短短的春郊行程颇可祝福了。

我们走过了两三个村庄,道路渐渐倾斜下去,两旁的土岗渐渐高起来,仿佛是一条宽阔的山谷。岗顶上有步行的人,低声唱着自己的曲子。略略陡耸的土坡上处处开着杯形的紫色花来,如同一些冒寒穿了春装的孩子。我想到那就是朋友赞美过并说它们性情太急的野花,至今不知道名字。

我这样的默想着,忽然耳边有驴夫的声音说:"啊,多么快,您到家了,我离家也不远了。"

我抬起头来,发现那条曲折的路已经走尽,前面是一片宽广的林原,地面又成了低低的斜坡,斜坡上有无数的树木、房屋,不见边际。我听了驴夫的话,知道这就是叫作"桃林新庄"的地方,于是我从驴背上轻轻地跳下来,一面口中漫应着:"啊啊,到了。"

"我的家应该在这个村庄里面么?"我默问着自己,却不肯对驴夫说这并不是我的家,以及自己是一个不识路的游子。我把应给的钱交在驴夫的手里,接过小包来,又笑了一笑。驴夫用一种亲近的声调说了"过几天见",点点头,就牵着那匹柔顺的牲畜迤逦向西去了。我望着那个背影,又觉得后悔起来,不知道为什么刚才没有留住他,请他引领着再走一段二三十里的路程。我独立在那儿,被遗弃之感很快地加重了,如同送别了一个熟识的朋友。我向前面村庄一望,没有人出来,却透出一些生疏之意,于是向高处走了两步,对着驴夫所走的方向去寻觅那背影,而我看见的只有林外阴湿的土地上淡淡的足迹。

几个小孩子跳跃着从村中出来,手里挥舞着青色的细枝。他们并没有注意我,我却觉得有些不好意思,开始用闲时的脚步沿着孩子们来时的道路走去。那道路引着我蜿蜒地走入林中,枝干一程比一程浓密,完全是山桃,满枝花苞,高处枝头上的已经大半开了。地上没有落英,却浮溢着最清淡的香气,混合的花香和土地的香。

我信步而行,前后左右完全是桃林了。一阵鹧鸪叫声在远处,我的脚步不知不觉地拖缓下来,由缓步而徘徊,甚至停歇住了,抚摸着身边的桃树的枝干,又审视花朵和花苞的颜色和形状。林丛中只有我一个人。村庄的房舍先是隐约可见,现在已经完全被遮住了,连人语声也难得听见。我成了一个迷路者,本来想由那些房舍中间走过,顺便对这村庄做第一次拜访,却不知怎样地转入村外了。但我一点不觉得寂寞,甚至有些忙碌,忙于以整个的感觉接受这桃林的赠予。

从桃枝之间仰头望去,天空是淡灰色的,平静,柔和。忽然村中送来几声鸡叫,我倾听着,那声音仿佛是日午的报告,于是我拣了花枝下一个最清洁的地方,坐了,把小包慢慢打开。这一些点心对于我真像一席盛宴。仍然没有人来,只有蜂的嗡嗡之声在头上。"蜂,请来分吃一点吧。"这样默语着,我想象着那几个小昆虫下来和我低声合唱了《还乡曲》。

好久之后,我站了起来,向四周投下了留恋的眼光,然后开始自己的步行。直到桃树十分稀疏的地方,我才看见两个农夫正在犁土,而田地间悠长的路径在目前伸展开了。

夜 读

接到一个不相识的朋友寄来的诗篇，我几乎有些诧异之感。这一叠生疏而可喜的纸页像自天而降的奇迹。邮差走了，屋里有多少宁静，而我的心思匆忙起来，预备即刻在微暗的灯光下做一个读者。

没有读诗已经多少日子了？只要有一点闲暇，或者被风和雨关在屋里的时候，我就发现心上的不能填补的空虚，于是到书架上去翻动那些古老的伴侣，把手指沾染上尘土，再默默地退回来，开始令人疲倦的冥思。几年前诵读诗篇时常常感受的惆怅的安慰在记忆中渐渐淡了下来。

所以今夜是应该祝福的，一个影子稳定地依在墙上，而它的口中有了低吟的声音。

我看见一个多白杨的古朴的乡村，老人坐在家门前望着游散的牛羊。忽然那地方变为废墟了，墙壁已经倾倒，还乡的青年独立在门前：

Say, Carol, can ye imagine
I have lived here for four years?
没有回答,一阵白杨的叶子响。

我看见他立在像江水的街头,向一个怀恋者致语:

我应该用什么名字呼唤你呢?
伫足于一小窗下,我独自暗暗地寻思;
同时觉得有一滴寒冷的液体坠落在
我的前额上……天又要落雨了……

又在静静的秋夜低声说记忆:

你那里的烛光也许像这里的
一样摇摇欲熄……可是我终于记起
一个青色的月亮在喷泉上哭泣,
丛树交着哀弱的手想将她遮蔽,
那样一个夜晚……你在暗影中静立,
你的眸子却燃烧着淡淡的光明
当你说"再见",送我出落叶的穹门。

当他听见一个女子步行在庭廊上时,他说:

她的足音使我怅然想起如此
一个短短的梦,短短的秋天。

美丽的现实和美丽的记忆一样,因为幸福永远像幻梦。珍重地保存着它们吧,也常常做一个夜读人,吟诵着:

灯光似被雾蒙了……兀自追忆着
一辆马车引入飞花泄秘的桃源,
落月下,满院的荼䕷,深深掩着门。

我的诗篇

这一些零碎的诗篇能给我什么呢？两个月以前我想把它们扔掉或长久地搁置起来，现在又珍重地收集在一起了。可怜的小东西们，无定的命运。可怜的它们的作者，无定的命运。当我抄着它们的时候，才觉得从前对它们太冷漠了，我们直到今天才能开始亲近，想来令人安慰而又悲伤。现在我才发现了人群中的自己，广大的世界上的自己，我应当隐瞒这事实吗？我所亲近的都向我没有原因地告别了。不，有我不知道的原因。于是我失去了生活，失去了"现在"，甚至失去了"将来"。忙碌远去了。余下空洞和闲暇。疑虑、悲哀和怨恨也都没有久留，我当为此感谢。只有这些诗篇仍在身旁。我珍视它们。不因为它们的内容，只因为它们本身，卧在陈旧纸页上的我的憔悴的朋友们。但它们的声音清楚，记忆也健全，引我到遥远的"我的"庭院里去。丰富的庭院，两株丁香，一株榆叶梅，一株单薄的桃花，两株槐树，下面有鸽子和兔子的住处。平安！就在那庭院里我开始练习写诗，写：

这庭院仿佛是我的旧相识，
　　对我现出极谙熟的神色，
　　弯腰的老树日日夜夜在那儿
　　看守着下面的阴湿的土地，
　　没有威容也没有一声诉语。

　　然后我写了《石像辞》，写了《巡游人》，前一首虽然有些凄楚，但我的心是柔和的，甚至写《忧虑》《访寻》和《别意》时候也是柔和的。我相信这几首诗中的主人现在都高兴、快乐，正如我们在一起的时候。然后我搬到另一个院子里，在那儿过暮春，过夏过秋。我实爱的花坛，红蓼，凤仙，美人蕉，极其繁密的茉莉，还有小白杨，还有梨树。可喜的雨，可喜的阳光。多少忧虑和欢喜。在那儿我写了《五月》和《静息》，但我仍然是有伴侣的，也有愉快的来客。"你们还去敲'我的'屋门么？你们见了那另外的主人时，会失望地转身走回去么？"是的，过了秋天我就离开那儿了，虽然仍在同一的城中，我的怀想让我不安，有一天，我在街上遇见一个孩子：

　　那个小小的影子走远了，
　　把一声招呼一个微笑
　　遗在脱叶之丛树所守护的
　　负着尘沙的街路上，
　　于是我做了唯一的步行人。
　　我知道那影子从何而来，
　　我将倒踏着那些

小小的足迹回去么,
回到仿佛现在仍然是我的
而且昨夜曾来入梦的庭院?

在《一念》各章的试写中我过了冬天和春天,夏天我回到乡村去了,美好的乡村,我的"家"。

在那儿,歌唱的山鹊望着藤枝下的
鸡、鸭、小猪、安卧的黄牛
和双眼的健强的骡子。

畜棚和鸡埘是安静的,
正如高高的草垛或禾堆。
星辰异样地繁密,在天角
有一弯大而红的月亮
悄悄地窥视着整个的田场。

我写了《蛰居》的前三章,但没有写菜园,水池,长草,驴的故事,鸟的故事,会闹的孩子和小牧人,梦样的懒惰。到八月开始时,我在篱门外和一个旧识者有一次意外的会见,这会见引起我一些愚蠢的心思,仿佛意外还会再来,终于我用"不见"结束了自己的幻觉。然后我又回到大城里去,秋天,我的"寒日":

在九月和十月的隐秘之交替中
再没有声音对我说季节。

然而，十一月来了，十一月的末尾来了，从此我忙碌起来，无论在工作上或在心思上，因为我得到一种力量，使我可以像别的健全的人一样过生活，虽然那生活中没有安静。日记代替了我的诗。其间也零碎地写一点诗，我把它们搁置起来了。谁知道将来有什么变化呢？如果我坚强，会把它们印出来。如果我软弱，会把它们毁灭。如果能忘记，我会把它们忘记。现在十一月的末尾又已经过去，一年，一个限定的阶段。丰满的一年，梦的一年。我的收获太多，失落太快。不愿意说出我的力量的赐予者那冰冷的名字。等着，等着，过些日子以后我也许会向过路人喃喃地讲述自己的故事，不，不要讲吧，我应当聪明一点。冬天，十二月。难道这是另一年的开始么？我已经来到乡野间，生疏的呆板而枯寂的乡野。

　　　这是夜深，我不敢走到外面去。
　　　那负着鸟巢的残塔把他的铁马投在地上，
　　　那冰冻的池塘到深夜就发出爆裂的声音，
　　　那一片白杨树用裸枝尽力地嚎叫。
　　　为什么有残塔，
　　　为什么有冰冻的池塘，
　　　为什么有白杨树，
　　　为什么有不相同的地方？

　　这会发声的炉火能回答我么？永远是一个人，有话说给自己听。对我说"为什么你的嗓音有点颤，又有了过量的忧愁了吗？告诉我，尽情地告诉我吧"的朋友哪儿去了？远了，远在海外。我写了《寄远》，但我写得那样模糊。PH写道："祝福我们的好HT，他在爱丁堡静静地读完这一首诗也会想念起'甘雨'的美好夜来，如写'Farewell'一样他将有诗寄来,N,我们等待。"但我知道HT在写诗以前会有些惊讶的,为我的意外的变化惊讶。真的,我自己也变了,集起这残篇诗来的时候,心里空漠,只有一些淡影、一些回忆。想说几句话,而所说的又狭窄,又琐碎。有什么法子呢?这不是我的过错。夜半过了,我不是应当念点书吗?我打开古老的Ecclesiastes: "To everything there is a season and a time to every purpose under the heaven…… a time to get, and a time to lose; a time to keep, and a time to cast away……"但我又不想念下去了。"亲爱的孩子,睡吧。"

第四卷

蠹鱼

想念着一个远方的荒城。在那地方停留一整年真够长久,因为寂寞让时间静止。一个人的生活是不易安排的,难以改变自己的气质,那些异乡人便完成了我的孤独。感觉似乎衰老了,但仍然有不眠的夜,有惆怅的黄昏,内心的寒凉确是最重的刑罚。感谢天,那个时候已经过去了。记忆永远是有所选择,仅仅把可喜的情景留下,而舍弃多量的烦忧。近来习惯于喧嚣和尘土的生活,那座荒城也竟令人想念了。

城中四分之三是田地。我看见自己做了一个清晨的巡游人,满脚是泥土,满身是露珠。禾苗如同美丽的海浪,一直涌到城墙尽头。城角才有几间茅屋,静静的,连车辆声也听不见。树下有几只没有人看守的驴在散步觅食,我也就在那儿久立不去。有时候是黄昏。我的道路通着那个广阔的湖沼,水浅不能行船,但月亮把它变得又光辉,又神秘。我守在岸边,必等到湖水暗下来,夜风使人悚惧的时候。

城外更是无边际的碧绿了。一辆双轮车常常载着我走得过于遥远。村落排得极其稀疏，旷野接着旷野。坐在守墓的满枝花朵的老树下，听蜂叫和鸟叫。随着健强的牧人们在丛林中漫游。在桥上向下望着，觉得不忍离开，就从一条小道走到桥下去，和茂密的芦苇草叶相亲近。然后沿河踏着湿软的土地走去，直到一个小渡口，上了旧帆船，听船家讲神异的故事。

给我那孤独吧，但是，也给我那丰富的田野吧。在这都市的城里住得太久了。田野如梦，似乎再不能相见。在街上，过多的声音，过多的车马，过多的同行者，以尘土互相馈赠。在屋里，一行行陈旧的书籍，每天做重复的叙谈。我是杰克，我是德拉尔的蠹鱼：

"我厌烦了，啊，厌烦书籍了。"杰克说，
"我想念着绿色的草原
和葱茏的紫罗兰花，在林里，
在它们清凉的叶丛间点头；
我想去看那农夫用阔步
踏遍他的茫茫的田亩；
去听那哑声的海水赶着
它们的浪涛向岸边击打；
我想去守望那海鸥旋飞而回，
来找她的栖在岩石上的同伴；
或者到疲劳的母牛停身的地方
看她们梦寐地倚在栅门外。
有的真是已经过去了，

墨水和印刷品不能让它再生。
我又想念起绿的田野来了,
我厌烦书籍了。"杰克说。

求乞者

求乞者来到屋门前的时候,几片黄叶自天而降了。

下午的阳光是安稳的,暖热满院,使一切舒畅、静止。蝉声并不令人想念,隐约的草虫低叫已经够了。在这样的日子里,如果有一点余暇,便会为暖热所引,无论在一棵树下或一堵墙边,都可以久立不去,暂时忘记外面的世界。街市上永远没有季节,庭院的暖热却也不能久留。黄昏到了,树木便黯淡起来,叶子辞枝时候,似乎又寒冷,又忧愁。人也开始有瑟缩之意,站在屋门前的自己是这样。

求乞者是我的旧相识。他喃喃地述说我们昔日的事迹,而我的记忆几乎疏淡得不能做证。不但对于他,对于自己过去也实在是既无怀想又无信念的。他仍然储藏着梦的记录,较之我的空白如远天究竟是可喜的吧。因为他的叙述,我感到一种新生的亲切,对这陌生人的推门而入不以为怪了。

他说到厄运又说到饥饿,我把旧相识的印象放在面前的求乞者身上也并不惊讶,正如我自己做了求乞者流落到他们的门前一样。"死的已经死了,活的还活着,没有什么话可说的。"是这样的世界。那么这两年多不见的人现在又活着相遇,真是可感谢的奇迹了。他没有诅咒也没有抱怨,像一个教徒一样地自安于命运,是岁月和周围的人类使他如此软弱,或者说如此坚硬吧。他的感觉只剩下饥饿,身体虽和我同样瘦削,显然比我更禁得住夜寒的。对立在黄昏的灯前,两人的心上似乎有了一些寄托,我看见我们一同做了求乞者,走在混杂的落叶和泥水之间。现在我比他多的是这残破的院子和多鼠的小屋,交还主人的时候就要来到了吧。使我惭愧也使我做了伪善者的是存在手下的一点饮食。我给了他,不是因为同情,只觉得这伸出来求乞的手的正是我自己。

他终于告辞了,走下两级台阶,在风中流下泪来,又即刻镇静住了。我们说着应该互记住址并互祝健康,秋天过去了,冬天就来,那是使人强壮振作的日子。

一个人走回屋,听得见院中玉蜀黍的萧萧之声。远处有狗叫。一到夜晚,风就渐渐地大起来了。

刊物创办者

朋友们出版了一个小小半月刊,只有十六页,在纸张和印刷上都显然是朴素简单的。用一个购买人的眼光看去恐怕有些可笑,对于一个刊物爱好者却有它本身以外的价值,这就是说创办人的热心、毅力、天真。并不出卖的少数赠阅本,没有利益也没有名誉。以作品为工具,为挣钱的方法,总是有些不忠实,无论对于自己,对于读者,对于艺术的本身。这小刊物说明了超物质的行为。一个作者有最高的表现欲是自然的事,他只愿意写出来给自己看也给能欣赏他的作品的人看。物质上的报酬可以说是出版家和读者的义务,忠于灵感却永远是作者的义务。假如从一般出卖的作品上无法看出创作的动机是否单纯,这十六页的小册子无疑地是最忠实的产物,无价之书。

少有人肯做这样的事,时代似乎不许。人们变得又聪明又可怜。假如想另外找一蠢笨的例子,我就得回忆许多年以前了,我看见自己坐在山中小城的老屋里,一个单薄软弱的孩子,那一间老屋做了三四年的编辑室。自己和有的会写字有的会画画的弟弟妹妹在一起，写一些故事、诗歌，加上拙劣的插图和封面画便成为了我们的"小星"周刊，母亲做特约撰稿人，我用一支毛笔和几张纸做编辑兼出版人。每期只有一本，读者也就是作者。我们还出了十几本丛书，用铅笔写成的，每本十几页，两年后好友TH做了我们的新读者，我们也读了当时中国仅有的小说集和杂志。不久我们另外写出了"空地"周刊，而且"小星"也渐渐变质了。就这样，我们写着，抄着，高兴而且满足，毫没有拿出去在流行的刊物上发表之意。后来TH和我漂流到这大城里来和一个热情的著作家计划合办书店，这计划终于失败了，如同那著作家已经设法出版的丛书和周刊一样地陷于被人遗忘的命运。就在我们漂流的期间，留在山域中的弟弟和另一位好友TH分担了编辑的任务，比我们更其热心，一本小刊物寄到这儿又寄到那儿，同时他们自己又出了《绿城》日刊，每天十几页，并有插图。这些我们最珍视的小东西现在都看不见了，真不知道我回到故乡时会不会在乱书堆中翻出零落的几本来。母亲死了，四十四岁。TH死了，三十岁。YT死了，二十岁。神安他们的灵魂！

往 昔

　　和Y走过一条初夜的街道。天上有稀疏的云片,似乎和微小的星辰同样光辉。风在四周拂动。行人有仰首的余裕,街道自然是悄静可喜的了。没有奔驰的车,没有叫卖声,没有刺耳的音乐,这城市便加多了古老。我们让脚步慢下来,也放低了语声,觉得前面的灯光又朴素又亲切。

　　街道尽头有一个水果摊子,那些浓淡的颜色并不显得华丽,却恰好调和了初夜的寂寞。灯光下的水果是新鲜的,站在那儿的那位主人是沉静的。我们并没有停步,而我的低语又开始了。

　　"你看,那两个卖水果的人,我认识他们。从前我几乎每天晚上总要买一点。那男的是哥哥,女的是妹妹,家里似乎没有另外的人,因为他们就住在摊子对面那一所狭窄的房子,到雨天我就和一个朋友到他们家里去买。朋友已经走了三年,'远了,远在海外'。假如今夜我们买水果,他们一定还会记得他,探问他。一切都是有时长存,有时突变。那兄妹俩已经到了中年,看去却完全像从前一样。"

"这条街上我认识的别的水果摊子和小商店都没有了,毫无踪迹。只有那一家古玩铺仍在,你看那门前放着的佛和小狮子、小马的石像,我似乎都用手抚摸过。那时候的街道到黄昏就黑暗下来,如同乡野,后来才在马路中央装设了这些长方形的灯。"

"那向南的马路是一条河,直通到北方,不过我在这儿做夜行人时已经枯涸了,只余下一座东西向的石桥,常常是桥柱上的圆灯一个一个地熄灭下去我才走回自己的住处。这真像是一个荒唐的传说,谁也不相信而且想不出来在这么平坦宽阔的地方有一座耸立的石桥。"

Y听着我说,没有插入许多话,最后才问道:"从前你住在这儿的时候,过得幸福是不是?"

我不曾有幸福,只有更多的闲暇。今夜经过"自己的"门外,也毫无系恋地走过来了,因为街道已然改变了。人不该放纵感情,我对Y絮语是多余的。愿那卖水果的兄妹幸福、满足,我不敢以一声招呼引起他们的岁月之思。

祈祷

友人从远处寄了一张画片来,让我欢喜。前几天,我在病床上写信给他,说病中很清静,平日常有的一些思虑都没有了,但不能看下小说去,除了看信。信又没有那么多,以至于好久不能读完,总是寥寥的几张使人不能满足,我觉得不如有画看倒好,只要一张,已经可以给人无限意趣和灵感。

图画似乎优于文字。那一行行的黑字,虽然有所表现,都是单纯的、空洞的。读后除了留下一个模糊的轮廓以外就没有别的了。图画的价值即在其有更丰富的含蓄,我的想象可以随便在上面徘徊,自然,这不是指草率的作品而言。

我所得的这一张是不知从什么地方剪下来的。我喜爱它,第一眼看见它时就从心里生出一种静穆之感。那是一位老太太坐在她安排好的食桌前面,她闭着眼睛,两只手合在一处,下面并有一行字注明"食前祈祷"。我在她的脸上和手上注视了好久。那脸色多么安详,拍合的两手多么诚恳。

饭前饭后的祈祷我久已不做了，在过去几年中恐怕也只做过十几次，那是和别人在一起，自己吃饭时就省略。只有夜间祈祷给过我许多帮助。我十几岁时每夜祈祷，因为想念着一个人，祈祷后就可以安心入睡，而且似乎得到一种默许了。后来从华美的梦里走出来，祈祷的习惯仍在。我开始遇见许多艰难、不幸、精神上的痛苦，它们都像是毒蛇，缠绕在我的心上，当一天的影子飘过去之后，我便伏在床中，闭上眼，默默地诉说自己的心事。我为自己祈福，但所得的最大赐予还是心上的安宁，那祈祷会让我脱开多少幻想，免去多少次失眠。然而，因为信心的渐渐减少，祈祷也渐渐懒于实行了，有时仍然伏枕默语几句，已经失去了力量，觉得祈祷只是梦一般的安慰。

现在自己的生活似乎平静一点，也偶尔深夜祈祷以致感谢之意，而且又觉得祈祷并不是没用的了。心安是无上的幸福，对于老人，恐怕更是重要的吧。我看着我的画，想起教我祈祷的老教士和他祈祷的神情，想起和我在一处祈祷过的男人和女人，想起我的圣经、我的赞美诗。一切都是好久以前的了，当我回忆时，只似乎在耳边飘浮着一种遥远的微弱的声音。

友人之树

黄昏。我走过一条树夹着的道路,去找我的朋友。因为,我在屋里坐得太久了,我好像有一点需要什么的感觉,那不是寂寞的感觉么?于是我想,我的朋友或者也觉得寂寞,我应该去找他。

道路似乎改变了,我觉得它是轻软的,湿润的,正如在雨刚下过去的时候。我没有抬头,不知道天上有没有飘动的白云,只是脚步不知不觉地加快了。

当我快走到那个墙角的时候,我听着,没有一点声音,除了自己的脚步响。我想:为什么这样地寂静呢?也许我的朋友没有在,遗下他的空屋,而我偏在这个时候来访他了。然而,我转过墙角,即刻看见门口的树下有一个椅子,我的朋友正坐在其中。

"喔,你没有出去。……"我似乎惊讶了。

他对我笑了一笑,再让我从屋里搬出另一个椅子坐下。

他的神色那么安然,我知道他在那儿已经坐了好久了。他身旁没有什么东西,只有一个烟斗在他的嘴边悠悠然冒着白色的烟。他没有一点寂寞的样子,而是在安然地享受黄昏的寂静。当我没有到那儿的时候,他一定只是那样地坐着,不说话也不转动,和在他四周的树木与小花草一样地休息着。他在等待什么呢?

我坐在他的一旁,沉默着,因为那儿的空气让我觉得舒适,而且我不愿乱他心上的宁静。

但不久他开始说话了,他的语声并不高,而是清楚的、沉重而又温和的。我仍然没有出声,他也不需要我的话,只是继续地幽幽地说下去。

他说,他走过他门口的树。于是他用手触到头上的叶子。

他说,他过了好久孤独的生活,但不愿意离开那个屋子,因为那棵树总以浓密的叶子罩在他的门前。

他说,他觉得不快当的时候,若正在屋中,便向窗外望一望,那摇动的树叶子会让他安心。

他说,前两天,一个下雨的日子,他的树遇了厄运。因为住在离他的屋子不远的一个人,每天要从他的门口走过许多次,而且让鞋底尽力地击打着地面,而在雨天里他也没有停止那奇怪的游行。当他从那树下经过时,叶子上的水点滴滴地落在他的头上与衣服上使他生气了,他让差人即刻把树枝都砍下去。我的朋友听见第一声斧子响的时候,他即刻觉到是他的树被人毁害了。他问着那差人,让他放手。差人回答说是那个人的命令。我的朋友问道,如果那个人让他去砍我的朋友,他是否也去做。于是差人走了,那一棵美丽的树只损伤了一个小枝。

他说,他没有事就那样地坐在树下,注视着树叶子,他绝不会厌烦起来,即使延长到三四点钟之久。因为它们像低语在沉默中,微笑在庄严中,每天给他以无形的赠礼。

我听着,不禁把眼光投向头上的叶子,它们似乎已经变成深黑色。灯光在远处亮起来,但很暗淡,发出一团淡黄色的光。我对朋友告别,又走上那条湿润的道路。四处起了风,其中又夹杂着木栎响。我忽然觉到夜渐深了,但我知道,我的朋友必没有离开那个地方,仍在昏暗中安然地望着他的叶子。

古老的故事

多日来的睡眠都是匆忙的,睡前或醒后都没有略一思想的工夫。梦也久没有做,偶然得到一个就觉得神奇,像做了伟大的事业一样;见了现实的世界即刻用眼睛去注视一切日常的东西,想从它们身上找出一些关联,但结果常常是把那微妙的影子更压得薄弱下去。

早晨就在这种情况中过去的。我的梦异常清晰,醒后默想了几次也找不出它的非真实的结合,无论在背景上或人物上。其中,有我的故居,有祖母,有J,这已经表示出那故事是怎样古老的了。故事开始时自己做了将离家的旅客,携带着行装从故居的后院走向南边的大门。院子是洁净的地上铺着丰润的绿草。走在我身后七八步之外的是祖母和别的家人,他们在殷勤地送我上路。J和我走近大门了,"怎么不多留几天?"是她的声音。我急遽得没有回答,而我一回头时,祖母的目光仿佛斥责地落在我的身上。我急走出门,雨忽然落下来,阻住我的脚步。我迟疑地望着J,她只不作声。梦就这样停止了。

在床中转侧着,却听不见水滴之声,而且看见窗上的一角阳光。我不自觉地随着心思的引导走到郊野里去:道旁的树木从这处看去也现出一片淡绿的梢头了。有几棵桃树枝上的花已开了一半。土地是阴湿的,麦苗起伏在畦亩之间。一切都是新鲜的,丝毫不会引我去回忆过去的任一个春季。我觉得步履也矫健起来。时时从林中传来欢乐的鹧鸪叫声。不久,我走进一个村庄。柴篱傍着柴篱,几只鸡鸭从篱门内闲适地走出来,随在后面的是几个乡人,他们仿佛对我有些熟识,眼中透出不好的光辉。我寻觅地走到一家门口,停住了。我认识J的住处。狗叫了几声之后,我向对面的人说来找她,说我是她的弟弟。我见了一个中年的健壮的男人,先是惊疑后是微笑地引我到他们的屋里去,一面用粗重的声音向我问候,然后大声地叫他的妻:"你的弟弟来了。"一个粗俗的女人站在我的面前,我向她注视了好久,她的眼睛让我相信了。但她身上的衣服仿佛不是自己的,完全灰蓝色,而且污秽了,和头上的鬈发相似。她的两颊现出健康的红色。然后有两个小孩子走近了她,抚弄着她的衣襟。她对我说了一句:"弟弟,你到了我们的家里了。"我便像一个极练达的客人一样和她谈起话来。

我忽然睁开眼睛,心里似乎充满了杂乱的幻象。但我开了门,谙熟的花朵,谙熟的老树,谙熟的屋廊,都在阳光下对我露出愉悦的神色。我知道那些想象或记忆中的影子都是遥远的,于是用迟疑的脚步开始散步了。

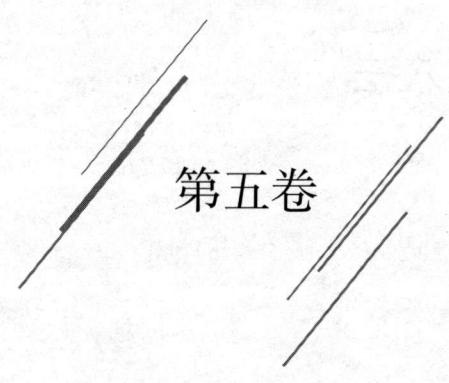

第五卷

谈小泉八云

一

关于小泉八云身世家族，有许多不同的记载。据一八八九年他自己的叙述，他在一八五〇年六月二十七日生于爱奥尼亚群岛之一的桑多，摩拉岛的留迪亚地方。他说他的父亲，查利·布士·赫尔，是爱尔兰人，曾为军医少校。母亲原籍塞力格岛的希腊人，他已不记得她的名字。他们在一八五七年离了婚，母亲改嫁，父亲带着第二个妻子到印度去。小泉为他的姑母所抚养，她住在林上利生街七十三号。在写给戈尔德的信中，他说："家母生死如何，我完全不晓。家父从印度回来便去世了。家母的婚姻上曾有一段奇特的浪漫事迹。"据说那浪漫事迹是他的父亲因为钟情于他的母亲，曾为她的弟兄们所攻击，受了几十处刀伤，几乎丧命。

据东尼先生的考证，小泉的姑母把儿童时代的小泉又转托某人抚养，那人不喜欢小泉，不愿谈到他的生活经过，他说他只是接受勃雷嫩太太的钱来供给小泉的花费，却不知勃雷嫩太太是不是孩子的姑母，也不肯说为什么他做了孩子的保育人。问到小泉的学生生活，他只简单地说一句"他在哪一个学校也上不长久"而已。小泉的幼年时代便是这样地无从详考。他大概是一个"坏孩子"，曾被几个学校开除，他对天主教徒和耶稣会员的痛恨和恐惧无疑是自幼养成的。在另一封给戈尔德的信里，他说到他一个幼年的故事："做小孩子时，我必须去告解。我说实话。有一天我对那解罪神父说我犯的罪是曾经希望魔鬼变作美女，我愿意受那种诱惑。他本来是冷酷庄严的，当时他大怒跳起来：'我警告你！绝不许有那种希望！你会有意想不到的灾难！'他那种认真的样子真好像我的希望颇有实现的可能。其实女魔仍然在地狱里呢。"总之，如果他实在是顽皮成性，他早年的苦难和悲剧也值得我们同情，因为他的父亲除供给他一点钱之外便毫不关心，他说起这些事来总觉得难过。他的姑母住在辛辛那堤城，这就是他流落到美国的缘故。他先在纽约留了一个时期，据说曾在街上的货箱中过夜，也做过饭馆侍者。到纽约以前他在伦敦也有许多贫穷和痛苦的经历。至于说他精通各国文字，这实在是谎话。他的法语总未能正确，拉丁文也自然不熟，到日本十几年之后，仍不能以日语会话，更是他引以为憾的。

二

小泉极不愿意与生客会见，他有一种异常的羞涩。一八八九年，他的《一年在法国西印度群岛》正在排印的时候，他打算把书中所有歌词的曲调教给读者，但他对于音乐一点不懂。戈尔德替他和一位夫人商议这事，预定由他用口哨吹出曲调来，她在钢琴上照弹，然后写成乐谱。到了约好时间，戈氏和小泉到那位夫人家去，路上小泉便落了后，虽然他终于赶到门前，门铃一响，他失去勇气，不等开门立刻转身逃走了。平时若有人请他吃饭，只要有生客在场便无法使他出席。他走进人家的餐厅以前总要凝神倾听里面有没有生客的声音。至于请他在文学研究会演说，更是绝对不可能了。

他这种心思态度并不是不近人情的，他羞于见人只是因为不为人所知，也因为他不合时尚。他从马志尼克到美国的时候，他的衣冠让所有的路人注视发笑。他总不肯脱下去那怪样的热带帽子。据说菲拉德尔非亚的一群街头顽童排成一大串，为首的握着小泉的后襟，他们走得脚步齐整，同声唱着："从哪儿，从哪儿，从哪儿你弄来的那个帽子？"

一八八九年小泉身高五尺三寸，体重一百二十七磅，胸围三十六又四分之三寸。那年的夏天，小泉的个性上有了显明的变化，他似乎是初次经历所谓家庭生活，他想念着马志尼克，像想念故乡一样。在他写给戈尔德的信里，充满了真诚、感愤、锐敏的自觉，这些都是对面谈话时他所羞于启口的。"啊，有了职业也就是有了世界通用的钱币。于是我想着不在任何地方久留。我要去长期漫游。在生疏的地方和生疏的人们'最初的'关系真是极其可喜的，然后才有敌人、恶意和厌恶，在一个地方留得久一点便失去原有的幻觉。……照哲学上说我只是一个斯宾塞的信徒，他使我了解'神'的概念。过失并不在世人身上，而在我自己身上。我承袭了一些易感性，软弱，神经过敏，因而我不能适应通常的环境。我无论到什么地方都不得不自造一个环境，而与原有的相离。……"

西印度群岛的气候显然使小泉软弱无力，他到菲拉德尔非亚之后，健康才迅速地恢复。由他的相片看来，有一张眼球特大而且突出，似乎显示出紧张和远望，因而有人误解了他，其实他的脸上常有一种习惯了的哀愁，而且缺乏活跃的表情。那一张闭着眼睛的相才最足以代表他，无所表现之处正是多所表现，否定一切正是变富的暗示[1]。高度的近视眼睛凝视的时候实在什么也看不见；我们走路时常是向前望的，然而对眼前掠过的东西无所了解。小泉的深闭之目看不见将来的景象，因之他对于将来毫无好奇心，对事物的外形也不以为意。他注意内在省察，他有心灵的眼睛。他不受美学的欺骗，殷勤接受合理的和不可避免的，这便造成了他的诗人的透视之奇迹。

三

小泉于一八七一年到辛辛那堤城的时候正当二十一岁之年。一切谋生的方法都失败了，除了执笔为文。不久他便长期献身于文学了。他曾经短期在罗勃克拉克公司做校对员，对标点符号的正确用法十分严格，以后终生保持这种态度，和杂志编辑和校对吵了几次架，都是因为在标点符号上意见不同。他做过钱克尔斯先生的私人秘书，又与出版家特金先生为友。《询问报》主编科克里尔曾在一八九六年六月号《当代文学》上为文记述与小泉初识的印象：

二十年前的一天，我的办公室里来了一个奇特的黑肤矮人，异常羞怯，戴着极凸的眼镜，神色上看去幸运和他很少点首之交。他用低弱的声音问我是否给酬接受外稿。……遂从衣襟下取出一份原稿，发颤地放在我的桌上，然后像一个变相的仙童一般溜开了，留给我不可形容、不可思议的印象。我看了他的稿件，写得美妙动人令我惊讶。……他坐在我的屋角写星期特刊论文。……一点钟又一

---

[1] 原版如此。后半句意义未明。——编者注

点钟地坐着,他那球状的大眼睛距纸之近只算是没擦着鼻子,他的眼当时使他非常不舒服。他和一朵花一样敏感。任何人说一句不客气话,他听了都像受鞭打那么严重,不过我不相信他有怨意。……他有诗人风味,他整个的天性似乎适宜于美,把最平凡的东西都写得美起来。他喜好写下层生活,他在城里的污暗角落徘徊,从可怕的地方发掘出牧歌风味的故事。

一八七四年一月,辛辛那堤城发生了著名的谭场凶杀案,一篇报告文造成小泉的文学事业的开始。他用天赋的和观察的才能把那些可惊可怕可厌的真正事实以异常活泼有力的文字描写了出来。读到他后来的作品,他把高尚美丽的东西叙述得同样动人,我们对于他的稀有之才便只有钦慕了。他那一篇惊心动魄的文字转瞬间传遍了新闻界,他的《恐怖字集》也大为著名,那些字不仅是因为做了记者而搜集的,也因为他对于恐怖字句的本身有一种贪好。他简直是喜好恐怖的事物。与这种天性相符的是他的作品中绝不掺入一点幽默,即使打算写幽默文字他也终于写不出来的,这由他主编的《眼镜周报》可以证明。

《眼镜周报》第一卷第一期出版于一八七四年六月二十一日,卷首申明"本刊系画报性质,专载艺术文学及讽刺作品"。"眼镜"二字显然是指当时小泉惯戴的大眼镜。创刊号封面画是一个舞台,克莱德先生正在对热狂的观众介绍眼镜先生。从其中刊载他的作品看来,小泉的心思专趋于可怕的、奇怪的、非人间的和遥远的事物,他的思想完全不能应用在戏剧性或讽刺的作品上,尤其是当时辛辛那堤城读者所需要的幽默。在创刊号中他还试写讽刺文,以下各期便毫不造作,如第五期的《某青楼内部之可怕的一幕》和第六期的《扇子的幻想》,都是散文诗一般充满了魔力。第八期的

《罗吉斯的恶儿的奇闻——古斯堪地纳维亚民间传说》又是血腥、肉感和毒恶的描绘，小泉对这些事兴趣总不减少，即使是不适当、不合理的。和他共同工作的画家法尼先生常常强迫他减少怕人的字样，以免读者为它们的放恣和肉感而震惊。

后来小泉的兴趣转到研究黑人生活上去，他以生动的想象把他们平凡的日常生活变为精致的浪漫故事。夜半远方的航船汽笛声，他听作码头搬运夫对他的情女的呼叫，他那多产的笔便把他们的守望和会见书了出来。他对简单无学的人们，做命运的奴隶的人们，有极大的同情，他的心思放在他们身上的时候渐渐加多。他在本质上有一颗东方的心，是一棵外国的野草，被移居的鸟儿投落在生硬的西洋风的土壤间。他的写作能力一面进展，一面觉得辛辛那堤城对他不投合，他的身体和心思都渴望着快意的南方空气和风景。听人讲说到南方海岸的古屋，黑人住宅，扁柏，树，木兰，鸟唱，香气和阳光，他再不能久停在辛辛那堤城了，他说那野性的天气，那阴湿酷热和严寒交替的天气，使他萎缩。他选定的新地是新奥尔良城。

这一时期留下来的书札是《致某女书》，收入《乌鸦之书》；又一译述为《克利奥佩特拉之夜》，表示他开始受法国现代小说家的影响。他厌倦了西洋的野蛮和粗率，想追寻到他心灵真正归宿处去的道路，法国人的艺术便成为他的中途旅店了。

四

据说一个游牧民族的孩子，生下来就放在骆驼背上游行沙漠，后来他一生也不能够在一个地方停留一天以上，小泉也许是承袭了这种漫游的天性。他早想移居热带，新奥尔良城便是当时稍能满足他梦想的地方,给了他足以发展才能的环境。同时,他最幸运的是当地有一家报纸《民主时报》——它的读者极喜好小泉所译的法国小说,而那位老年的主笔——贝克先生,更给了他不少帮助和引导,做了他的聪明、有同情心而且豁达的朋友。小泉最需要的是友人的豁达,许多狡猾自私、假冒为善的人与小泉相交只有阻碍他文学上的发展,实在他们本来也不能欣赏和了解文学。小泉最愿意受人赞美,又常常随着自己的暴躁和薄弱的意志行事;了解他的自然可做朋友,而对他的病态倾向稍加反对的人,他便即刻弃绝甚或侮辱了他们。假如他们是豁达大度的,他们应该温和对待他并鼓动他;他们并不是对他个人负责,而是对一个天才的事业负责。贝克先生便是一个这样的人。他直接或间接地使小泉过了一个长长的愉快时期,不受经济上的影响,除了翻译并写报纸论文之外,还有闲暇去研究那些奇特怪癖的书籍。

他刚到新奥尔良,便开始给辛辛那堤的《商务报》写一辑通信,那些信写得又精致又动人,恐怖的描写已转变为美丽的描写,对大自然的颜色的兴趣也浓厚起来。他以绘影绘色之笔写着码头,糖和棉花的上陆①,海船,从各国各地带来的人们,建筑,街道,市场。他读了阿尔里支写的传说,说一个因思念热带和海而死的女孩子,被葬在新奥尔良,从她的葬处生出一棵华贵的棕柿来。小泉便到处去寻觅那棵棕柿,费了无数的探询,终于"从老棕树旁走开。悲哀着,为了我对那美丽的故事的信念"。

在新奥尔良时期,小泉的翻译也是他给文学最大的贡献。他的精神深入于那些原作之中,重新感觉它们的感情,重新想象它们的艺术和思想,给它们穿上英国制的质料稍硬的衣装。凡言语所能传达的,他都用直接的、虹彩的、有翅翼的文字传达给我们。《民主

---

① 原版如此,疑应为"商陆"。——编者注

时报》上将及二百篇的译文便是他那惊人的成绩。他曾为文论"艺术家的翻译"，主张不宜速成，不避重译，不求超时。他说："为喜好原作而翻译的人，除了造出一点真美，或者把一部名著从不谨慎的手中救出来因而得到满足之外，也许无所谓报酬了。"

关于新闻事业，他所称为"真正万恶的职业"，从这一时期的开始他便决心完全舍弃了。他觉得那种生活是可怕的，他不能忍受煤气灯的光；他诅咒探访报道工作，不愿成为报馆机器的一部分，因为新闻事业使思想和风格低下，窒闷，失力。"我觉得在这儿可以在社交上补救自己。我投进好的人群里来了。在这儿穿麻衣坐灰中胜于占有整个的俄亥俄州。"

在道德方面，他写信给友人道："热情是希腊艺术的动力，是语言文字之母，满足热情是创造者的行为，是自然神殿中最神圣的祭礼。"他说，在热带城市中没有结交朋友的时间，只有对女人的热情，对男人的短期相识；没有性欲的影响便没有伟大，因为心思会枯燥荒凉。他说，他不相信"爱情的狂盛"不宜为人类所放任，究竟人为什么而生活呢，既然大家和蜉蝣一样？……

他的漫游的热情始终是强盛的，他只愿永远不停地流浪一直到年老而死的时候。他自认他的苦难都由自己造成，说留在任何地方不陷入困境是不可能的。现实的生活如此，他只有求安慰于"想象"了，非引起他强烈想象的书不读，又觉得自己并不是真正的天才，便一意去追求奇特的、怪异的、生疏的、异国的和可怕的事物，这些都可以在他的《生活与书札》一书中看出来。在新奥尔良日久，他所幻想的渐次失去，因而常常出怨言，他的朋友想引他离开他的梦境，也终于无效。他说他不能工作了，在美丽的事物面前他描写不出它们来，走开时又思念它们。有几个月他一事无成，即使做一点事也需要很多的劳力。于是他诅咒那城市、那居民和那令人衰弱的气候，决心和奥尔良告别再到马志尼克去了。

五

海和"未知"的诱惑久久占据着小泉的心，这由他的一篇残稿上可以看出来那诱惑的深切。他写道："假如你恰巧是海上的孩子，假如你在最幼年时代便朝朝暮暮地倾听那古老神秘的浪涛之颂歌。假如你曾惊奇地守望着渔船的远帆在晚霞中变红，在月光下变为银白，或在晨曦中变为金黄，假如你曾像呼吸家乡空气一样呼吸过神圣的海洋空气，也从白浪学过游泳的技术，也受过海神的灵水的洗礼，那么，那些地中海东岸的水手何以不能以陆地为家，你就知道得太清楚了。二十年前也罢，那时你听了海洋所唱的轰雷一般的六首歌，看了青天与浪涛相接的远线，呼吸了海上的变形氧觉得像喝了长生酒一样。"你会把那有力的歌和咸味的风忘记么？海的魔力在你身上不仍然是强大的么？所以，当炎热的长夏来时，城市带着灰尘在你四周呼叫，你的耳中充满了机器的响声，心里充满了为生活挣扎的苦辛，在污脏的办公室内或拥挤的街头，有时候一些白浪平沙和好风的记忆却对你低语着"来啊！"……

小泉是一八八七年七月离开新奥尔良城，不久定居在马志尼克岛。这一时期中他的工作和心思大半叙述在写给马塔司博士的书札里。下面便是节录的两段：

我完全入迷了，决心在西印度群岛上留居了。马志尼克简直是地上天堂。没有贼盗，没有棍徒，没有小人。一切都是古风的，纯真的。……对于思想或行为上的奋力和敏捷，种种竞赛和争斗，都开始厌恶起来。住在这地方便正好，不，太过分了！多于普通人所应享受的,使人向周围一望,就有喜极而泣之感呢。……在这地方人无意工作,你不能相信你是醒着的,——一个永久之美的梦——这些麝香味的风,这些乐园的花之月啊!

我一点不知道我将来文学上的成就如何,不是金钱方面的,我不许那个问题来麻烦我!专为挣钱而写作是最坏的诈术,假如人但能有较高尚的目的。……气候在最初对我的写作大有关系,使我的记忆特别薄弱;也许将来会产生一些较健康的作品来,这中间我却受着不安心和忧郁的想头的折磨;人给我的赞词像恶意的玩笑,因为我觉得我的著作坏得厉害。我的自知之明鼓励我相信将来的进步,而且信任自己。……然而,人渐渐爱好这个地方以致自愿舍弃一切了。如同古时主日颂歌中所说:"只有男人是鄙陋的。"自然和女人都有说不出来的甜蜜。……我觉得最坏的是热带没有灵感。没有诗,没有抱负,没有自我牺牲,没有人力。我本来是随意迁居的,但我仍然宁可在这儿住一年也不在纽约住一千年。……身体上我觉得比从前好起来,不那么神经过敏了,只有工作减退下去;最好是只在这儿搜集材料再到别处去整理吧。

六

一八八九年五月,小泉离开马志尼克到菲拉德尔非亚城去,为了整理著作并和朋友们相见。这仅有一年左右的短期停留,对他却有重大的影响。第一,这是他初次经验到有家庭意味的生活,使他在性格上和态度上都柔和而且正常起来。第二,他"得到了灵魂",这句话的意思是,戈尔德博士使他在他的宿命论中认出了自由的存在:生物学后而有理性、意趣和仁慈;人类不永远是,也不能完全是感觉的奴隶、欲望的走卒。他所追求的美，在正则的世界上，不过是一种不必要的、有害的，甚至不可能的东西；最重要的是"责任"，不但在抽象的东西上，也在具体的生活上，在社会和历史的例证上；只有遵从良心的男人女人能造社会和历史的进步。凡对这没有了解的便是没有"灵魂"。第三，小泉为了《加玛》一文来表示这新的观点，新的精神。不管一般读者的印象如何，这是他生命中的转变点，他认识了以前不觉的爱情和责任的真实性，其后他留日时期许多伟丽的著作都受了这种思想态度的影响。第四，他决定了到日本去的计划。别人也会写出来骇人的新闻，也许翻译的能力和他一样，也能描写西印度群岛的故事，然而，只有小泉一个人能以独有的笔写出日本的生命和灵魂。原来他无意于东洋之行，经过戈尔德的劝告辩解之后，才不想再回到他梦想的热带去。他对日本的人物、传统和宗教的描写，现在成为我们最有价值的文学上的宝藏了。

寻求"灵感"几乎是他终生的信念。他会在写给友人的信里说："等天空晴朗起来，等海湾的太阳重新升起，带着风和海的颂歌，鸟雀的祈祷，诗人为海的香气所浸润，便不能不写出一点东西来。他不禁感觉到一种新生。海的灵魂和他的灵魂相交；在海上飘动的精灵便是创造者，使人活跃，使人领悟，使人有力。"又说："我觉得我必须获得灵感，艺术的真实秘密是感觉，那感觉的最高形式是自然所给的光华——美的感应和敬畏。这就是产生宗教情绪的心灵与神的交通。"但他的追求失败了，因为地点、时间、环境，并不是如他所想的灵感的来源。他研究过《圣经》，从其中学习了文字和修辞的技巧，表面的技巧却无关于内在的真实。不朽的作品完全是由作者的灵魂本体——实生活中的爱、恨和苦难构成的，若只凭灵感运用文字上的技术，自然少所成就，不过我们应该注意的是小泉的谋生之道只有一种，他的可怕的近视让他不能从事任何职业，除了写作。同时他又没有自己的东西可写，他缺乏创造力，只得从别人的故事里采取题材，他唯一的技巧是着色，过度地渲染了他的图画，过度地肉感了他的文字，但我们不应讽笑，且去欣赏吧。因为，只有他会画出来大地之最后日落的晚霞，把捉住残红的彩色和灭亡的世纪之微弱的钟声，重诵走入涅槃的灵魂祷词，重吟古老的逝世的忧愁，用闭着的眼睛看见永无报答的爱情和永不相逢的爱人之悲哀的微笑。我们从他那儿听见由回教寺尖塔上呼叫祈祷时刻的声音，受苦的舞女的啜泣，或者垂死的婴孩为死母的冰冷的乳头而发的哀愁。

七

假如小泉没有得到罗厄尔先生的伟著，有人劝他到日本去也许不会成功的。那本书以极大的力量引着他注意到远东。他把书送给戈尔德看并写一短信道：

我得到一本珍奇的书，书中之书，巨大的、华丽的、神圣的书。你一定要把每一行都读过，告诉我怎样把它送到你那儿去。看上天的面子也不要遗漏吧。这书叫作《远东的灵魂》，不过它的名字真不足以表示它的内容啊。

对于爱情和女性的意见，小泉和主张一夫一妻制的人并不同情。他不希望他的儿子完全追随父亲的足迹以致变得和父亲一样地令人不满意。他有些赞成东方的丈夫之对妻子并没有什么爱情，觉得女人灵魂上的美远不如肉体上的美。"有一个智慧的太太并不能让人更幸福。智慧处越少可爱处越多,因为男子没法子和女人作智慧上的谈话。"一八九二年他打算和"他的妻"正式结婚,很机敏地计算了这种计划的利益。他们已经积蓄了许多钱,去想等他的夫人可以独立生活的时候他便不再教书,到各处去漫游,写一点每页卖十元的随笔。一八九三年他的儿子出生登记的事使他为难起来;小泉仍然是英国人,孩子若做日本国民必须从母亲的姓氏,小泉若入了日籍,他做国立学校教师报酬上就要大减。"为什么我愚蠢地生出一个儿子来,我真不知道。"到一八九五年他终于入了日籍。在那喜爱孩子的国家里,如小泉的著作中所证实的,他开始认识了人生的真谛。他写道:"谁也不能够了解生命的意义,除非他有了一个孩子而且爱他。那时候整个的宇宙会改变,一切一切都和以前不同了。"他对丰富的日本传说和童话自然地有了兴趣,他编译了《日本童话集》,笔调美丽无比,一九〇二年在东京出版,其中如《失了汤糰的老妇人》和《画猫的孩子》都令人读之不倦。此外,许多绝佳的著作在此暂不能详细分析,那些都要我们去仔细欣赏,将来各时代的人们也会乐于耽读的。

就小泉的个人的心情上说,他仍觉得渐渐失去灵感,因为写作起来并不顺利。他对日本的繁文缛节颇有些厌倦,"浪游之欲"又有力地转回来。他想离开日本和他的夫人去浪游一番,计划到爪哇去或法国印度支那的东京——奴米亚或本地舍利去,每年要在热带过六个月。自然,这都没有实现。他对无何有之乡或任一地方的怀想病终生不会痊愈。一八九八年后他的生活、困苦和性格的压迫渐次明显起来,失明或残废成了他的恐惧。假如他能够随心所欲地去做,他早已逃走,离开正常生活的一切束缚了。最后他的目光几乎完全毁损,他的讲师位置也失掉了,从他的心里渐渐不能引出如少年时期那样美丽的文字来;他的无神论和悲观主义的痛苦紧紧逼近了他，渡美讲学的事又告失败，什么都没有了，只剩下一件东西，不管他是否说过，拉菲尔即从生下来没有两臂，也会成为大画家。勃克讲到一个诗人，虽是盲目的，却能正常地描写看得见的东西。我们这位几乎失明的人竟教给对目光弃权的我们去欣赏色彩之美，这位不信宗教的人竟使我们相信非物质的和不能见的；这位唯感主义者使我们领会超感觉的东西；这位身体和生活并不美的人竟歌咏出来美好的非人间的谐音，都是何等的奇缘啊。因为小泉的精神比他的哲学更哲学化，比他的科学更科学化，比他的信条更宗教化，比他的神更超凡。

八

称小泉为诗人是没有人否认的，不过他对于有韵律的诗歌并不喜好，这似乎是他的性格上的不合理之一。戈尔德说从来不会听小泉吟诵一行诗，也从来不会见他读一册诗，原因恐怕是他受必要的逼迫而不得不如此的。他必须谋生，明天的收入何来是个重大的问题。有韵律的诗歌不能赚钱，因此他没有工夫去培养他的诗思了。

有一次他写道："若不严格遵守韵文的规则，仅有诗意或谐音是无足轻重的。"他自认不喜欢渥兹渥斯、雪莱、济慈；爱读道生、瓦特孙、朗。他觉得精炼的诗无甚价值，而工人渔夫等的歌谣是真纯美丽的诗。他翻译戈耶的诗未成，创作诗也很少，这里略举《西印度船夫歌》为例：

一只苍鹭，像灰衣的鬼灵，
没膝地立在屈身的莲叶间，
黄色的蝴蝶轻轻悄悄地

在芬芳的宫人草花上戏玩；
敏捷的钓鱼郎纤曲他的步履，
为他的午餐做感谢的祈祷，
又有一只鹰高飞入蓝的天空，
俯视美丽的加尔加修的河水。

从渡船的来往处我听见了
船夫的桨轻轻拍水的声音，
他那颤声的西印度船夫曲
柔和的回声从岸边到岸边；
他那碇泊的船懒懒地摇摆。
因为天热，渡客又稀少，
这就是他悠闲地唱出来的歌，
对着美丽的加尔加修的河水。

"我没有工夫去闲游作乐，
啊，我没有工夫去闲游作乐，
我的小女孩等待在死之河边，
好迎接她的从渡口去的老父。
她在那儿会满脸带着笑容，
正像她死去的那个夜间一样，
当时遍地都是颤动的月光
照在美丽的加尔加修河水上。"

　　艺术家常常为生来的缺陷所决定：盲人只能做音乐家，聋人却可做画家，而做诗人的大半要靠目力，否则他们的作品中必缺乏真和美，因为诗材基于单纯的、感觉的、热情的东西。如何处理它们是需要以眼的观察来制定的。小泉曾写信给戈尔德道："我近视得很，而且一只眼睛丧失了。近视阻碍了我对于运动的天然的嗜好。我会游泳，只此而已。……那一只眼睛是在学校里被打而失明的，或者不如说因为被打后的发炎。"他以极坏的视力每天写作很长的时间，实在是一种生理学上的奇迹。最有趣的是这位近视诗人自己写过一篇论文，题作《近视之艺术价值》，其中的一段这样写着：

哈莫顿的《风景画论》中有云："锐敏的目光对于加强诗意想象的那种崇高的感觉是一种妨害。"这句话颇令一般人惊讶。事实是，风景的印象大都是大体的，一座大山或一座高塔的琐细处愈明显，它的奇伟感人处愈少。……画家并不把一片森林画得像在显微镜下一样，却只以光和色的特性表示出整个的外观。这就是照相绝不代替绘画的原因，即使染色摄影也无效。一座山半隐在云雾中较在强光下分明如割地立在地平线上更动人。……对琐细处的观览全靠视力的程度如何，眼光锐敏的人看到一段景色必不如近视的人所得的多。若目力和鹰一样，可穿过暗影，看得出每一片叶子的颤动，那山野还有什么神秘诱人的可能呢。

九

小泉写道："我以为天才者必有比创造力更伟大的赋予，创作出来的东西必须是美丽的，仅有丰富的材料尚嫌不足。""我的《中国鬼怪故事》是对于'诗意的散文'的尝试，希望有成功之日。""一个人的风格，若充分发展，便是他的人格的一部分。我的风格正向一种特殊的趋向去陶冶。"

和小泉最相类似的是福楼拜，两个人技巧相同，用词、造句和选字都用了极大的苦心。不过一个作家若以风格和形式为第一要事，反会破坏文章的内容，福楼拜这位风格制造家终于想把《波娃利夫人传》全数毁灭，以免后继者再去模仿。小泉不会受风格之害主要因为他的贫弱，不得不尽量多写，而且他有一部分英国人的气质，不喜欢极端的完整。此外，他的生活中总没有幸福和满足，诗歌和浪漫故事足以与他审美之才相投合：他有希腊的母亲、英国的父亲，自幼流亡到美国，没有经验，没有自导力，表面上特别羞怯，受了无数深切的苦痛，到了成年，他却仍然保留着灵魂上真实的美，一种本来的病态的艺术家的力量，一颗十分稚气而又复杂神秘的心和一种柔和精细而又不合正则的才智。他自己的生活既不能供给浪漫故事的实际材料，他那活跃的想象便不得不用于奇异的、不可思议的、有鬼气的对象上，他喜好外国的民间故事、古代的宗教、神秘的事物和野人生活的描写，他的《异闻杂录》和《中国鬼怪故事》便是最好的例子。真实的艺术品自然是以实生活织造成功的，否则想象的渲染不会有永久性，然而，小泉在他的狭小范围之内却演出奇迹来。再没有人使悲剧那样柔和，使苦难那样美丽，使失望化为安静的忧愁，使短促的人生受了可喜的麻醉，把死亡也用心愿的涅槃描绘出来。在他的魔笔之下，看不见的精灵重现了，狞恶的死神背后有了慈和的微笑，引起人的温情。

在文学目的方面，他自认他的理想是给读者一种"灵魂的震颤"，使人觉得目不能见的东西在守候我们，久死的鬼魂缠绕在身旁，奇异的力量隐伏在我们的心之深处。在技巧方面，恐怕没有另外的艺术家能以文字给思想加上那么完整的服装了。有时候他一天之内轻快地写一大叠纸，有时候他把几段文字重写二十次，一次他写了六行费了一整天的时间，终于未得满意。色彩、感觉和性感，他写得满纸皆是，而他的主旨在追求美的神圣化。他说专为对艺术的爱而写作，不希望报酬，才会产生不朽的作品，这是艺术家为艺术的最大牺牲，也许是苦痛而无结果的，唯一的报酬是灵感之自觉。他说假如他能创造出自信是崇高的东西，就觉得是天选择了他做代言人。又说艺术家必须终生献身于艺术，只要相信自己有最后成功的本质。

小泉聪明地遗漏了日本生活的物质方面，机械学、国家主义，经济，在他的"阐扬"中都没有提到。这处工作不乏专家，而小泉所做的却无他人能做，他以主观感觉写出日本的灵魂，他那个人的承袭，历史和特殊的生理使他正适于这非凡的任务，精神上的高朗和遥远是他的特色，他觉得一切都不可临近，近的远了，远的入于无限。他的声音、人性，都是一种回响、一种记忆，是灵魂之白日梦的战栗。

然而，使他在文学上不朽的并不是艺术的本身。除去思想和感觉，他的作品便没有意义，这与他所追随的福楼拜、戈替耶、莫泊桑等人不同，他们没有灵魂，因而不能传之永久。小泉若不受贫弱的逼迫而卖文，结果也会和他们一样。日本把她的灵魂给了他去重新实体化，重新以文学的生命点染。讲说日本的"灵"的故事是他的伟大职务，说完了他的工作便告一结束。他从前对恐怖事物的兴趣转为对灵魂的兴趣，把精神上的颜色赋予他所描写的，听得见无声的音乐，喜好"海或岸上所没有的光辉"的人们才会了解。这些人是稀少的，但小泉会让他们数目多起来，因为，他并没有使人成为伟大作家的特质，却做出来有魔力的美丽的奇迹。

谈劳伦斯的诗

诗之产生大半由于热情的流溢,但与长期的孕育与精心的制作也是极有关系的。在现代诗人中,只有劳伦斯为最有热情、最信任灵感的歌吟者。他深信创作只由冲动而来。他所以写只因为不得不写,绝非心里先存着一种创作的欲望。他以为艺术如花,灵感来时则开,去时则谢,人不能以培植灌溉的方法使之久存。"一切都是无目的的,生则生,爱则爱,荣枯任其自然。"他对人生的态度也是如此。生命像是火花,转瞬即逝,所以人应当尽量享受现在,不可把当前的时光费在完全没用的问题上或长久的计划上。

啊啊!你看见
那对着我们飞起来的火花了吗?
连天上的星辰都是不平安的:
那么我呢,爱,我呢?
——《在船上》

闭上你的眼睛吧,我爱,让我使你盲目!
它们只教你看见事物表面上的问题。
——《聪明的女人们》

过去与将来都是极其渺茫的,毫无踪迹可寻,而世人仍然每天在梦想中度他们的岁月,这在诗人眼中是最愚蠢不过的事。

旧梦是美丽的,可爱的,柔声的而且真是的,但已经残破了……
啊,来吧!把我们从今日的鬼梦中唤起吧。
……让我们呼吸,并互相抚摸,
在苏醒之惊奇中,让我们醒来对着
头上真实的天光,从污浊的梦箱中放出来。
——《新梦与旧梦》

  精神生活或理想生活是他所极端反对的。他觉得只有物质能影响精神,精神决不能影响物质。一个易感的人见了枯叶或落花会为它们悲哀起来,并生出种种幻想,但倘若没有枯叶或落花,他的情感又何从而生呢?同时他不赞成人们专心在事业上,因为那是造作的、非自然的,需要长时间的,并没有成功的必然性。即使万一成功,许多"现在"也已经失去了。他会愤怒地说科学家都是说谎的人物,只这一句话已足,不需再举什么证据。有人称他为"神秘的唯物论者",我以为倒不如称他为"极端的自然主义者"。
  一生没有改变这种思想的劳伦斯,生在现代的英国显然是不适宜的。他厌恶所见的一切有规律的人类的活动,那种活动违反自然,使灵魂失去自由,完全是"罪恶"。

离开睡眠与活动之黑暗,无声地梦游着的是
被囚禁的人们之灵魂的呻吟与嘤叫,
他们睡在坚强的机器的管理之下,它在催眠,
在对他们念着它的咒语,
让无望的,机械的他们转动着。他们的意志顺从了它的意志。
——《北国》

但他并不主张重视个人,甚至否认自我。人类有同一的天性,倘顺其自然,则彼此间不会有不调和或冲突之类的事发生。诗人虽不满意现状,却怀着将来领导全人类过自然的共同生活之念的。不幸大战爆发了,一年年地连续下去,使他的思想受了极大的打击。他对于自己思想之信念并没有动摇,开始痛恨人类,痛恨现代的世界。《战前的夜堤》一篇有力地描写着同情为人类的天性,大意说在一个阴湿的暗夜里,他遇见一个女人蜷伏在河边,他把一些钱币放在她的手掌里,然后即刻跑开了:

我不知道我做了
什么事,我的灵魂在激发中
那接触是动心的,我需要忘记。

大战后他的同情心已完全失去。我相信他的诗题中"战前的"字样是特别加上去的。他希望当前的世界完全毁灭,另换一个新的天地。

我十分厌倦世界了,
我十分痛恶它了,

一切都染上了我自己的色彩,
人们,房屋,街车,机器,
国家,军旅,战争,和平之谈论,
工作,修养,管理,混乱,
完全染上了我自己的色彩,我完全知道它是怎么开始的,
因为它完全是我自己的。

采花一枝,觉得手与花都是自己的,听见炮声,觉得是自己的耳朵听着自己的毁灭。于是诗人恐怖起来,最后死亡到了,他"埋怨了自己",心里才有些轻松。他祈求战争来临,愿意每人都做了杀人者,于是尸身堆成无数的高丘,然后燃烧着,冒出黑色的浓烟,染黑了天空,使世界昏黑如暗狱。那时候他已在烟蔽的坟墓中被践踏得没有了,完全成了虚无之后,他遂轻飘地升上去,到一个新的世界里,那儿一切是不可解的,他安身于"神秘"之中(见《新的天空》)。

诗人的观感是异常敏锐的,他看见的比人类应当看见的更多,看出在人的心之自觉之外有一种黑暗的神秘,但他并不想去发掘它。对于动植物也是如此。在《扁柏》中他恋着那高大的树,仿佛怀着说不出来的黑暗的思想,怀着难以显露的秘密,于是他赞美它,以它为死去的伊特鲁里亚人之唯一的遗物。在《裸榕树》中他歌颂着榕树之"无为":

让我坐在多枝的烛台下吧,
它生长在这岩石上
嗤笑着时间,嗤笑着无味的"永久",
还戏谑着腐朽的"无限",

在这邪恶的树的肉之气味中,
它保守着那么多的秘密,
而且经过那么多的年代了,
总是笑着人类与他们的不安。

人类既不能过自然生活,既愚拙地做他们的事业,一个艺术家必须与他们隔绝,独自追随自己的真理。诗人未始没有孤独之感,而又不能不忠于他的天才,正如一个情愿走入沙漠的行旅者,虽然它的荒凉是可怕的,在这种心境之下,诗人仍觉得自己在苦难中,山陵与溪谷也成了暗狱,他想离开它们:

但是上哪儿?
我若走到一个松林旁,我不能说,
现在我到了!
那么多直立的松树对我算什么呢?
　　　　　　——《苦难》

他是有比他人更多的情感的,对于人类终不能永远地割弃。不过英国的社会已与他无缘了。大战结束后他开始各处漫游,无日不在度其旅人生活,这是一种逃避,也是一种寻求。但最后他仍毫无所得。在失望中给他以极大安慰的是他的爱妻弗里达,他一刻不能离她。他以女人为他的"黑暗的神秘"之象征。"在四围静止地环踞着昏暗之山岩的美国荒漠的高原上",他为怀乡病所侵袭,乃向着东方低声致语,招英国女人之魂:

现在你脱开人类与一个男人了,

回到我这儿来吧。
现在你免去假做完全的爱,
到我这儿来安静一下吧。

——《招魂》

《鸟,兽与花木》可以说是表现他的意思最完全的诗集。对于许多种动物的生活与心情他知道得几乎无微不至。他的将近晚年的岁月多消耗在它们的交接上。但他终不能使自己与非人类的生物相调和。那时一方面他更其厌恶人类,一方面为了人类与其他动物的天性之不同而觉到深切的惋惜。

他在寻找一个伴侣么?
不,不,莫那么想吧。
他不知道他是孤独的;
隔离是他生来的特权,
这原子。

——《龟之亲族》

做一个这样的龟是最适于劳伦斯的。他曾经说过:

啊,最好是
变成了这些东西,
再也不做我自己了。

——《虚无》

在《蛇》中他攻击了人类的教育与残酷的天性：

我的教育的声音对我说
一定要把他杀死。
……
在我身内的许多声音说，你若是一个人
你就要拿起棍子来打坏他，弄死他。
但我必须自认我怎样地喜爱他，
我会怎样地欢悦，当他像一个客人静静地走来的时候……

那是懦怯么，我不敢杀他？
那是刚愎么，我极望和他交谈？
那是谦卑么，觉得这样地光荣？
我觉得这样地光荣。

然而那些声音说：
你若不怕，你就会把他杀了。

《人与蝙蝠》是更其完整的一篇，题材与前诗相似。他写着一个上午，他的屋里飞进一只蝙蝠，他厌恶它，用手巾挥它出去，但不成功。他不让那蝙蝠休息，赶着它在屋里转圈子。

他不能够出去了，
我也知道……
他不能进去的是天光，
正如我不能进去的是冲风炉之白热的门一样。

然而他仍然不停地驱逐，直到蝙蝠飞得晕过去的时候。他用一件衣服把它包起来，怕仍会要他，扔到窗外去。不料它箭一样地高飞而去了。一到晚间，他仿佛听见蝙蝠的啾叫说着："我是比他伟大的，因为我脱开了他。"这一篇诗完全是对人类的讥嘲。有人以蝙蝠为现代文明之象征，为诗人所不喜，这当然是一种曲解。

劳伦斯的诗总集，如他在自序中所说，是尽可能地照写作时期排列着的。第一卷中虽然都是有韵的，而其文字之生动与语句之跳跃，已经造成一种胜过韵脚与音律的"气势"。其中很整齐的几篇，也没有因韵脚关系而不自然之处。只看排在最前面的《旷原》中之一节吧：

Oh, but the water loves me and folds me,
Plays with me, sways me, lifts me and sinks me,
murmurs: Oh marvellous stuff!
No longer shadow!——and it holds me
Close, and it rolls me, enfolds me, touches me, as if never it could touch me enough

然而他是不愿受一丝一毫束缚的，一九一二年后遂改写无韵诗。无韵诗在英国虽早有先导，后进者仍不敢轻易尝试，劳伦斯的卓越的天才乃不容他有所踌躇。他的无韵的小诗中有许多篇是成功的，但长诗则如急流般一泻无余，已完全与散文相似，失去诗歌应有的简练之美。而且他常常引申不已，有时略嫌重复。这虽令人不甚满意，在诗人自己恐怕是不能不这样的。

他的想象与观感远在普通人之上，所以写得出许多极新颖的诗句。他看见叶子像大而黑暗的手，在透过暮风的金色夕阳中把握着窗子（见《田场之爱》）；看见夜漠然而坐，紧贴着她的褴褛之衣（见《夜兽》）。

……我看见
那颤抖的蓝色在她（月亮）的苍白色中，
是一滴泪，我的确从前就看见过的。
———《记忆之苦痛》

暴风雨来了，雨点倚着窗格像银色的蜜蜂。
———《训练》

云的禾束
在天的田地中
低垂了，被捋下来。

雨做成的种子：
天的种子
在我的脸上

滴落着——
———《秋雨》

有时诗人眼中染上了纯一的色彩，在题为《蓝》的一篇中他为写着一切皆蓝，而在《绿》中则：

清晨是苹果绿的，

天空是在阳光中举起来的绿酒。

他的诗之写法的特色在于给读者一个微薄的印象，然后一层层地加重，直到造成一个不可磨灭的影子为止。正如一个画家用他的笔把淡绿色渐渐染成深浓的叶子，或把淡黄色渐渐染成暗褐的树干一样。这也许是劳伦斯之同时又为画家的缘故。以《寒冷的花》为例，最初他说到那些女人的脸如早开的花，颇有寒冷之感，再说到她们的气味是刺鼻的，像燃烧着的雪，最后才深入地描写着她们的寒冷把原有的热压得腐朽而将消解了。

在题材方面，因为他完全信任"冲动"。脑中并没有某种冲动是否值得用诗句写出来的问题。如《惩罚者》写他惩罚了一个学生，看见那孩子流出眼泪来，又觉得后悔了。自然，当然他受了一种感动，但这种情形似乎没有写成诗的必要。他如《暮》《最后的时间》以及《城中的来信》等，都缺乏深刻的意义。在他的后期诗中，如《山狮》《红狼》等，虽然并不是仅为了说故事，仍不免有取材稍欠严格之嫌的。

谈霍斯曼

《一个士洛普的少年》的作者霍斯曼和《鲁拜集》的作者莪默·伽亚谟颇有相似之处，他们同一地感到生命的短促。

明天？——啊，到明天恐怕
我已经与昨天共成千古
　　　　　　　——《鲁拜集》二十

安静吧，安静吧，我的灵魂，这不过是一个短期，
我们且忍耐一点钟，看着人间的不平事。
　　　　　　　——《士洛普的少年》十八

霍斯曼在这一篇诗中反复述说人在出生前有极悠久的安息，只要过去这"人生"的一刻，那安息就会回来。这两位诗人对于生命并没有厌恶；反之，因为热恋着生命而愈觉其短促，随之俱来的痛

苦与忧虑会显得可怕，必须尽可能地避免，裁默以沉醉为唯一的方法，在他的诗句中处处都是"酒啊，酒啊"地叫着的，而霍斯曼则委身于纯粹的享乐主义。

霍斯曼的享乐主义是从长期的人生经验渐渐蜕化而来的。《一个士洛普的少年》出版后，经过二十六年的沉默才印行了他的《最后之歌》。从这两本诗集可以看出来他的思想的演进，虽然仍是在同一的道路上的。在前一诗集的开始他已经发出"生命岂不是一朵花么"的叹息，在早晨的阳光下，或在暗夜的梦中，他都听得见他体内的骨骼发言，说只有它们是永存不灭的，而肉体与灵魂都常在垂死的状态中。这样，诗人把心思寄托在什么上面呢？爱情，他说，比短促的生命更短促，虽然能给人一时的兴奋，总不能永远沉浸在里面。《卜来敦山》一首就是描写着他的爱人怎样轻悄地从他身畔脱开，在广阔的田野中杨柳低声自语：

但她必将卧在泥土里，
他卧在另一个爱人之旁。

一年之后，他果然与另一个爱人同行了，田野间的杨柳击叶作雨声，仿佛对他说这是他卧在土中她在另一个少年身旁的时候了。这一篇诗很成功地写出爱情的空虚。

人在失意时每转向自然，在清醒时亦如此。霍斯曼既不得安慰于爱情，遂成为一个自然的爱好者，随着季节的转移他要尽量去享受，而以失去美好的景色为无上的憾事。

若愿看见一切光辉灿烂，
五十个春天何等简短，

我要去林地中来往徘徊,
看樱桃树上花开雪白。

——《士洛普的少年》二十

春天不等着游惰人,
他总是久在远处,
于是别人将戴了金雀花
攀上山楂开满的篱树。

——《一个士洛普的少年》三十九

在伦敦时,远离开美丽的郊野,他深切地梦想着他的故乡,想着草原、池沼与白杨树,觉得一个远行者从那儿经过的时候会听得见他的留恋的灵魂和着白杨叶子的叹息。他觉得周围的人类都在为不幸所压迫,毫不能为他分忧,于是更其怀念曾给他无限安慰的故乡的大地与山陵,以及林间的果实、溪畔的花朵,他对它们极其珍惜,愿意死后也没有人在他坟中放入任何有生意的草木,只要一些永不发芽的枯枝就够了。在《一个士洛普的少年》最后一首中说他死前播散了花的种子,然后自己被葬在那儿,那些花朵虽不多,将年年开在他的墓头,并将为孤独的少年所佩戴。这表示他对自然与生命有同样的爱恋。有人说诗人以花喻他的诗,当时虽无甚声誉,将来必得赞扬,这恐怕是纯粹附会之谈。

《最后之歌》出版时诗人已有六十三岁了。他在自序里说:"这几首诗数目虽少,我也印行了它们,因为恐怕我不会再写出多少来了。我不再希冀有一八九五年初让我写了前一诗集之一大部分的连续的兴奋,即使再有我也不能处理得好了。"真的,其后十几年间,他再没有诗作问世。这一个集子多半写成于一八九五年至

一九一〇年之间,爱情离他更遥远,他对自然的向往更深:

> 他会在死之渴想中过了半夜,
> 而今,他重想着死亡之前,
> 那播散在山陵与原野间的乐趣
> 很值得他去一一尝遍。
>
> 天空从东到西地做成弓形,
> 世界显得广阔,辽远,
> 虽然他最爱的女郎醒了,
> 从另一个人的身畔。
>
> ——《最后之歌》十六

他不再有以自杀为快的热情的思想,有时竟无可奈何地安慰起自己来:

> 我不会有多少幸运,
> 啊,想到许多别的人
> 不会有丝毫幸运时,
> 也就觉到一点安心。
>
> ——《最后之歌》二十八

然而,他已经对一切失去兴趣了,记忆,幻想,忧愁,苦痛,都不能让他像从前一样觉得心灵震动,他深知它们都是暂时的,只有"空虚是永久的"。他置身田野间的时候,看见季节更替一如往昔,云雀与杜鹃仍然唱歌,橡树与枫树仍然以它们的叶子染红了秋日的山林,草原仍然放着光辉,稻草仍然在月下伫立,它们并没有随着诗人的心思或年岁显出一些差异,于是他觉得自然也是淡漠冷酷的,愿意把他的郊野毫不顾惜地"让出去"。

> 因为自然是无情无智的,
> 不关心也不知道哪一个
> 客人的双脚会遇到草原
> 又走向别处从那儿踏过,
> 更不在早晨露珠间问询
> 那一双脚是不是属于我。
> ——《最后之歌》四十

最后,诗人不发怨语,也没有希求,只与几个伴侣在一起吹笛唱歌,以破当前的寂寞。

> 我们的乐趣是平凡的,
> 但是啊,我们已经满足。
> ——《最后之歌》四十一

霍斯曼的诗之成就是在其用字之简洁与音律之活泼上的。在他前期的诗坛上,罗赛蒂既开以不普通的字入诗之风,后续的人更找出一批特别生僻的字来用,而对诗歌贡献最多的斯文本到了末期已经不能给人以准确的观念,有的只顾及音律的齐整而过于冗长,有的字句十分纠缠。霍斯曼可以说是力免此弊的。他用字极通常,尽量把日常的语言放到诗句里去,而其中有魔力的音乐足以使人不忍释手,读起来大有"清泉石上流"之感。不过他的两本诗集在音律方面除极少数以外并没有什么变化,因而不免单调。表现方面有的过于明白如话,很少留给人以回味的余地。这自然是他的微疵。至于他的诗的数量,许多人都叫着:"可惜太少了!"似乎不关重要。量少的原因在于他下笔的谨慎、选材的严格,在他的诗中别人常以之为题材的单纯的景物或无意义的幻想丝毫找不到。他的《诗之名与性》(一九三三)最后几页有关于他写诗的态度和写法的自白,很值得我们注意。

他说诗之产生与其说是自动的毋宁说是被动的。说诗可以称为一种分泌物,无论是天然的分泌物,如松树上的脂油,或病态的分泌物,如蚌体内的珠子。说他虽不能像蚌那样聪明地处理他自己所得的材料,却也是病态的,因为他只在健康状态不良的时候才写得出诗来,而写时所感受的虽有些乐趣,大都是内心的激动和枯渴。有时午餐间喝了啤酒(他觉得啤酒是脑的镇定药),他出去做两三点钟的下午的散步。他脑中并没有特殊的思想,只看着周围的景物,慢慢地走下去,那时会出于一种突然的不可解的兴感,脑中浮现出一两行或一节诗来,同时也有了全篇的模糊的意念。再经过差不多一点钟的休息,那诗的泉源又涌起来。他回到家就大略地写在纸上,留着一些缺憾,希望另一天有再生的灵感。但也有时候把诗句拿在手里,搜索着脑子去完成它,那就很容易成为一种烦劳的事,而且夹杂着苦恼和失望,有时候终于不成功。《一个士洛普的少年》最末一首中的两节是他正走过汉普斯泰草原的转角时来到脑中的,然后一字也没有更易。吃茶点后又不复费力地引来了另一节。再有一节全诗就可以完成,但他必须自己劳苦地制作了。他前后写了十三次,用了一年以上的工夫才完全写定。

谈泰戈尔的《黄昏之歌》

泰戈尔是最喜欢冥想的诗人,他有许多没有原因的感情和没有目的的渴望,他写道:

有一片广阔的荒野,它的名字是"心灵":它的交错的枝柯摇摆着黑暗。像一个婴儿,我在他的深远处迷路了。(见《晨歌》)

这表示他对于自己的心灵活动爱慕并沉溺到何等程度,而他的《黄昏之歌》最足以代表这种倾向。

一八八四年以前他的兄嫂离家远旅的时候,他们三楼的房间和阳台都留给他,他便过起孤独的日子来,而他写诗的态度忽然改变了。从前他写诗是要取悦某一些人的,常以那些人的诗的趣味为标准。现在他可以完全自由了。他用一块石板写诗。从前他用稿本的时候总不免有一种与别的诗人竞美之意,而一块石板是显然适合于一时的心情的。它似乎对他说道:"不要怕,你想些什么就写什么吧，擦一下就全掉了！"于是他非常高兴地写起来。他的心灵说道："好容易我所写的都是我自己的了！"这并不是他的骄傲。父母对于第一个孩子的高兴不在于孩子的相貌如何，乃在于他完全是他们自己的。如此，泰戈尔达到了快乐的高潮，以致对诗的音节也不太拘执了，他的自由诗似乎打破了规律，同时却也造成了独有的规律。他把那些诗念给他的友人巴布听，得到了无限惊奇和赞赏。他自信力渐渐增长起来，觉得从前完全是在别的地方白白寻觅自己内心所有的东西，觉得如同从束缚的梦中醒来一样。这是泰戈尔的诗人生涯中最可纪念的时期。他自认《黄昏之歌》里的诗都是粗制滥造的，无论在音节文字和思想方面，唯一的好处便是纯真，即使诗篇没什么价值，写作时的乐趣是值得珍贵的。

《黄昏之歌》这一部散文诗集在形式上虽不十分整齐，想象的丰富和魔力却无人可及。诗集出版不久，泰戈尔有一天去参加朋友的婚礼，有些人正在给号称"孟加拉的斯科特"的一位诗人加花环，那位诗人却接过花环来套在泰戈尔的头上，对主人说道："你没念过他的《黄昏之歌》么？那第一篇诗（指《招呼》）就比英国诗人科林斯的《黄昏颂》还好。"——

黄昏之灵啊！
独坐在无涯的天空下！把世界抱在你的膝头，散开你蓬松的鬈发，俯视着它，你的脸充满了爱，充满了娇美，极其轻柔，啊！你低语的是什么呢，你对自己吟哦的是什么歌子呢，当你睇视着世界的脸的时候？
一天又一天我听过那些字句，而今天我不了解。一天又一天我听过那些歌吟，而我未曾学会。只有沉睡压倒了我的眼帘，思想的负载压迫着我的灵魂。然而……在我的心之深处……更深些，更更深些，在它的核心……有一个语声和你的语声相应答。一个从我不知道的乡土来的为世人遗弃的流亡者在和你同声歌唱。黄昏之灵啊，似乎是你自己的乡土的一个邻人、一个居民，几乎是一个弟兄，在我的灵魂的异邦失了路，他徘徊着哭泣着。听见你的语声，似乎他听见故国的歌，而忽然他从远方应答了，他张开了他的心。他向四周窥探；像是寻觅你，他徘徊，不安而且急切！好像是他叫着你的名字！好像是千万种记忆为那个歌吟所唤醒。好像是他曾住在彼方的星辰之间，曾在那儿哭和笑。在孤寂的深夜，在那些星辰之间，他也许坐过，唱过歌；然后他睁开眼睛，看见周围的世界。这些我想他都记得，泪便从他的眼中流下来。啊，何等的希望，何等的朋友，或竟有何等的爱情，他都遗落在那儿！他的心极愿意回去找这些，却徒然地寻路。多少往昔言谈的记忆，多少失去的歌吟，多少他的灵魂的叹息——赧颜的半露的爱的微笑，温柔的爱抚，爱情的低语——啊，黄昏！都失落在你这黑暗里！它们飘动的一群充满了你的黑暗！它们在"永久"的平静的心中徘徊，像一个裂碎的世界的碎片。我坐在你的脚下，在这河岸上，它们便在我周围聚集，环绕了我。也许有一个字，一段半说出来的言辞走进我的耳朵，不断地，从世界的四角。也许有一个微笑，或一个半露的微笑，飘浮在我眼前，时而显现，时而隐灭。一个幽灵，一个面孔的幽灵，睇视着我的面孔，然后默默地走去。啊，黄昏，有爱心的母亲！一天又一天，我来到你的梦幻的膝前！你用你那有爱意的裙裹起来我的灵魂，你引回来过去的记忆！

　　今天，黄昏啊，我来了。我开了眼坐在你的黑暗中。我要唱：轻悄地，柔和地，要让你听一两个歌。如果没有人听得见这些歌，如果这些歌失落了，黄昏啊，你千万谨慎地把他们藏在你的暗影中，在一个荒凉的隐秘的所在；在一切古老的歌，一切失落的笑，一切被遗忘的梦所在的地方,给它们建立一座坟墓。我深知你的爱心,黄昏啊,我深知你的爱心,我知道你会秘密地把你们的尸骸葬入土中,你会在墓上守护它们,免得有人以残忍的嘲弄的揶揄笑它们。那儿只有温柔的露珠会降下,轻悄的风会叹息。静默会坐在那儿用手支着她的腮,那儿也时时有一颗星辰坠地。

写《黄昏之歌》后部时,泰戈尔住在恒河畔的一所别墅里,过着快乐得发懒、思慕得发愁的日子,和流过了树林荫蔽的两岸间的哀吟的水声相应和。那孟加拉的天空,那南风,那从冬到西从草原到碧空的广阔的闲静,对于他都像是饮食对于饥渴的人一样。他那些河畔的可爱的日子像荷花片片地从水上漂流而去。有时候阴雨,他便独自狂歌,天气好时他和他的兄嫂划一只小船,他的哥哥用提琴为他伴奏。回来后他们坐在临河的阳台上,寂静笼罩了河水和陆地,船也几乎完全没有了,树木的边际沉入暗影之中,月光便在平静的水上闪耀起来。那所别墅的最高的屋子在一座圆塔上,周围都有窗子。泰戈尔用它做了写诗的所在。从那地方只看得见四面的树顶和天空,他曾有两行诗写道:

在那儿,云雾安卧在无限空间的怀里,
我为你造起来我的屋子,啊,诗神!

不过后部的诗作,似乎反不如前部佳胜,在梦幻的美这方面全集是一致的,而早期的充满了狂热和精致,次期的略有些单调之感,因为泰戈尔很喜欢用排比的写法。

怜悯是世上的风,

怜悯是日月星辰,
怜悯是世上的露,
怜悯是世上的雨水。
像一个母亲的爱之河流,
正如这恒河流动着,
轻轻地对它两岸的湾流和角落,
低语着叹息着一样——
这纯真的怜悯,
倾泻在心头;
减轻世上的饥渴,
它用怜悯的声音唱歌。
怜悯是树林的阴影,
怜悯是黎明的光芒,
怜悯是母亲的眼睛,
怜悯是爱人的心思。

《黄昏》一首恐怕是后部最好的了,在这一首诗中他造出了一种空气来,他想象到一个母亲和一个孩子,于是这有魔力的催眠歌成功了,读起来恍惚觉得这些诗句向人招手。最美的是末节:

来,黄昏,轻悄地,轻悄地,来!
你的臂上挽着梦的篮子!
低诵你的迷人的言语,
构成你的梦的花环!
把它们戴在我的头上吧!
用你的多爱的手抚慰我吧!

河水睡得沉沉的,将喃喃地唱,
一支睡中织成的年歌;
翠蝉将弹奏出单调之曲。

在《心的哀歌》中他觉得不该再为他那朦胧的悲哀吟咏了,他责备起自己来,诗中的"鸽子"便是朦胧的悲哀的化身:

在我心的倾圮的基石上,在静静的日午,
一只鸽子独坐着,唱它的唯一的歌曲——
没有人知道它为什么唱!
听了它的悲叹,寂静带着低泣扩张了,
回声也哭起来,唉,唉!
心啊!你什么也没有学会,
除了这唯一的歌!
在世上千万的乐曲中,
只呻吟着这一个!

没有人倾听你的歌!
他们不听算得什么?
或者听见了也没有哭,
他们不哭算得什么?
停止吧,休止吧,灵魂!这么长久
我再也听不下去了——这支不变的歌!

这显然地表示着诗人从非真实的幻想的世界中走出来了,他开始批评自己。觉得自己如同迷失在黑暗的森林里,需要天光和空

气。终于他把"内在的自己"投入外面的世界,而他的心思健康起来、自由起来,而"黄昏之歌"便结束了。他在他的回忆录里写道:

有一天早晨我偶然站在阳台上。太阳正从多叶的树顶中间升起来。我继续注视的时候,忽然一个屏障似乎从我眼前落下去了,而我看见世界浸在神奇的光辉之中,到处涌着美和快乐的波流。这光辉即刻贯穿了累积在我心上的层层的悲哀和失望,让它充满了宇宙之光。

谈露加斯

一

"我能否看见别人的苦难，
却不去分一点忧愁？
啊，那是不可能的，
决不，绝不可能。"

——（见《同情学校》）

同情是人类的天赋。用理智培养也是必要的。孩子们常常残害鸟虫自然是只为游戏而不自知其惨酷，也有人自己并不制造悲剧，对别人的呻吟痛苦也无动于衷。这都是病态的。自己能和过得快乐的人生活在一起才是最幸福的事吧。我们不谈宗教，以残害别人为乐或者冷淡地看着别人受苦也是大罪。

感觉和见地超乎常人的作家,对一切有生物以及无生物必有极大的同情。现代散文家露加斯就是如此,他养了一只狗,完全把它做朋友待,各处关心,甚至揣想它的心思:"我常常在一旁看它沉思。……我能够看出来它在那儿自言自语。"(见《生命之主》)一只蓝灰色猎狗之死让他难过了许多日子,十分后悔带它上了一次巴黎,因为他觉得巴黎那地方对猎狗是最不合适的。他有机会到乡间去看各种鸟兽便快乐非常,并非由于好奇心,却是为了它们的活跃可喜。他遇见水獭、獾和鱼鹰便感谢上天,说鱼鹰是天使,能看见两次实在有福了。

但他也见过悲剧。有一次在花园里他守望着两个正在建筑的鸟巢,一个是画眉的,一个是长尾山雀的。画眉又静默又秘密,山雀运输青苔和鸟羽却不避人,十天之后两个鸟巢都成功了,一个在黄杨树上,一个在篱笆上,而且不久里面都生了卵。几天之后,他发现山雀的巢没有了,去看画眉的巢时更惊讶起来,它已经落在黄杨树下面,破碎了,一只雏鸟死在一旁。他知道山雀的巢必是被村里的孩子们偷去了,后来又听人说画眉的巢受了猫的毁害。他痛惜鸟的建筑和雏鸟,更难过的是他没能给它们一点忠告,因为画眉生卵后见了过路人也不知道沉默,而山雀没留心那篱笆正在道旁,而且它的巢在颜色方面和周围的东西大不相同。他很怀疑为什么上天忘记了给它们这种知识。"那些可怕的孩子们",他想着,将来不免"入伍从军,总有一天倒在战场上,枪弹穿了胸"。那只可恨的猫"到夜间也得落在陷阱里"(见《鸟及其敌人》)。对于孩子们他没有办法,对于他那只也捉弄过小兔子的猫觉得极其失望,说实在厌倦猫了,"因为有猫的地方就有死亡,因为你不能又有猫又有鸟,我说猫一定不能要"。从此他恨起他的伯宾来,终于它竟落在井里死了。

这些悲剧最初使他烦恼,后来也就相信了神秘的不可避免的命运,他虽然无力加以改变,对各种小动物却更关切怜悯起来。在他们的朋友比南那斯的花园里,见了那位鸟的恩人养在烟匣里的十三只小荏雀,他即刻想到它们的"生命":"一两天之内都要飞了,从仅有一个银币大的小孔到这危险的世界上来,有猫,有鹰,有箭和枪。愿它们生活长久!"(见《比南那斯和弗洛芬那》)

他愿意去保护一切孤独的和幼小的,虽然事实上不可能,他并没有因之退后。一个初夏的礼拜日早晨,他在平原上松林里散步,忽然看见近处树枝上有一只小枭,目不转睛地望着他。那是村人常去的地方,他扔下它有些不放心,便决心带它回家。小枭并没有拒绝,他觉得都是因为它初次见人的缘故。普通的鸟总要逃避,他深恨造成这种情形的人。他说养鸡养鸭的人更可惧,和它们装着朋友,最后却杀了它们。

那么,他赞成把鸟喂养在笼里永不杀害么?当然不。在《丹农雪鸟的前驱者》一篇中说到他和一位同伴出城,路过一家小店,店主是个丑女人。他听见痛苦的鸟叫和扑翼声,原来是一只可怜的金翅鸟在笼里拼命挣扎。他想把笼子移到阴凉之处,那女人不许。等她刚刚走开,他就开了笼门让那鸟儿高飞而去了,他们也就此逃走。

露加斯对小动物如此,对人类也如此。读了他的散文,我们就会看见他对各种人谈话,有无限的熟悉、亲密,自我的忘记和诚恳的关注。墓园中的老人,丘陵上的牧者,邻近的农夫,都是他常常访问的。

在公共仆役中,他最关心饭馆的侍者。"他们怎么过最少的余暇?他们的趣味和嗜好是什么?他们把制服以外的衣服放在什么地方,家里或者饭馆里?他们什么时候吃饭?他们的饭量好不好?"

（见《侍者和经理》）除此以外，他还想到外国来的侍者，觉得他们留在伦敦是一种流配，很替他们害怀乡病。

在一个小城外的码头上，他问一个水手关于走私的事，担心那事情的不妥当，水手却用安慰的声调说："走私不要紧，我说。"然后把秘法告诉了他。又有一次他在车站等候快车，因为时间还早，他注意到一行出租汽车最前面的车夫，所赶的却是一辆最不流行的四轮马车。这老人似乎早已是车夫，那些汽车夫则看不出来从前做什么以及从何处来的。他看着老人招呼每一个乘客都受了拒绝直到站台全空的时候，就去问他怎样赚钱。老人说靠着人们对他和他的老马的怜悯，也靠着宁愿坐慢车的爱人们，不过今天不凑巧了。火车到了，露加斯离开他时还说着："现在仍然是春天，是爱人们的好日子，不要失望啊。"（见《人情》）

二

露加斯对事事物物都有特殊的留心，这就做了他的散文不竭的泉源。他对一切有热诚的友好，我们很难看出代表他的性格的他的特殊趣味何在。但他并不是平凡的人，不过比起个性太强的人更有理性一点、更随便一点。最普通的事物也能引起他的兴趣，而那兴趣比别人深得多，这就是说他的天才让他从黄昏中发现光辉，从枯燥的颜色中发现美，用独有的见识去观察一件东西而与之造成着的关系。人们赞赏伟丽的老建筑，而他爱素朴的古城：人们舍弃了不合适的东西，而他珍视它们，因为它们也会有用处，甚至有新东西所不及之处。他所赏识的小镇上只有一条又长又狭窄的街和一个古老的码头。那条无名的街道仍然是乔治式的，有老船家、商人和私运手。"我喜欢它的窗格，让墙壁映得发红，现在的建筑家怕不能给我们了；我喜欢它的方形老虎窗，门上的扇形窗，石阶，门锁，窗帘……我最喜欢的是它的救济院，已经有五百岁了。"（见《一个乔治式的市镇》）

但伦敦和这小市镇不同，古伦敦改变得太快真令人惊讶。露加斯对那些古伦敦的爱好者忠告道："你们必须赶快一点，因为一切都反对你们——时间和物质反对你们，人类和他们所谓的文明和进化也反对你们。"（见《隐没的伦敦》）所以他自己也忙起来，他跑到克罗司市场又到市墟旅店只为观赏"高尚的乔治式景象"，也去访勃利克方场，哥德斯米和塞克利先后住过的宅舍仍然留在那儿。……他那样地热心，对"衰残"这生命之定律有何等深切的了解。地方议会、工人、机器师都是他觉得可怕的。尤其是机器师，他们让风车废而不用，这在露加斯看来是英国最重大的损失，因为风车既美丽又浪漫，它的声音是自然的，充满了生气，是一个自愿为人服务的动物。看着仅存的几座残败的风车，他多么想念它们昔日的风光。

有对古物的爱好也会有对自然的爱好。他不愿物质上的享受，只求得到自然的赐予。他常常期盼着有一点闲暇，在河畔读书，后来他果然到乡间去如愿以偿了，那地方充满花香，常有孔雀蝶落在他的书页上。

散步也是他最喜爱的。"有一根好手杖，没有事情做，没有顾虑，不想到明天，一双好靴子，一个够用的钱袋，一个轻行囊，一件雨衣，在荒野的乡间，别无目的，只去走自己所爱走的小道，直到天黑。……真的，这是理想的幸福。"（见《小道及手杖》）

他在日常生活中也颇有乐趣，喜欢喝陈麦酒和只泡一次的茶。早晨不起床，"耽误了早饭是很自然的，人在直觉上不会以为错误"。于是他作歌道：

看见红色的晨光,
不要起来,且停在床上;
看见灰白的曙色,
睡眠更是最好不过。

对于气味他颇有特殊的欣赏。他最爱好的是野蔷薇和益母子的花香,捣碎的凤尾草和胡桃叶,新劈开的树木,熟苹果,牛奶场,八月雨后的土地。

三

露加斯的生活态度是听从天命而尽量享受一切的,对人则完全忘记自己,与之相交,他自然不会处处拘执严肃。他的天才的幽默常常不自觉地表现出来,有时是轻巧的,引人欲笑,也有时转为奇妙的狂想,不但给人以畅快之感,更使人走入非人间的仙国。

我们的散文家用了二十年几分钟的时间窥视一只老鼠,觉得他是一个完好美丽的动物,尤其赞美它行动的迅速。他写道:"小孩子见了老鼠总叫它'小耗子'——像是将来会长大起来的。那厨房里最年老的妄为者,衰弱而多白发,精通劫掠,几百少年破坏者的曾祖父,对于孩子们却也是'亲爱的小耗子'。它一听见会怎样翘须而笑呢!"(见《乡居杂记》)

在第一篇散文里他讲到十七世纪有一个人深恨啄了他的苹果树芽的鸟而决意要杀死它的故事。露加斯也有一次发现他的樱草每一个花枝都被剪去了,他相信那是乌鸦所为。"同样地,我也要告发用鸟啄之剑毁灭了最美丽的花朵的那只乌鸦:'一只胆大的黑禽。它割去我的樱草花的头。把它斩首吧!'然而我愿意么?多半不

吧。"（见《鸟及其敌人》）

在"六月的伦敦"中，他对六月加以最美的赞词，因为他觉得六月是完美的。六月产生莓果和樱桃，六月有芦笋、新甘蔗和醋栗莓，一个晴朗的六月天令人享受最陶醉的快乐，六月使伦敦秀美动人。他说不会在六月里自杀，"大半得在一月，春天实在是远无消息的时候"。

露加斯在文字和谈话上都表示出来他的幽默，虽然他并不好多谈话。他愿意听人们说自己的故事，到他应该开口的时候，他决不发表什么严肃的意见，而只是轻轻地提醒一下。有一次他和一个以慈善名义捐款的人谈话，那个人觉得大家不喜欢拿出钱来都是因为自信明天不会死的缘故，否则必然大量施舍的，于是他作了一支歌预备唱给大家听，开头是：

伦敦有这样纷乱的街市，
谁敢打算一点钟以后的事，

在这摩托车疾转的世界里，
谁能说这一条性命属自己？

然后是：

这件事实际上我敢说得准，
过一会儿，在疏忽的街道中间，
无论你们谁正在安然回家，
很可能地遇见意外的灾难；
你，也许是你，也许是你，先生，

谁也不敢说，不过我很知道：
这大半是最后的一个机会
把你的恩惠施散给苦同胞。

最末的合唱是：

人在明天就要死亡的时候，
对我们的慈善事业之推进，
对愁苦的人们神圣的呼求，
他应当负起多么大的责任！

——（见《周济之歌》）

这歌的内容自然是可笑的。那位作者向露加斯道："你以为如何？"我们的散文家答道："我觉得可以试用。我觉得你应该找一个制曲的人。"

在旅行归来的路上，露加斯的朋友做了司机，他把喇叭按了又按，前面的牛群总不肯躲开。他说一个司机实在需要一种风琴似的东西，带着节音器，假如想赶开牛，就做出狗吠的声音来，若有鸡鸭拦路，就做出狐狸的叫声来。露加斯说道："若遇见狐狸呢，做出一群猎狗的声音来。"然后他们又谈到路上的步行人，司机先生说那些不喜欢汽车的人们极其迟慢地横过道路让你不得不减低速度，也需要恫吓他们一下，露加斯道："何不带一把手枪？那恐怕是最简单的方法。"（见《车笛》）

有几篇散文只造出来幽默的空气或者讲可笑的故事，在这儿不必细谈了，最动人的还是他的奇妙的狂想，在什物或小动物的人格化上表现得恰到好处。它们喃喃诉语，又哀婉又动情。露加斯失去的手杖和它的新主人说着对旧主人的怀念，结尾是这几句："我曾预期着将来有一个时候，我的主人的手压在我的头上一天比一天重，我支持起他来是一种特权，因服役而强壮。以后……唉，以后无论谁要我都可以，因为我真是被遗失了。……所以，我的新占有者，——我不能称呼您'主人'；那一位才是我的主人。——难道您不肯把我送回俱乐部交给那门房么？他等了我好几个礼拜了。因为您实在并不喜欢我像喜欢您的旧手杖一样——否则即使您喜欢我您也不算识货——您的旧手杖也正在憔悴着呢。"（见《失去的手杖》）

露加斯的长毛小狗会自述秘密，它说道："你看我从前多幸福，只有一只独养狗才能那么幸福。……我们多么不希望生活上的波折！有一天我的主人晚间回来了，像平时一样，不过带了一只篮子。鱼吧，我想着，并不动心；猫食，不然也许是水果子，那就更没意思也未可知。可惜我完全错了，因为他从这篮子里取出来一只黑毛的小动物——我看出那是阿伯德种小猎狗，我从来不喜欢那一种。"于是这长毛小狗一天比一天脾气坏起来，大为烦恼，直到那猎狗死的时候。"当然，人必得装出忧愁的样子来，不过，天狼星知道，我心里多么高兴啊！"（见《供状》）然后它又供认怎样把主人的恩惠引到仆役身上因之离开了另一只狗。露加斯狗似乎比人类还懂得嫉妒和诡计。

四

写文章最不可少的是真实。一个散文作家可以有一千种写法，夸张也好，取材于别人也好，纯想象也好，这里面仍然有真实。换句话说，作者不应该为取得大家的欢心而不忠于自己的思想。因此真正的作家一经提笔，便完全忘记和自己作品无关的外面的世界。一个作家，或者单说一个散文作家，可以说和小孩子一样，喃喃不绝地对每个人讲说心思，不管人家爱听不爱听。因为他只为表现自己，话说出来就完事了。人提笔时若始终保持着这种天真，虽不一定成为伟大的散文家，至少是真实的散文家。露加斯在他的散文里所表现的天真实在不下于他的幽默，幽默是有意做出来的，天真则在不知不觉中显露出来。

他喜欢那种叫作钓鱼郎的水鸟，但不能常见，他这样叙述时觉得沉闷么："我记得一八八四年在科兹看见过一只；一八八九年在阿宾敦看见过一只；一八九〇年在勃佛桥，一八九四年在利屋和赫斯勒中间的流域，看见第三只和第四只。这是总数——在悠长而怠惰的生活里只见过四只钓鱼郎。"（见《珍奇谈》）

他的猫害死了鸟，你觉得他这问题有些发傻么："猫是喂养得很好的，而且可以随便捉老鼠，为什么这还要吃空中的鸟呢？"（见《鸟及其敌人》）

他讲述下面的故事你觉得他可笑么！有一天他正坐在屋里，听见一种神秘的声音，最后发觉了那声音噼噼啪啪地在壁炉里响，他等待着，直到那只鸟飞了出来落在最高的一行书籍上，是一只惊鸟。他即刻想到美国诗人爱伦坡及其名诗《乌鸦》，也想到他的一位英国朋友曾得到鸽子的访问，于是他很惋惜自己命运不佳，因为惊鸟是最不能动人最没有诗意的。（见《一个非常的早晨》）

在《谈守时刻》一篇里，他说自己总是守时刻并引以为荣的，但临近一九一八年末他开始怀疑起来，现代的环境，比如说，拥挤的火车和公共汽车，就使人不能绝对守约。步行似乎好一点，他又不愿意浪费宝贵的时间。而且他常有许多约定，假如有几处别人延长了时间，他也只得十分焦心地等待着。他写道："永远不误事也有时候危险，守时刻虽然表面上很好，却断送过许多性命。我的一位亲戚带着她的女儿打算到海峡岛上去过休假日。雇好了马车而车夫失信了，后来他不停地鞭着马跑过伦敦，正好没赶上火车。第二天却听说到海峡岛去的船只遇难沉没了。"

露加斯的天真不但在谈话上，在行为上也充分表现着。有一次他的朋友给他一份"幸运的连锁"看，问他应该怎么处置，因为他忙得没有工夫抄，而不抄又要走厄运。露加斯回答说假如不信那东西就可以把它扔掉，他的朋友说不敢。第二天早晨他就接到朋友手抄的一份，他步进废纸筐三次又退回来三次，他觉得如果把它毁了，便间接破坏了别人的幸运，于是他把"连锁"上面的名字抄了下来。

还有一次，他遇见一个扫除烟突的老人对人们的不守古俗觉得惋惜，并告诉他每遇见扫烟突的人就投一个吻，必有好运。露加斯问道："你真能给别人好运么？你有什么证明么？假如有一个扫烟突人正巧住在对门，不能不常见，那算不算呢？"虽然如此，等那老人走开之后，他四围望了一望，知道没人注意他，他偷偷地投了一个吻。（见《扫烟突人》）

他也替渡船夫设想，觉得他必厌倦了河上生活，因为他永不能离开那只船，而且境况艰苦，将来也不一定有人给他一笔遗产。露加斯是很喜欢和人交往的，因此他觉得渡船夫最难以忍受的是和那些渡客在一起的时间太短。"许多生客从广大的世界到船上来，年轻的或年老的，丑陋的或美丽的，热情的或多愁的——无论渡船夫怎样愿意和他们长说，船刚刚到对岸，他们就走开了！"（见《渡船夫》）

五

　　人类的生活虽似乎千变万化的，其实并不十分神秘。只要对之有深切的了解，你就会觉得它简单狭小。青年人对生命大半缺乏认识，他有忧有乐，但忧乐过去之后留不下什么痕迹，这就是说，他还不能因此学一个哲人去深思一下。他又热情又奢望，若遇见艰苦便归罪于社会并想做一个改革者。这并非了解人生，只是对自己的工作或目的有前进的毅力。等到他的热情淡下去经验堆积起来的时候，他方会想到生命的短促和死亡的不可避免。人为什么要生活，世界为什么存在，这是每人觉得难以解答的问题。人既无法知道宇宙的神秘，只得去研究灵魂的永生，研究再失败之后，只得尽量在实生活中寻快乐。人类有极强的求生欲，同时又确知死亡是一种整个的绝灭，只有不想到死是避免忧郁的好方法。工作使人忘记，或者说可以转移心思。有工作的人都是不知不觉地欺骗了自己，然而正因如此他们才快乐安宁。

　　露加斯就是一个这样的人，他尽量不往远处想，并设法抚慰自己，让自己相信人生颇有意味。他总是对小事有兴趣，决不自寻烦恼，因而造成了他的宿命论。

　　他是否也感觉到生命的短促呢？在牧人博物院里他注视着一幅图画，"那只是一种纪念品，但作为人生的证件看它是极宝贵的；表现时间的急流或时间的变化，再没有比它更动人的了。""时时地，眼光所到的画面上活跃地显示出过去的死亡。"

　　想到时间只因为生命是有期限的。露加斯也会受"年岁"的恐吓。有一次他正在和他的老朋友谈天说地，有敲门的声音，进来的是几个"孩子"，因为他以为他们仍然和十八年前一样。"但现在，没有孩子了，却是一位青年和一位小姐，有锐利而明敏的眼睛，泰而愤世的人生观，还有一种讥嘲的幽默，比起我们来正如酒乳之不同。忽然我明白自己已经变老了；我的手憔悴，我的头发苍白。一切都完了。"（见《敲门》）于是他想着那"一代少年人"已经无处寻觅，当代的诗人们也老了或中年了，那昔日最胜任的旅人现在抱怨自己的迟钝了；他觉得到处青年代替了老年。"敲门者永不会停止啊。"

这样，露加斯锐敏地感觉到生死的问题。他认为十分严重，因年岁而不安或者沉思来世么？他不会；偶然遇到这个恼人的问题，他赶快躲开了。"默想自己的死亡是不习惯的。我们没达到某种年龄的时候总觉得我们能够永生，知道这是误证之后，我们就尽可能地避免或者完全避免这问题。就我自己说，我敢说我很少想它，直到现在我的笔大胆地把它引来，我很快地又会忘记了。"（见《遗言》）

他躲开这问题已经够聪明，忘记了他更幸福。他所以能如此只在于他能够深入人生，尝味人生，而且设法使之可喜。他先使自己尽量安于新的命运，因此到老年时也不致怀想过去的光辉而觉得烦恼。然后再以目前的生活为乐，略有一点舒适就觉得感谢。露加斯在最平凡日常生活也能找到快乐，他说睡眠就是大福，他也许是从那位卖花女人学来的。

天这么冷天这么潮湿，我问他，生活还有意义么？
当然，她回答说，难道没有夜间么？

他说他必须记住她的话，也许其后他更深地领略了睡眠之福。对于愁苦的、不幸的、艰难的、厌世的人们恐怕更需要。唯有睡眠是最平安的，而且和我们在一起的时候最多。

除了身体上的安适之外,精神上的安适也极其重要。露加斯所赞美的人是乔治·马林那,一个老农夫,他无所希冀,也永没有失望,相信自己没有权利享受荣华,只安心做一个土地的耕耘者。有一次露加斯遇见昔日和他开茶馆玩的女孩子,她告诉他说她已经结婚了,丈夫正是十年前那只开了一天的茶馆的顾客之一。他觉得这结合完全是命运造成的。

此外,露加斯很相信命运的报偿,类似东方的因果观念。他为鸟儿的横死悲悼,却又想到它们必然吃过许多珍爱生命的虫儿了。关于社会上贫富的不平他在《或然》一文中写道:

富者永没有金钱上的忧愁,
饥饿之苦痛离开他们远去,
悦人的清洁永远是他们的,
并有实现每种奇想的工具。

贫者的命运多么限制严格,
他们理解的世界多么狭鄙,
让大志在小小茅屋中饿倒,
直到临终还对人举手为礼。

这差别如何均衡起来?也许,
命运之神给奴隶们的慰安,
和治疗环境之伤的妙药是:
贫者在坟墓中卧得最温暖。

谈白洛克

"我特别愿意指给你看的是,"魔王说,"一个没有穿外衣的人,坐在他的转椅上拼命地守着明天要在《晨报》登出来的东西。"

"唔,"那学生说,"那有什么关系呢?"

"你能猜出来他写的是什么吗?"魔王问。

"我可实在不能。"学生说。

"那是一串谈论别人的弱点跟傻人事的讽刺文——他可又是个新闻记者!"(见《魔王》)

白洛克这样描写着他自己,不错,他是一个彻头彻尾的讽刺家。他愤世嫉俗,不满意现社会,他反对资本主义,同时也反对社会主义,因为他是天主教徒,又有特殊的历史癖,他憧憬着过去的黄金时代,而现代人的思想和行为显然并不是向着复古的道路去走的。当然,现代人有许多愚蠢可笑和夸张过度的地方,白洛克所看见的只有这一点,因而他讥刺他们是对的,他不是吹毛求疵,而是单纯而诚实。不过他始终走在一条狭路里,这是他的悲哀,虽然他自己也许不觉得。在他的文字里,在嘲讽的背后,隐藏着多少忧郁的气氛。对人生他实在是悲观的,无论他多么阔达地自求解脱。这正和他的终生好友柴斯特登相反。我们称他为现代的Rabelais不如称他为现代的Cervantes。

在赞美旧的好处鄙弃新的坏处这一点上,白洛克是和Chester fou十分相同的,持之有故,言之成理,值得我们深思。他爱好古城市、古房屋和曲折的街道。"为什么他们折毁了废弃了曲折的街道呢。我真不知道,它们是我的欢喜,对活着的人又没害处。比较富有的国家每天拆毁着他们的国都或大城里的这一条或那一条曲街,他们不知道为什么做这事;我也不知道。因为,你要留心,曲折的街道满载着人类的经验而且生动地表现着人类所有的机缘、苦难、期望、家居生活和奇特的事物。"(见《谈曲折的街道》)"每一个后面有文明背景的人,也就是说,每一个生来有为历史所教养的公民身份的人,都认识、爱好、愿意住、也回到古老的城市。"(见《谈古城》)古老的房屋之逐渐变更给他一种震骇和对比的痛苦,不但伤害他的记忆,也让他认识了无法逃避的现世界,而这现世界正是让他失望的。"你跟我都是猎人和漫游歌人的子孙,从我们的儿童时代起再也没有比站在林中空地上对着孤寂的天空或者找到了向西的荒凉的黄昏海滨更让我们高兴的了。"(见《谈铁路及其他》)他觉得当前的世界过于喧闹,纷乱,更重要的是丑恶,卑下。他不读现代人的著作,因为"他们让我惭愧。……他们会推断他们完全不懂的东西,人类学,地质学,生物形态学,以及所有的'学',除了终局原因学,还有(当然)神学(也就快了——别忙)。然后他们会写新的推断推翻了旧的,然后又有了更新的,而这些推断之中每一个都是唱出来作为最后的定理的"(见《谈不读书》)。他专恨大家滥用的"Scientific"这个字。"我们无论谁一看见'Scientific'字样,就小心点吧。这是一个公告牌。像他们立在马路上警告汽车司机临近十字路的那些鲜明的大标记之一。这是危险的标记,让我们留神傻瓜。"(见《谈Scientific》)此外,现代新闻纸,现代广告,现代艺术品,总之凡现代生活、现代趣味,都被他旁敲侧击地嘲讽了一个够。他相信现社会为一种永久的疾病所压迫,只有富人们可以制造法律,因而对于富人们深恶痛绝,处处讥笑。他称重利盘剥的富人为"真正的现代公民",说他们出游是从这个地狱到那个地狱。他写富人大吃其苦的故事,写富人忽然著书交书店刊印结果赔了二百四十一磅十七先令四便士半的故事,甚至盛气凌人的富人的听差们也为文以报;他那些由Satire变为Irony的文章更有味:《谈交结伟人》(他说伟人即富人),《给门下客的公开信》,真可惜全文太长又句句美妙因而不能在这儿抄引几段。我们先念一点《给一个青年的忠告》吧:"你生来跟我的身份一样,也就是说,生在过于有教养而没有一文钱的中等阶级。——我们先谈人生最重要的东西吧,那就是钱。假如你还没领会金钱万能这个道理,不久你就知道了。这年头没钱你连一个自由人也当不了;没钱你不能随自己的便,你是个固定的奴仆,不然,假如你不接受这个境况,你就是个叛徒,要受叛徒的痛苦。所以你也许以为比金钱有点高尚的东西——文化或者趣味,你熟悉的朋友们的论调,必要的闲暇,喜好,每一种旅行和经历——都以金钱为第一必需品。更重要得多的是只有金钱让你受你的同类的尊敬。有人说得好,一个人对他同伴的地位取决于三个原则,都是依金钱而定的:(1)跟多少钱有关系;(2)家庭有钱的时期多么长;(3)将来可能有钱的时期多么长。更要紧的是,金钱是你自重的基础,没有钱人的生活就陷入不可补救苦难了。这年头无所谓骄傲的贫穷生活。"以下写到变为小康的方法:"娶一个有钱的寡妇,谄媚富人,接受侮辱。好了,别再念那篇令人苦笑的《谈穷》了。"

对于那些把田原和森林都占据住的富人应该怎样呢?白洛克的小老人——历史的化身——说道:"时间会把他们都压倒的!他们的栅栏必在茅屋的炉边焚毁,他们的子孙必回到侍从的地位,像他们的祖先一样。"(见《小老人》)这是无可奈何的想法,而且人的生命太短促了。对于不喜欢新旧更迭的白洛克,蜉蝣朝暮之感异常深切。"世界变得这么快乃至青年人也逃不开变迟的围困么?这么说起来,世上的人就一半快乐的也没有了。"(见《少年人》)他这样叹息着。他守到"青春"走开了,带着沉重的包裹,里面有对女人的爱情,有疏忽和无名的神秘,还有睡眠,还有大笑,还有诗歌。写到一个少年向一个年长的人求生活上的指教,那年长的人不肯明说生活是无意义的,于是少年愤愤而去。也写到人的担负随着年岁增加,终至不堪其苦而发疯。白洛克用以慰藉自己并慰藉别人的是以生命的短促和自然的归宿为乐。"为什么这么不高兴呢,我的少男,或者我的少女(按情形说)为什么心里这么忧郁?你不早知道你也必得有个尽头么?群山必然要颓坏,河流也必随着尘土的岁月的进行而流得迟缓,终于消失在荒凉的沙漠里;在永世中连苍穹都变老了。可是罪恶有穷,恶人遭报。请安心。"(见《谈终》)"无"有那么尊严高尚之处以致想到了"无"便觉得恍惚销魂。人类经过一生的奋力最后得到的,而且非此不能满足人类愿望的,不是"无"么?那么多种分析的结果,哲学的定论和追求真理的目的,不是"无"么?为当代伟大人物所依据的我们的现代信条的实质,也可以说他们理解的最高点,不是"无"么?"无"实在是周围一切的总体和意义!(见《谈无》)我们看见了白洛克彻底的豁达,里面却夹杂着无名的惆怅。这烦忧的世界始终不是他的,他要的是群山、大海、涛音之外的寂静，暮色渐浓的黄昏，他要的是没有篱栅也没有人迹的山谷和草原，长草和丛林，阳光和鸟声，在那儿他可以无所思虑，也不为记忆所苦，只有遥远而柔和的回想。Amen amen。

在他的书页上我们听得见白洛克的响亮的谈话，像急流的泉水，充满了奔放的力，而没有喧噪之感。我们乐于听他高声说下去，喜欢他的丰富无尽的谈资。他有非人所能及的敏捷奇妙的思想，广大的年代和地域的知识。他的交集里有对话，有书信，有寓言，有故事，有评论，也有纯粹的散文。专就散文说自然不该体裁这么多，不过这是因为他有一支"小笔"，他不愿意时时刻刻提醒自己守规矩。就在一篇文章里他也专爱跑题，引用一句Chesterfield顺便谈起他的书信的价值来，由"Unthinkable"这个字说到一个老人听错了字的故事，由接到一封信而说起来贱价的酒未必不好喝，不过白洛克自己说得好，说他得意的是离了题还会回来，如同澳洲土人的"飞去来"（Boomerang）一样，投了出去必飞回原处。况且只要值得吃，虽是闲话也无妨吧。兰姆的"古瓷器"就是一个大人的"跑题"。我们且看白洛克《谈茶》的"跑题"吧：

我做小孩子的时候——

什么样子的字句！什么样的记忆！啊！Noctes Coenasgue Deum！这么说起来，人真是有所灭亡么？信这个便违背正确的宗教，可是世界让人这么想。群山在那儿。我写的时候看得见它们。它们像云雾或墙壁，曾让我十六岁那年有了尊严。河也在那儿，仍然从我门外那草原旁流过；所以，假如有什么消逝的东西，失掉了它的是我。

实在有些东西减缩了（教士们和西方传统不许我说灵魂会灭

亡），实在有些东西减缩了——什么？啊，我不知道它的名字，也没有任何人当面认识它或者在今生把它捉住了，可是这感觉和影响——咳！尤其是"它"的记忆，都在"我做小孩子的时候"这几个字里面，假如我在无论什么文件上，甚至在一封律师的信里，再写这几个字而不立刻加上一套雄壮奔放的插话，愿那七个司感觉的魔鬼把他们给我的快乐之最后的残余也拿走。

忆克木

多年前,秋天,我住在大学宿舍里。夜间不喜欢念书,也不愿出去找人,常常自己守着薄暗的灯火做一些默想。有时候读几章小诗,那时候我已经喜欢德拉梅尔和劳伦斯了。中国的新诗则刚刚算是开展了它的新形式,尽量脱去脚韵和字数行数的束缚,和世界新诗形式取同一动向了。做了先导者无疑的是戴望舒先生,同时《现代》杂志供给许多篇幅来刊载那些所谓新印象派或新象征派的诗作。然而诗人却十分稀少,似乎每期常见的只有陈江帆李心若这两个名字。某一夜,我在《现代》上见了金克木的诗,生疏的作者,凝练诗篇。那题目是《古意》,字句已经完全遗忘了。我对这诗坛新人起了一些微微的遥望之情。过几天,一位同学告诉我说有人愿意见我,问什么时候有工夫,那位客人正是《古意》的作者。

有了主客三人的我的小屋里灯光亮了,语声也繁密起来。我初相识的诗人是一个身材不高,眼睛和嘴唇充分露着捷才的青年,十分健谈,毫无倦意。不过我们所谈的倒只是一些眼前的闲话,关于学校和这大城的，连他是从故乡安徽流浪到这儿来的话也没有提到。他说了来找我的原因，说他两年前在一个朋友处见了我的文稿，那位朋友认识一个报纸副刊编辑，副刊停了，编辑听从请求把打算烧毁的存稿送了人，我的《北地书简》也在其中。说他读后愿意见一见我，于是照稿末的地址到"东方公寓"去问，知道我已经搬走没有消息了。说就那样地延搁下去，直到偶然从张的口中听说了我的名字。

第二个晚上他又来敲门了。我们很快地熟起来，毫无拘束。我们谈了许多关于文艺思潮、写作技术和诗歌的新形式及内容的话。因为我把自己的小文给他看请他批评，他也就把他的诗歌和散文带了来，说是"投桃报李"。那些散文写得明快犀利，文如其人，论文杂感居多，都是从他和一个朋友合办的周刊上剪下来的。诗歌可是珍贵的手稿，达到轻灵自然的最高点，这特色一直在近三四年的诗人之群中露着头角，无人可及。

他来北平，没有钱也没有职业，冷天穿一件宽大的袍子，暖天一件淡青色大褂，十分朴素。因为以法文为学，寄居在小石作[①]邵可侣教授家里，每天一半读书，一半访友，见了人总是愉快自如，没有一点有贫苦所影响的表现，我到现在才知道这几乎是人所不能的事。贫苦压倒了多少友人，只有克木始终保持着他的笑傲的风趣。而且，他并不是优游卒岁的，他写诗，译文，热心地参加邵先生的法文座谈会和朱孟实的新诗座谈会，而某一个下午，他又去找我商量一起到大学课室里去听德文了。同时，因为不肯整天地蛰居，他认识了许多知识层的朋友，那相熟的程度真是快得可惊。宿舍院里和街路上常有对他招呼和立谈的。连邵先生的厨役也做东请他吃饭。这么一个与世相投的人，这么一个世界主义者，却能潜心

---

① 即小石作胡同。

默想，以文学上最高形式的诗歌为表现心思的工具，真可以说是两重人性之神秘的复合了。

到年终，他已经写成了他的《永夜辑》《美人辑》和《缘木辑》。《缘木》只是有求不得之意，并非如商寿先生所说的一个古怪的题名。"永夜"是从杜甫的"永夜角声悲自语，中天月色好谁看"引来的，他也就以这两行做了那一辑诗歌的题词。

枯索的冬日，我们曾以纵谈过白天和黑夜，自哲学科学文学以至社交学侦探学都是美好的谈资。他还在研究天文，指给我每颗微小的星辰的方位和名字。夜深了，我送他出宿舍，又不知不觉地伫立在马路旁长谈起来。有一次，他对我说，人的生活态度真是千变万化各求解脱的。我有几次看见宿舍的邮筒前面站着一个小孩子，对着邮筒口喃喃低语，虽然听不清说的甚么，我想大半是诉说心思吧。为了这，我曾跑到宿舍对面的小商店去打听过一次，说是有的。这就是《蝙蝠集》题词第一行"有对着邮筒喃喃低语的小孩"的来源。

他有时翻阅我的诗稿，看了那些涂了一次又一次的笔迹并不说甚么，只问我平时写诗的方法，我回答说就是这样先草草写出来然后大加修改的。他告诉我他并不如此，他常常口占，有时在外面得句回去再写出来。我对自己的迟钝觉得惭愧。在我的杂乱的书桌上他是提笔不假思索就可以写出几千字。我们写过一些游戏文章，署了假名寄报纸副刊。但他写作的真正态度却是严肃不苟的。见了我手下的从开封和苏州寄来的小诗刊和催稿信，他即刻告诫我不可胡乱发表，否则我必会渐渐松懈下去，毫无成就。他把从西郊寄来请他填写的作家表给我看以做笑料。只有时寄稿给徐霞村、戴望舒两先生，刊《每日文艺》和《新诗》，他说这已经是最大的"忍不住"了。

寒假将近时，他做了大学图书馆的职员，每月不过几十元的收入，他已经觉得颇有余裕。到次年春天，三月，他倦于职员生活和大城生活，决心到莺飞草长的江南去旅行了。

我喜欢春天的江南，江南的春天，
我喜欢微雨的黄昏，黄昏的微雨。

他从南京来信说，"只是因为一阵想望的心情，一个可爱的同伴"，便乘车南下了。旅费除了一点点的积蓄外，后来又把他译的一部天文学卖给了商务印书馆。他从南京到上海，又到杭州小住，同时编订完毕他的《蝙蝠集》，交时代图书公司印行了。在信上他对我说南方友人，说生活，说上海的文人和书店。某一封信的结尾是"北国诗人倘问讯，落花如雨乱愁多"这两句。但这期间他忽然懒于写作了，我正在办一个小刊物，约他写诗和《西湖通信》，他都没有动笔，只把旧作诗抄寄了许多篇来，未发表的一部分至今留在我的手中。他说从此一字不写了。因为他在新诗的内容上做了几种尝试，以为走不通，便毅然停笔，而在《文饭小品》上发表了他的《论中国新诗的灭亡》，这篇论文中显示出他对同时代诗人和自己的失望，但我觉得只是他热情太重希望太奢缘故，自然，中国新诗的成绩之坏也确是一件憾事。

"我五月初离杭，现仍未决何往，大约上苏州。此后两月中恐难在一地居留半月以上。"就这样，他一直到暑假才回到这大城里来，过沉静的译书生活，说文学已到没落的时代，读书日趋减少，科学书却风行起来，大家换一换方向也好。不过他仍然鼓励我整理旧稿，我才编订了自己的小诗集，交新诗社出版。酷热的日子，我却在可怜的爱情中过着疯狂的生活。他为这劝过我多少次。他永远持着不可太认真的主张,说友人徐迟刚订了婚就后悔是大烦恼,不如原来就冷静一点。克木自己从来没有因恋爱而痛苦过。他在信上也这样写:"看过我的那首《春意》吗?那是我个人的恋爱,喜欢不即不离。你似乎不是这样。那么我送给你几句话:若以恋爱本身过程为目的,可以尽量沉溺于其中,只要身边有可靠的友人做看护。若欲使恋爱'成功',非用手段不可。吴宓诗云:'始信情场原理窟,未甘术取任缘差。'以为如何?"在《邻女》中,他写道:

最好我忘了自己而你忘了我,
最好我们中间有高墙一垛。

愿我永在墙这边望着你,
啊,愿我永做你的邻人。

但我终于是痴顽不化的,暑假后携带着烦忧逃避到七百里外的乡间去了。我对短短的人生仍是十分执着,白白地听克木说:

三年,九年,三十年,九十年;
人生不过百年哪!
待天边飘起一片云时,
花的梦,鸟的梦,月的梦,
都是风里的蜘蛛网了,
残留的许只有这临水的岩石。

他写给戴望舒先生道:"人生只有生殖与生存,理智和意志从来没用,艺术宗教都是欺人自欺,大家无非是逢场作戏。"对人生如此看得透彻,无怪他的生活态度是不沾泥土的了,虽然他自认为他是"自知其不知"的,是因为"又演又看"而有了无比的痛苦的,事实上他却是一个既然无可奈何无妨随缘自在的人。

从一九三六年冬天到一九三七年春天,他总沉默着,不写诗也不写信,友人都向我询问他的行踪。夏天,他才发表了他的谨严雄壮的长文《论中国新诗的新途径》,对过去新诗的形式内容及其成败做了极精密的分析,然后推断将来的途径有三:新感觉诗,史诗和诗剧。署名仍没有用真的。七月,我从乡间回来,他还问我:"你怎么知道是我写的呢?"然后很客气地说是杂凑而成。在我看来,除了诗剧,写新感觉诗和史诗实在是诗人的大路,中国新诗中极缺乏时代意味,史诗也几乎一首没有,只有克木的不十分为人注意的《少年行》甲乙两篇做了成功的试验。

他从南方回来后的一年中,除了因母丧回过一次安徽之外,总没有离开这大城,仍寄寓在友人家,直到前年七月底,这地方经过空前的变乱,我竟未得去找他一次。八月,我从甘雨胡同搬到沙滩,才托人到槐抱椿树庵二十一号去问,说是已经走了,此后便毫无消息。他的信件也失落了。我为贫穷和孤独所伤害,忆念之情更沉重地压在心上。永远做一个久坐无语的人吧。

愿他平安。

一九四四年八月

南星
作品全集

甘雨胡同六号

我在J的家里

春天的第一次雨让黄昏来得早了。我在J的家里。若不是她望着窗外而且说"你听",我一定不知道雨已经从天上落到庭院里来,因为它的脚步太轻悄,树上和屋顶上都没有声音。我和J每人拉着窗帘的一角,只能看见花坛里的土渐渐有些阴湿,而整个的庭院像是一个灰色的薄幕遮蔽住了。但我早已觉到一种微微的寒意透进窗中,而且我们守望着蛛丝的雨的时候,寒冷变得奇异地浓重起来,几乎像冬天。J似乎没有冷的感觉,仍然照平时一样叫我说故事。"我们应该生一个火。"我说。我给她披上一件衣服,又把我的大衣披在自己身上。"这种天气有一个火,人就高兴一点,我们还可以烤一烤脚。记住,你若不上床睡觉,你非得先把脚弄暖和了不可。"可是J不会生火,而且她家里的人都出去了。我的眼光透过了雨丝一直望到一万里之外,看见一条溪水旁,李花开得满山,落着温暖的春天的雨。三分钟之后我望着J,给了她一个微笑,她也还我一个微笑,说:"故事已经想好了吧?"

"没有。我想一个人——"

"准是PH叔叔。他究竟什么时候回来呢？"

"昨天晚上！"我听见自己的语声变得奇异而且震颤。"我告诉你，昨天晚上我一个人在我顶熟识的那条大街上走，我不知道为什么要上那儿去，可是我心里很轻松，多年也没有那么轻松过，好像成了一个闲散的没事可做的人了。我走得很慢，看着两旁的街景，想看看有没有和从前不一样的地方。可是大雾来了。起初我不留神，后来忽然周围的东西都发暗，变成影子了。连那条街也好像越缩越小，我觉得非常不舒服。满街的灯也只能照亮了几家商店前面的大玻璃窗。我站在一个大玻璃窗旁边细看陈列在里面的东西。那是个帽子店。我对于帽子从来不大留心，当时发现了好些奇奇怪怪的样式。我的阳光一转，看见有一个人正挨着我，也很仔细地望着那些帽子。他身量很高，穿了一身旧西服，帽子也戴得很随便。我一看他的脸，嘿，你猜他的脸什么样？我不必给你细说了，因为我刚瞧见左边就立刻认出来他正是PH叔叔。我一点不疑惑我错认了人。真奇怪，他简直一点没改样儿，脸上仍旧是那种一半幽默一半庄严的神气，无非稍微苍老一点，腮上有些短胡子。我立刻拍了一下他的肩膀，于是我们俩都嚷了一声然后瞪着眼对看。他说他刚下火车，说在路上过了几乎一个月，疲乏得厉害，可是他一见了这个多年不见的他天天想念的城，他恨不得一夜不睡把所有的街道房屋都看一看，尝一尝还乡的感觉，于是他匆匆忙忙地跑到这条街上来。他说仿佛什么都变了，变得让他又失望又吃惊，不过那个帽子店的门窗墙壁以及那几个发黑的金子都好像他昨天见过的，而他这许多年的远行真是梦一样了。他说他第一个要找的人当然是我，可是他愿意先到一个咖啡馆去坐一坐。我们在雾里东撞西撞，好容易才找着了从前我们常去的那个小咖啡馆，不过里面的侍者都已经换了。我们杯子上的热气让我们看着很高兴,我们谈起谈不完的话来,一边说一边笑,也有时候叹气流泪。后来我们忽然打起架来,两个人都烦恼极了,因为我们谈到最近几年我们没通信的事。他说是我的错,我说是他的错,尤其是因为我看见过他写的一封讲说他的未婚妻的长信,是给一个孩子写的可没给我。"

"也没给我!"J立刻加上一句。

"反正那封信他不是写错了就是寄错了。当然我们过了一会儿又互相笑这种孩子气。我稍微有一点疲倦,就催他一块儿回家,可是他仍然顶有精神,脸上发红,他非要到我们那个电影院去不可,因为刚才他跟我打听它的时候我说它没让火给烧平了,也没改作别用,而且比从前更热闹。我们果然到了那电影院的门口,意料之外地人多,又拥挤又吵闹。他先挤到人群里去,然后——再往下说就太糟了。"

"怎么了?"

"没怎么着,无非是我又剩一个人了,我无论怎么费力气找他也找不着。"

"今天早晨他怎么也没来呢?"

"因为早晨我就醒了。"

我们都听见门铃响,J连忙跑去开门。我又向窗外一望,只有阴湿的黑暗。雨已经变大了,淅淅沥沥地击打着阶石。

走在一条长长的河岸上

　　自己走在一条长长的河岸上,像从一个迷离的梦中醒来,又像是一个疲倦的旅客从千山万水中间回来。但这条河是完全熟悉的,如同我们每天相见一样。河水两旁的房屋仍然静静地站立着。它们的容颜和年龄,以及我曾去过的几家院里的景象,也清晰地留在脑中。一切都没有变化。在河看来,这样散步着的我自己也必然有它所认识的神色吧。岸上的成行的柳树已经生了长芽,河水透出浅淡的颜色来。鹧鸪叫。道路一时比一时阴湿,只是别后重逢了。我无论低着头或望着远处都有一种梦寐的安宁之感。但对面有几个行人轻轻走过来。年青的行人,说着不断的愉快的话。我几乎觉得认识他们,想和他们微笑点头。我终于没有微笑。他们微笑了,而且走远了。他们是十几岁的孩子。在我记忆中的孩子们若再回来会是什么样子了呢?我想不出来。我忽然觉到季节和河水是完全淡漠的,不肯回答我的问询。我又看见远处有一些人正在建筑一所新的房舍……

"无意义的时间呀，你做的是什么事呢？"这样默默地念诵着，我从河岸上退回寄居的庭院里来。有人攀在树上锯主人认为多余的枝柯，嘶嘶的声音代替了啄木鸟的喙声，而那些已经有了新叶子的树枝不禁落在地上，然后，那个人拾起来带他们走了。它们不久会干枯起来，如同没有生芽时候一样，或者在干枯以前就被投入火炉里去。在被锯的榆树旁从前有一株山桃，是离我的窗子最近的在早春有花可开的树，年年守着一定的日期。现在却完全没有了。那地方并不显得缺少一些什么，如果说它存留在人的记忆里，不如说存在蜂的记忆里吧。再等几天那些有淡紫色花朵的野草就要从土中生长出来，铺散在地上，令人无法确定桃根的位置了。我又去探望了远处的果树。海棠和梨的神态都依旧，其中的一株却没有生芽。如果它疲倦了，休息一二年也是好的。如果它永远不再随着季节变化，只要不被人除去，到冬天不仍然是一株可喜的树么？我好常常望着它那淡黑色多纹的空枝，等远方的人回来。那时候他必对我讲说许多年的丰富经历，我必对他讲说我的最艰苦最平凡的故事，然后，若恰巧是春天，我们看着这儿的海棠花朵和久枯的梨树，必有长久的沉默。

宿舍的主客

　　住在一个学校的宿舍里。深夜,两点钟,不能回到自己寄寓的地方去了。我的院邻,那个慈心的老妇人,一定早已入睡,谁会给我开门呢。两个朋友在这宿舍里有房间。我们又谈起话来,忘记了时刻。我们都愉快,尤其是我,因为,我没有告诉他们,我有了回到远别离的故乡的感觉,因为这宿舍正是九年前我住过一年之久的。
　　房间的墙壁和门窗完全和从前一样,没有丝毫风尘的颜色。我对它们那样熟悉、亲近,似乎只有几天的分别。我觉得我变了主人,朋友变了客人,虽然有一个谁也听不见的寒冷的声音责斥我的虚妄。过了这短短的一夜我必须走开,为什么我不能再在这儿,我永不厌倦的屋里,长久地住下去呢?我确切地相信,只要我搬回来,我的昔日生活中的一切就会随着回来,我必继续写我的没有意义的记录。从前,就在这许多房间之一里面,我写道:"多幻想,又多乱梦。"我写道:"在灯光下一事不能做,翻一本书,书叶响,嘲笑我的声音。"写道:"觉得世界上只剩自己一个人

了。这心情不能告诉H,因为我对H总表示我是坚强的。"写道:
"夜。我走到宿舍旁的一个废井旁,坐下了,周围有许多新长起来
的草叶。"写道:"我们上楼顶。四层楼的栏杆上有些尘土,我用
H右手把它拍了一下。"写道:"回来,我的屋子是寂寞的,四壁
默然。窗外有蛙叫,口琴的声音,卖晚报的声音。满头是雄壮的
云,也有月亮。"而今夜,我们的语声停息的时候,窗外是黑沉沉
的,只有树叶的微弱的窸窣。我来时遇见一个老人,他淡漠地对我
点头,他认识我,因为他是九年前这宿舍的守门人之一。我想紧
握住他的手问他无数的话,但他的冷冷的神情让我踌躇了。是时
间使我们疏远或者我改变得太多了呢?他没有改变,和这宿舍一
样……我还在楼下秘密地对我自己的房间睇望了一回。那窗帘似乎
换了颜色,而且失去里面的红灯。我早已料到我的后继者必会撤去
的,因为它没有刺目的光辉。在昔日它也是全宿舍唯一的红灯,所
以我的小客人在远处就可以辨识出来我的屋窗了,正如我当时所
写的——

　　天空仍是灰白色的,
　　但你的十一月的服装
　　和愉快的梦寐的笑
　　要什么时候再来呢?

　　让这窗内的红灯
　　做一个聪明的提示者吧:
　　虽然它是暗淡欲熄的,
　　你来时必现出喜悦的颜色。

那时候的我的生活,别人若觉得简单空洞,我觉得丰富满足。阴暗而庄严的岁月来了。一切我所盼望的我所珍惜的都在远处。等它们回来的时候,这宿舍会不会衰老得倾塌下去呢?

甘雨胡同六号

人终有一天要迁居的,无论在一个地方住得多么长久。自然,有些人有他们自己的房屋、庭院,他们自己的墙壁和上面的花纹,自己的门环和敲门时的声音,自己的年年开花的夹竹桃、刺梅和把窗格遮蔽得一天比一天严密的常春藤,甚至自己的用永远不变的年青的声调叫着的猫。他们想:"这地方毫不差错地是我们自己的。别人不敢梦想到这儿来住,我们更不会梦想让给别人了。"他们想得对。让他们永远这么想下去吧。

而我自己,可怜的人,那慈祥的老人为之祈求的住在看不见阳光的卑陋之居里的人们之一,却正和上面所说的人们相反,常常幻想着迁居。人在迁居之后耽于回想故宅中的景象和掺在里面的悲哀和欢乐是一件傻事,因为那是不可改变而且无法挽回的。我在这将来的"故居"里描画着我的新宅,倒是一件无所顾忌的自娱。不幸的是我的沉思又迟缓又懒惰,因而不能给我所想望的惊喜之感,只似乎有一个模糊的,呀,多么模糊的,影子,而且连这样的影子也不能久留。因为事实是，我和那些可悲的以回忆为安慰的人们一样，有时禁不住想着从前寄居过的地方，如同它们是久别的朋友，它们的影像——简直是它们的实体——这么清楚，似乎比身旁的阴湿的四壁让我看得更真切。如果有人说住在卑鄙的地方忘不了昔日的比较可喜的庭院是一种自私，是不能耐苦不能安命的人的想法，我承认他的话。不过有一本书上说人在某个地方住过几年之后就会把灵魂的一部分遗留在那儿，我若试作灵魂的交通也该是被允许的吧。

那个许多许多年前的我的小院子现在仍然平安地留在这城里，可惜不能去探视一回，因为房主人是世上最有威权的人们之中的一种，院里的变化也会让我感受的惆怅多于愉快。总之，在昔日，在昔日我是那地方的年青的主人，只是不如现在多思，想不到迁居的事，因而对于朝夕守在周围的不曾加以有意的珍视和欣赏。那屋子没有什么可以称述的，它的窗格却很如我的意，古老而不衰颓，和窗外的藤萝架一样地暗紫色，又安静又柔和。无论是满架垂着花丛或覆着密密的叶子时候，窗上都有阳光的画图，而又充满了阴阴之意。设想一个人坐在那窗下，那个人正是我自己，岂不是不可信的事么？幸而我的记忆十分固执，像庄严的历史家一样，所以我也确切相信那院里有两棵低低丰茂的海棠树，无论它们的花或果实从没有自开自谢或自生自落的时候，虫鸟守着它们，我守着它们，一天又一天，一个季节又一个季节，我们都不寂寞，我们还常常有许多客人，有的把果实打下来，那温和的树也毫无不快的神色，因为——"啊，亲爱的孩子们，我不写出你们的名字和年岁了。如果你们仍然在世上，把你们的笑再给我一点吧。"

后来，因为人终有一天会迁居的，我忽然变作一个庙宇里的住客了。那小小的隐秘的庭院有比庙宇应有的更多的寂静，坐在终日关闭着的大殿里的佛像永远没有声音，有人从院中走过，脚步也是轻悄可听的，YC也在那儿（比我更清楚地记得那院子和它的魔力的人恐怕只有他了，而他又早已迁居到难以想象的生疏的遥远的地方，年年没有信来，而且似乎没有再回来的可能……）。我们念书，闲谈，想各人的心思，再闲谈，我们守着院里的丁香，看着他们生芽，开花，然后叶子一天比一天丰润。我们也没有疏忽了刺柏和枣树，以及我们自己种植的丛花。和他们一起分享清凉的雨和美好的阳光，若夜间有月光，我们就在无数柔和影子中间静坐，祈祷，做梦，枝叶上的水滴或熟透了的枣有时候从梦中飘落在地上，我们的梦却做得长，没有尽头的长，一直到月亮轻轻隐没下去的时候，或者说，一直到那一天，许多人都经历过那一天，有两辆车停在你的门外，然后和他们一起走了，对门里的人说了再见，好像还有回去的日子……

　　我应该再说一说我现在的住处么，窗前是高墙，门前是一条狭窄的胡同。望不见远处的树木，季节很少变更。这些房屋的设计建筑者什么时候愿意来住，我一定高兴让给他。每当我把阴湿的门关上预备工作的时候，同院的孩子们便闯进来翻弄着我桌上的书册和别的杂乱的东西，因为我们早已熟悉起来了。

山城街道

那是夏天。晚上，有凉风，坐在院里的石阶上守望着天空的时候，我写道——

橙黄色的月亮升上来。
我像是第一次看见
在窗外沉思的花和树
和这些不肯发言的黑影。

没有语声告诉我你是否
走在百里外的小城的
静静的街道上看见
橙黄色的月亮升起来。

现在，寒冷的日子，我自己走在我的小城的静静的街道上了。

满街是柔和的光辉,月亮早已在我的头上。两旁的门完全关闭了,好像整个的城中只剩下月亮和我。但我一点不觉得寂寞,也不想去敲开人家的门。让他们都早一点温暖地睡吧,勤苦的诚实的人们,只有睡眠是对他们最好的报酬。对于我自己的最好的报酬自然是在酣睡的曲折狭窄的街上散步了。其实这街道在白天也是可喜的,那么多赶着车拉着驴携带着笨重的东西的行人,那么多轻细柔和的尘土,那么多纷乱而不刺耳的语声。有时候一车满载的柴草走过来,道路便隔断了,那些正在买卖得热闹的人们都退后,而且把摊子暂时移开,然后车辘辘地过去,给两旁的人身上留下一些草叶。若有一群猪跑来的时候,在地摊上陈列着枣或柿子的主人们便站起来帮忙向前赶,不过那些可爱的黑色牲畜总是固执的,必衔起来一两个果实才满足地跑开。有一个卖鸡鸭的老人也十分固执,常常好几个人都替一个买主讲价,他仍然为极小的数目不肯同意,用手抚着他的家禽,似乎它们都长久伴守过他因而难以割舍,除非那个人应许他带回家好好地饲养绝不宰杀才罢。日落以前市集就散了,遗留下的几个卖着青菜的城中的住民过了大约一点钟也慢慢收拾起来回家,街道便安心地等候月光。我仰望着那个极其温柔而且无论什么时候都有暖意的面貌,相信她每夜必来殷勤地俯首窥视,而一切别的地方都是沉浸在黑暗中的。这街道也丝毫没有改变,它的每一个角落、每一堵墙、每一个门或窗我都认识。街东和街西的两棵空了心的伛偻的槐树上仍然有三角形的灯框,虽然没有光辉透出来,那两盏年久不坏的小油灯必仍然在里面等待着,等待着又一夜月光过于黯淡的时候人们会想起来它们,再点亮了它们为过路人做伴。许多年前的深夜的过路人只有我自己,有时候和我的两个友人之一在一起。我们的脚步都响亮,我们歌唱而且尖声地笑,槐花便开了,一穗一穗地低垂下来。我们有无数希望和幻想,觉得世界是为我们而存在的,但我们也愿意把世界造成一个人人都可以快乐地安居的地方。寒冷的夜间我们出城,走向错杂的群山,因为夜夜的山峰上的野火对我们是一种大诱惑。而今夜,我望不见野火,只有群山的谙熟的轮廓有所希冀地对着我,我不觉得孤独,伴随着我的是友人的灵魂。

寂寞的灵魂

我的朋友MP在十月初的黄昏和我谈起来阿左林。我们想念他。不知为什么我想象着他一定有些像东方人，身材不高，穿着家常的半旧的衣服，从眼镜下面透出来那柔和的、深沉的、正视着不可挽救的悲哀的人世而充满了爱心的目光。他的面色一定发红，而且常常微笑。他的脸应该是稍圆的，绝不是瘦长的。

我们谈话的时候，灯亮了，一些微微动荡的影子忽然让我觉到许多许多年月飞过去了。白发白须的阿左林，听着自己描绘过的夜笛或者钟声，沉默着，不想再拿起笔来。他的文集也许都送人了，自己没有余下一本，他也始终不知道在隔着无数山和水的一个古老质朴的国家里，早已有人把他的一部分作品翻译了而且印成一本小书，而且有许多人念了又念。

"我们但能跟他通一通信也好。"我没有对MP说过这话，怕他笑我。

我又想到因为受了医生的严重的警告不得不骑了驴到法国山地

去旅行的斯蒂文生，某一夜住在乡间的小客店里，听见两个女孩子把他的小说念给一个老太太听而且加以评论。听见她们的赞赏他满心里温暖，听见她们吃吃而笑他也不以为意，然而，他没有和她们相识，也没再有同样的奇遇。世界上有几千万人诵读他的著作，而他听不见他们的语声。如果听得见，正如一个夭折的散文家所说的，当时他在地上听着，几百年后他在地下听着，又有什么关系呢……

我又想到如果尚在人间也一定白发满头的乔治·穆尔，怎样回忆他在都柏林接到从旅馆送来的一封信，写信人从美洲来欧洲的目的之一是见他的面。"德克萨斯在几千里之外，我也许被我的作品所飞过的深渊的引力所夺，便觉得拒绝见她是卑下怯懦的事了。"于是他们相见了。他试着和她读一本书，可是她说："你的作品我觉得比无论谁的都好。"而且，她渐渐地告诉她觉得一个女人不结婚则已，一决心结婚就想想她将要生出来的孩子。说在她的故乡她没有见一个配做她的孩子的父亲的男人，因为她所希望的孩子是特殊的，一个才子、画家、音乐家，最好是一个文学家。说她从来没确定地想到是谁，无非她愿意给她的故乡一种文学作品，她读他的小说的时候——

六个礼拜之后他们永远地分别了，她给他的唯一消息是她生了一个男孩子的电报。可是无论过了多少年，他自己跑去给她开前门的影像是清晰的，像照镜子一样，她最初的言语仍然字字在他的耳中……

我又想到我的相识者MZ在春天开始的时候接到一个不相识的女孩子的第一封信，里面奇特地写着："啊，这又是一个夜。外面只有多星辰的天。"他们渐渐忙碌起来，互相寄递一些纸片、图画、书籍和呓语。他写道："一个小孩子拿着一枝紫丁香从窗外过去。我也想送你一枝丁香,白色的,乱滴着雨水的,没有一朵开了的。"他写道:"你要告诉我你的梦,梦见海水浸没了我的脚或者波浪打湿了我的头发。"到六月,他忽然给她送去一棵橡叶树,而且他们有一次夜的街道上的会见。其后,他也许因为工作有些繁重,给女孩子的信少了起来。她写道:"我觉得异常寂寞。为什么没有另一个语声说,'月亮真好。'"写道:"丁香跟榆叶梅的叶子让一夜风都吹干净,我再也不细听有没有敲门按铃的声音。在街上走了几步,忽然想起来一句话,'点亮了灯火,我不愿在暗中回家。'(猜猜这是谁说的。)我也想道,'买一本书,我不愿空手回家。'这样想着想着,我已经在一个杂志跟报摊的前面了。那个人指给我很多书,我只是摇头,他真不知道如何猜度这小小的顾客的心思了。我的目光在那些大书小书上作了一次漫游,真的,为什么我忽然注意到那本书呢?那本有暗红色封面的大书。我拿起它来,翻开第一页。'哦,有MZ。'我把钱扔给他,快走,快快地走。到家,信来了。我拆开一封,又一封,没有你写的一个字。"写道:"邮差又过去了,我怎么能任凭他像路人一样地走过毫无系恋呢。"秋天,他接到她最后的信。"在这城市里我不能住下去。我要到另一个地方,那地方也是美丽的,有水,有桥,两岸有低垂的细长的柳丝。……一切在想象中都是好的,正如我们不曾在水边玩一玩,我们也可以想象着另一个,另一个,另一个春天。……从此我再也不给你写信了,一定不。我的信永远地没——人——愿——意——搭——理——"

钟敲了两下。MP早已走了。我轻轻开了屋门,准备接待那些从世界上许多地方陆续飘来的寂寞的灵魂。

| 207

锡 兵

叶子窸窸窣窣地不断打着窗扉。有的渐渐积聚在屋顶上。绿的夹杂着黄的,像是凡在枝头上的都离开了。

第一次深秋的声音,又似乎深秋第一次来到世界上一样。阳光总是黯淡着,不知不觉地临近了黄昏。

叶子停息的时候,周围就寂静得很。偶尔有孩子们的语声,带着笑,轻轻地远了。

夜间却又起了狂风。我自己走在街上。尘沙攻打过来,行人都用衣袖掩住脸,中止了谈话并加快了脚步。这狂叫的风不知为什么给我带来的不是冰冷而是温暖。忽然我觉得这街道又是自己的了,如同许多年前一样,虽然我的令人痛苦的记忆用一支杖暗暗地触击我。风的声音更猛烈起来。灯火摇颤着。每一个人每一件东西都仿佛开始做梦了。

我的朦胧的脚步引着我走入一条狭窄的有遮蔽的道路。两旁是一家家的书摊。只有它们和我中间没有丝毫的拘束,我们相熟似乎无数无数年月了。那些书永远是那么古老、亲切、耐心,罩着薄薄的柔和的尘土。它们收藏着许多故事,只要人慢慢地向它们叩问。我真愿意和它们一一把握。我似乎对它们没有偏好,无论它们的服装和字迹有什么不同。

"风真大啊。"

"不错,大得很呢。"

这样和书摊主人说这话的时候,为什么忽然注意到许多书下面压着的那一本呢?因为书脊上红色的小小的兵士么?

我们费了很多事把它拿了出来,而我竟携带它又走上风扫的街道了。我默默地对它说:"可怜的年老的小书,我一定长久地温暖地照顾你,请安心。"虽然无穷无尽的年代会对它无情,难得如我的愿望。……

书皮里面的空白纸页上写着赠予者和接受者的名字,以及年月。十六年以前了。假如那个女孩子得着这本小书的时候是十岁,现在她自己几乎一定也有了小女儿。为什么她没有留给她念?她从前必然喜欢里面的故事,所以她的小女儿也会喜欢的。不过书已经褴褛了一点,没有人把那些和内容不相称的坚固的书衣之一剥下来披在它的身上。那个二十六岁的女人似乎不曾责备自己过去的疏忽,只毫不在意地把它和一些她不想留存的书放在一起让旧书商用筐子提着蹒跚地远去了。这真是那"勇敢的锡兵"的命运。

他只有一条腿,因为他是最后造的,那时候所余的锡不大够了。然而,他用一条腿站得稳稳的像别的锡兵一样……

桌上还有几件别的玩具,而其中最动人的是一座硬纸板的城堡。你可以从它的小窗户望进几间屋里去。城堡前面有小小的树木,丛集地围绕着一个小镜子,那就算是潮水了。蜡制的天鹅游泳在湖水中,影子映在水面上。这些都是美丽的,而更美丽的是一个小硬纸板的姑娘站在城堡的开着的门口。她穿着顶白的洋纱外袍，一条蓝的丝带飘在肩上，像一条肩巾。"那位姑娘正好做我的妻，"锡兵想道，"可是我怕她的地位有点太高。她住在一个城堡里，我的家不过是一个匣子。而且，我得跟另外的二十四名兵士合住。当然不能到这种地方来。我决不希望娶她了。可是跟她相识怕什么呢。"他被放在桌上的针线篮后面，从那儿他看得见那娇美的姑娘的全身……

第二天孩子们起来了，锡兵被放在开着的窗户台上，他可以望到三层楼下的街市。不大工夫之后他就头朝前跌下去了。这一跌真可怕！

于是锡兵经过不少危难而终于极幸运地回到原来的屋里。

他本来会快乐得哭泣的，若不是这种软弱不适于一个兵士的话。他看着那位姑娘，她看着她，可是谁也没有说一句话。后来一个小孩子拿起锡兵来扔进炉火里去了，他也没说为什么缘故……

他站在那儿，在通红的火焰里。他觉得非常热。这热是因为炉火呢，或是他心里爱的火焰呢？他不知道。他望着那小姑娘，她望着他。他融化了，可是他仍然肩着枪稳稳地站着。一个门开了，一阵风吹进来。风刮起来那硬纸板的姑娘，她便一直飘到炉火里锡兵那儿。只有一小会看得见她。然后她燃烧起来没有了……

一个幸福而又悲哀的结局。但我的屋里没有火炉。风声变低了一点，却来了雨滴的声音，带着落叶和多量的寒冷。这一本小书仍然是平安的，图画里的锡兵和小姑娘也是平安的：不要信这故事的末尾吧。

雨更大了，灯光朦胧起来。等我关好了窗户睡着了的时候，锡兵就可以开始和小姑娘谈话，一些没有意义的柔和的话，直到早晨，而且没有一点不安或恐惧。

旅 店

从一家店门前走过,寒冷的早晨,而且天空是阴沉的。听得见一两声乌鸦叫。道路的行人走在这地方,正如走在别处一样,对那旅店是完全漠然的。那两扇黑色的门关闭着,门外的石阶失去了光辉,高高低低的几排窗格也是暗淡的,覆蔽着尘土。里面的窗帘有的低垂着,有的拉开了,似乎仍有一些客人住在里面,却总没有一点声音。人盼着那些窗户有几个会轧轧地开开,或者有人走下石阶。旅店的孤独的老树也静默着。它顶上的细密的空枝守着高处的屋角。那儿的一个窗子像是关得更紧,而从那里面,有一些旧日的气息轻轻地流溢出来……

许多年前,就在那个窗子里面,寄寓着一个少年人。说是厌烦他从前的住处的喧嚣才迁移到这旅店里来的。说是生着病,想在冬季里静养一下。把一个旅店作为养病的地方,也许是少年人的许多狂想之一的结论。最先他住在楼下一间屋里,四邻是些他无心注意的人物,而他们的放纵的谈笑和沉重的脚步总是从白天继续到晚上，又从夜间继续到早晨，不顾旅店主人悬挂起来的木牌，上面写着请安静等等的字句。好久之后，他才搬到楼上的一角，窗子对着丛枝和冬天的阳光，周围的声音也沉寂下去了。每天他很早地起来，站在楼廊上。近处有一个小学校和一个礼拜堂。他常常守望着孩子们断断续续地跳跃着走进那个有栏杆的门，总是那么早，毫没有怕冷的样子，他也因之分得一些愉快。有时候天还没有亮那礼拜堂的大钟便当当地响起，严肃而又柔和，而且不久他就听见遥远的歌唱的声音了。他的心思这样地渐渐安帖了下来。有一个夜间他出去走了很远的路，买了一些零散的纸页，到晚上便低着头做一些奇特的记录，直到夜深。最热闹的时候是他的一个亲近的朋友来找他那几天，他们唱歌，谈绵长的话，朗诵一些古老生僻的书籍。然后，朋友走了，他想念着另一个人，夜间不再写他的心思，只在楼廊上望着星星和远方的天空，眼光疲倦了的时候才转向墙壁上的老树枝柯的影子。他幻想着那个人怎样轻轻地走来，怎样一起在那地方指点天上的星光。他告诉旅店的守门人拒绝一切来访他的客人。但是冬天过去了，旅店一天比一天寂寞，永远没有人去敲他的门……

然后，少年人便不见了。年月流动着，带着几阵风，几场雨雪。旅店仍然在那儿，老树仍然在那儿，却都有些衰老了。行人们似乎是从远方来的，没有关于它们的记忆。许多年后，旅店会颓圮下去，只余下老树的枯枝，也没有人从这地方走过。

十二月

第一次听见邻居们的笑语,尖锐,欢快,好像不是生活在这个充满刀兵和饥饿的时代里一样。祝福她们吧。也许这是很难得的一刻,她们因为某一件意外的小事觉得忽然轻松了,过了一会仍然要继续使她们为了食粮不得不牺牲睡眠的劳苦的工作。她们一定不受忧愁的磨折,如果她们健康……

门窗互相击打起来。风响,十二月。我听见一支独轮车咿咿呀呀地从邻居的院里推出来,接着没有灯火的街道上就有了叫卖声。一个男人的喉音,然而很细弱,也很悠长,即使不是凄凉的,总透露不出来一点愉快的意味。好在听见他的人极少,他和他的车不久也被黑暗裹到远处去。

寂静,然后是残留在枝上的叶子被风击打下来的簌簌之声。一只狗叫起来,远远近近的狗都应答着。这种动物当然是没用的东西,不过只要它们存在总不免叫一叫的,虽然违反了现实主义。更让它们犯罪的是它们的声音引领我回到十年前的十二月深夜里去,

那时候我住在一间和现在一样的小屋里,只多一点闲暇,而且有一个孩子给我写信,而且我写出来无意义的诗句:

你给我寄来了一纸微温,
正是风打窗格的时候,
远灯下如有水波,
狗吠比昨宵更幽咽。

于是我忘记了
冰与泥相交的街路,
在那儿我的双脚如透湿的叶子,
口内吟不出"明月照积雪"。

然后我忽然想起来要写一封回信,便匆匆忙忙地开始了。半点钟之后,我大衣也不穿就跑到街上去。冰雪好像都消融尽了,虽然风仍然在那儿呼啸。满街的黑暗追随着我。只有那个小杂货店里有唯一的灯光。我买了邮票,把信轻轻投到正在店门口的邮筒里去。我听见小杂货店里一个人说:"喝,这一下子可就远了。"我没有告诉他我们的信其实只要经过三四条大街就会到收信人的手里,不过我十分信任邮筒,所以把这么重要的事委托给它。

九个十二月跳跃着过去了。这一个十二月也许是长长的,过不完的,因为我不想再给十年前的孩子写信了。她还写信给我。她住在我从来没有去过的一个荒僻的小城里。在那个城角,她写道,有几间新盖的茅屋,通着一条榆树荫蔽的小道,小道上常常有闲散的猪或者拾落叶的孩子。写道那就是她的家。写道她自己也养了两只猪,而且猪圈是她亲手建筑起来的,另外她还有二十几只鸡,其中的四五只已经生蛋，它们白天到附近的田地里去玩，晚间一起跑回家。写道她还买了两只小鸭子，可惜丢了一只，死了一只。写道有人送给她一只龟，她把它放在一个泥坑里面，第二天早晨便失踪了，一本书上说龟失了踪过两个礼拜必会回来，那一只却永远没回来。写道她种了无数向日葵、茉莉和鸡冠花，它们都开得美丽，长久。写道她从茅屋后的小道登城，看得见起伏的田地和重叠的山峰，还有它们的每天幻变的颜色。写道她早已结了婚，而且有了两个孩子，一个叫J，一个叫V，她喜欢他们。写道她的——每天担水浇菜。

我应该对她说些什么呢，如果写一封回信？她还请我到她的家里去玩，这是一个难题，因为我愿意去，同时觉得似乎不去也好。她会不会到这个大城里来呢？她告诉我说他对她的茅屋有特殊的爱好……

她说她没有钟，常常忘记了时间。我也没有钟。不过狗叫早已停止，邻居们的笑语声也听不见了。我关好了屋门，又给自己倒一杯热水，因为我要温暖地结束过于放纵的心思，好准备明天的艰难的工作。

散文・集外

更 夫

　　这是冬天。我从远处回来，各地方已经闪耀着灯火。这地方，虽然只离别了五六天，仿佛也有一点生疏的样子。最显然的变化是寂静，住在这儿的人已都走了，剩下树木、房屋、灯。自己的屋里，在我的想象中是会与动身那天早晨一样的，至多不过桌子上堆积了几天的报纸，然而我第一眼看见了尘土，它占据了这屋子，封蔽住了一切。那个管屋子的人一定没有来看顾。尘土给我一种凄凉，那些几天不见的东西也现出可怜的颜色来。火炉早已灭了，即使立刻再生起来，也不会是从前的温暖。我在寂静中坐着，没有别的地方可去。好久后，我听到一钟声音，响亮而且沉重，那敲梆子的人已经来到我的窗下了。他隔着窗子说起话来："……你回来了？今天我看见这屋里有了灯光，就知道是你回来了。"这语声非常熟谙，我感谢他。我觉到在这个地方仍有一个相识的人，那寂寞之感渐渐地减下去。

　　我们相识已经很久了，最少有一年。当我初来这儿的时候，听见梆子响，常以为那敲击者是一个奇怪的甚至可怕的人，我不敢走近他，只觉得一听到他来就应当伏在被中快快地睡。后来，一个夏夜里，看见他从面前走过去，我问了他住在什么地方，每夜敲几次，以及什么时候睡觉的话。他回答的声音是柔和的，像一个朋友。我觉得对他亲近起来，以至于很担心他的夜行会有什么不便，直到他告诉我他并不害怕，因为已经习惯了的时候。我认识了他，甚至不因他的梆子响也分辨得出那矮小的黑影。但白天不常见他，也许如他所说要在白天睡觉的缘故吧。当夜间相遇时，我总是问他什么时候了，他的"十点"或"十一点"的声音正如一个睡歌，我听了就心里柔和，可以即刻去安卧了。我没有钟或表，如若夜间他不来，恐怕不会睡得较为规律的。

　　他得以看到世界的另样的形容，夜的虫声或鸟声，星光或月光，草的或露珠的气味，将给他以各种感觉上的幸福。夜仿佛是一个宝库，其中密藏的许多我所不熟悉的东西。当雨雪来访问时，我们有时竟完全不知道，只有更夫毫不耽误地会见了他们。至于受了风吹雨打而生病的事，在我总觉得仿佛不会来到更夫的身上的。十几天以前，一个深夜，也许是雨声惊醒了我，我开了门，望着水条从黑暗中落下来。不久走来一个衣服加厚的黑影子，脚踏在水里，泼泼地响。他的木梆声在雨中仍然清脆可听。那时倘若我也有一件雨衣，我必陪他做一次雨夜的巡行。

　　比较坏的是完全死寂的夜，没有月光，一定给他以寂寞之感罢。他的脚步会慢起来，心里会动荡着一些冥想与回忆。但这儿只有几个院子，我们的更夫不致十分忧愁，街上的则有另一种情形了。某一夜我走过一条深黑的胡同，走了许久才遇见两个人，从他们的手里发出梆子响与锣响。空气几乎是浓密的，不容易冲出去。他们也许为自己手下的声音而惊恐的吧。他们需要一盏手提的小灯,做他们的暗夜的卫护者。

　　至于更夫的住处,与我们的并没有多少区别,叫作"更房"的也只是普通住人的小屋而已。实在说,他们应该有清静一点的屋子,以便白天安安稳稳地睡觉。只有我家乡的更房是特殊的,房顶上造起一间极小的亭屋,四周并有甬道,到一定的时刻更夫就从亭屋里爬出来,在甬道上徘徊着击打。我常远望着那更房里的灯光,觉得坐在里面看夜景,必有不可形容的趣味。等再得机会回家时,我必到那个地方去探视一次。

　　　　　(原载一九三四年十月北平《水星》第一卷第一期)

庭 院

同院住的人已经走了。在平日我们是不相往来的，但有时候听见脚步声从我的窗下经过，或一阵不清楚的笑语，于是感觉到自己并不十分孤独。这几天周围异常地清静。我曾到那一个屋外去探视了一次，门窗紧闭着，看不出什么痕迹，颇有尘封已久的样子。窗前的一棵小荣华树花朵仍然没有谢尽，但枝叶并不鲜润，其间悬挂着几根蛛丝。地上有几片残叶与快要铺满的绿苔。窗纸上没有一个隙缝，我本来想向里面窥看一下的。

天时时地落雨。燥热之感大半消逝了。花草在我眼中不停地生长起来。这院子完全被遗给我自己了，对于它的花草我从不经管，现在总应当时时加以看顾。但我不愿意除草。那些纤长的草叶杂生在花畦之间，足以减少完全的齐整之呆板的状态，而且会引着蟋蟀或其他夜鸣的虫来住的。落雨代替了我的浇灌。我只有常去站在它们的近前，附身睇视。茉莉已长得很高，九月菊开始抽叶，茑萝上架了。想到去年的秋末它们美丽地死去时候所感受的忧伤，我乃发出一声安慰的叹息。但我不知道它们今年将何时开花，以及花期是否长久。我愿那同住的人莫回来，也不要有意外的来客，直到它们快要凋谢的时候。

院里是有花朵的。许多半含苞半开放的花丛已从槐树的枝间垂下来。它们生长时那样地隐秘，使我完全没有注意，看见第一次落在地上的白色的花瓣才仰起头来尝受了像遇见奇迹一样的惊讶。那些花丛变更了老树的形容。在日常看得见的树木中，哪一种是开着这样纤巧而有香气的花朵的呢？我想不出来。它们排列得极其可喜，看去几乎是半叶半花的样子。在初春的桃杏林下除眼中清爽之外那种禁不住的清冷之感现在是没有了。我将记住这日子，次一个夏天如若我仍然住在这儿，就可以在前几天给自己一个欢喜的期待了。

槐花最易于坠落。有时我从床中醒来，隔窗看见它们断续地、轻悄地飘散着，我的惋惜几乎催着我即刻到外面去——一地拾起来。风雨来时正像是落雪，不久就覆满了砖石与土地。每天去扫是没用的，我不愿那样做。它们终日美丽地堆积着。常常有蜜蜂在上面爬行，高处的枝头却很少听见嗡叫的声音。只有小的黑蚁去亲近它们时让我觉得不快，仿佛那些裸露的尸体会受损伤的。我不去践踏它们。如若天不太热，我必放一个凳子在树阴下，以读书过整个的早晨，觉得同时对于它们尽了我的守护之谊。

与此相通的另一个院子里面没有许多花木。它的四周是院墙与几间房屋的后背，那地方称为空场似乎更适当的。但南墙下立着几棵单弱的桑榆，直到现在，地上仍留着落过桑葚的残迹。对面是一列年幼的扁柏，它们最高的枝头已越过了墙，与天空相接了。榆柏之间有一片特别浓密的草，自然地依种类分作三段，互相连接；已抽出穗子的狼尾草与藤蔓还不长的牵牛花的圆叶子是同样可喜的，我无法去偏爱一种。只有茎叶都有些僵直的"玉谷"静止地守着自己的角落，因我的鼠胆显出孤僻的样子。

除了从对着一条胡同的墙外面，偶然有车声或叫卖声传过来的时候，那儿比我住的院子更觉清寂，极微弱的落花声也难得听见。稀有的宾客愿意在那儿停留。去年，某一个秋日，我看见五六只长尾的山鹊走在墙上与榆树下的地上，脚步极其悠闲。它们始终现着默想的神色，到我快走近了的时候，才不忍遽去地迟缓地飞开了。几天前，我预备在那儿徘徊一会儿，向着扁柏移了三五步，忽然听见里面急促的扑翼声，那鸟儿并没有飞走，只是从树根旁移到枝上了。我寻觅了好久，才得以由叶子隙缝间窥见。它身躯的大小与羽毛的颜色却与啄木鸟的相似，但头上有一个扇形的黄色的毛冠。它站立着，久不作声。那惊飞一定是我最初的脚步未加谨慎所致。幸而它没有离开那儿；这样地想着，觉得欢喜，我极轻悄地退回自己的院里来。

一九三四年七月

（原载一九三四年十二月北平《水星》第一卷第三期）

诉 说

常有语声从隔壁传来。在早晨，或在下午我醒后未起的时候。但有一次是深夜，我忽然睁开眼，看见异样的月影正在枕边的墙上，几乎有些可怕，然后我开始听见喁喁的絮语，我的邻居从外面回来了。然后钟敲了两下。我觉得自己的周围并不是没有人的，于是带着感谢的心再睡下去。每天午间我常立在院中，看着海棠、柳树与几棵不知名的花木，负着丰润繁密的叶子，但在它们后面的那一排屋门都是关闭着的。温暖的阳光守护着一切。静悄中久久没有步声。我的在空山中寄居的思想渐渐生长起来，几声鸟叫更使荒凉的气氛加重了。

只有隔壁的语声给我一种现实的感觉，而且其中有些亲切。墙是木板的，说话者的姿势也可以由声音想象出来。但我从不知道他们的谈资。我听见的近似群峰的声音，我并不设法去辨别字句。能因此想到自己生活在悠闲的并不死寂的世界里已很满足了。那"主人"仿佛十分有耐心，他的语声低沉而拖缓，常常很久地继续下去。他的"客人"也像我一样，静默而听。我不相信他在议论什么或辩解什么，恐怕他是讲一个悠长的故事，或叙述自己的情怀，他有他的听者，无论在白天或黑夜。

近来，当我想念那语声的时候，隔壁偏是沉寂的。我窥视着暗哑的屋墙与墙下的什物，觉得忧愁。因为它们不能有所讲述，而且不能听我的诉语。我久已愿做一个隔壁的主人。虽没有美丽的故事，我的心中并不空虚，无数言辞聚积在那儿，像讲过若干年月了。我曾到外面去了几次。在我的相识者面前喃喃诉说起来，听着自己的声调有些讶异。我停息时，他们给我几句劝慰之辞，说"把心思变一变"或"看以后的日子吧"。也有时做出淡漠的脸色。于是我走回来，觉得心里更其沉重。有一次我用一句话说出自己的隐秘，那对面的人转身去望落日了。

沉默是可贵的，但难于学习。乞丐在街路上追随着行人，一面不绝地叙述自己的往事，那声音必与马声相合，或在行人耳中变为吃语。那唱歌的乞妇是最聪明的。在她的歌中有她昔日的情人，有五月，有红菀花。但人们听见的只是"ee um fuh um so, foo swee too een oo——"像流泉，像雨，像枯枝受烈风摇动。这歌声为她所独有，不可仿效。

我不能到街路上去，请过客听我的诉说。我不能开口而歌。但我仍然惧怕自己的屋子，因为其中没有一个客人。我不愿与沉默相亲近，只有时时祈求着有一个风天或雨夜。窗外的黑色多纹的树干上已有了长芽，我站立在那儿，伸出手去，因喜悦而叹息。我默默地对它说："你坚强的树干，你竟把悠久的寒冷的冬天度了过来。至今我为你担心那结冰的日子，那积雪满地的日子。你那样地坚强不曾有过一声呻吟或呼叫。或你不知道我愿做暂时的守护人，听你诉说。"在这院中，凡能生长的，能活动的，能发声的，必愿意吐露它们的哀情，虽然已沉寂多少时日了，像我一样。愿我们互相友好：

    我将对负着白花的老树
    或新上架的牵牛
    或久居在我屋檐下的
    叫过秋天与冬天的麻雀
    或一只偶来的山鸟
    诉说我的忧烦与欢乐，
    甚至是关于一件小事的：
    一个小虫飞落在我的身上
    或雨击打了我的窗子。

    然后我向它问询，
    如若有风吹它的细枝落地；
    如若它的尖叶子偶然地
    受了一个行人的摧折；
    如若它的旧巢倾颓了；
    如若这从山中带来了
    往昔的或近日的消息；
    让它殷勤地对我讲述，
    用一个友人说话的声调。

一九三五年五月

（原载一九三五年六月北平《水星》第二卷第三期）

晓 行

　　天空浮动着白色的云片,薄薄的隙缝之间露出明净的淡蓝色。远处和天空相接的一片树木的上端,仍然是浓绿的,但其中透出一种暗晦的色彩,而且有了深思的静默。树干被遮在重重的房屋之后。近在目前的只有路旁的小树,都已经现出憔悴之状,树下有了落叶。街道是广阔的,两旁是几家住户和场院。没有市声,开门设肆的声音也听不见。只一个水车的咿咿呀呀走过去,那声音并不显得和早晨不调和,而且不久就隐没了。警察站立道路中央,两手下垂着,望着远处,仿佛有一种特异的寂寞之感。风无声地吹过来,虽没有逼人的寒冷,已经有了多量的凉意。

　　行人极其稀疏。我的步调是迟缓的。迎着早晨的风,很想伸开两臂呼吸一下,这清凉令人十分舒畅。我觉得安慰,或者可以说对自己的感谢。当我早晨初醒的时候,隔窗望一下树叶之间的天色,偶然想到:"今天是假日,出去走一走也好吧。"就这样地走出来了,自己不在外面散步已经有半年之久。

我走过许多条曲折的道路，望见一座高耸的城了。楼城外道旁排列着低矮的房屋，多数是商店，但店中并没有耀目的颜色。我又走入一条小街，道路不平而且极其狭窄，一些小贩的摊子都近在身旁。车马几乎没有，正像一个乡镇的集市。街道尽处是一个斜坡，那儿的空间意外扩大开来。斜坡下有一个存水不多的广阔的池塘，四周充满了乡野景色。

沿着池塘旁的小道，我走到一个低平的土丘上。对面是一片花格的砖墙，围着一块长方形的土地。墙内充满了树木，松杨夹杂着扁柏，比墙头略略高出。那大半是一座坟园。它使我想到曾见过的和读过的许多坟园的景象。"那死者，在叶丛的沉默中，似乎对后来者低声致语。……"我倾听着，想走进去看一看碑石，抚摸一下守护着坟墓的树干，但终于没有找出来门在什么地方。我转过身，看见一片农田了，丛丛相接的大豆和高粱一直向南延展下去，隔着大路和一片菜园相对。菜园离得较远，一片绿的尖叶子几乎与远树相混了。我低头窥视豆叶和下面的土地，在我眼中都是谙熟的。自己不和它们亲近已经许多年了，为什么它们毫没有变化呢，叶子仍是长圆形，正和从前我摘下来用手打过的一样。但田塍间显得异常静谧，没有虫叫。也没有蚱蜢突然飞出来，这和我的记忆不甚相符。我觉得心里略一颤动，颇有折一段树枝到豆田中去拨动一回之意。那惊飞的蚱蜢必是绿灰色的，而且很细小，我并不想追捕它，但那小东西一程一程地飞远了，又有一种轻微的失意之感……

这幻想在连续的钟响中消散了。那低沉的声音仿佛是从西方来的，带着几乎是动人的神秘的力量。我凝望着，看见一个高耸的十字形的楼顶。想是那些有信心的人们去做晨祷了。自己是始终过着不安定的生活的，在这清晨的好时光里，也应当随着他们去忏悔一下么？

（原载一九三九年十二月十日北平《辅仁文苑》第二辑）

秋 花

每夜,外面吃着暴风。那声音是起伏不定的,但总没有让我的窗纸叫起来,仿佛总是柔和的,像一个长的催眠歌。有几次我都是带着感谢的心卧下去的。但在第一个风夜里,我恐惧着,为我院里的花担着心。它们是倚在墙下或立在花畦里的。我想着它们必是剧烈地摇晃着,次一个早晨将变了它们的服装让我惊讶。但我在初升的阳光下检视它们的时候,叶子,舒展着,花,开着,没有落下一片或一瓣。我即刻安心了。而且,在我的眼中它们更比从前强壮起来,坚定地守着它们的生命。它们是秋的守护者,把冬初的日子装饰成了秋末的,用鲜艳的颜色。

四五天之后,我走进院里,像走进另一个人家。我迟疑着,为什么这样地生疏呢?那些花丛完全零落了,失去淡黄的和猩红的花朵。地上落叶也没有,裸露着做花畦边界的瓦格,像失了肉的骨架。那些负着秋天的光辉的已经远去了,我不知道它们的行踪。我只记得夜夜的风叫,是它逼迫着它们迅速地凋谢了,那样地迅速,让我不能用我的记忆把它们安排一下。

　　花畦里只余下几棵美人蕉，叶尖也变成黑褐色的了。我想念我的凤仙，九月菊，红蓼。阳光照在地上，和前几天没有两样，而且给人一种舒适的温热。残枝上也许会再有花开的吧。我携带着这猜测徘徊着，但终于俯下身去审视，看是否有种子留在地上。我想着它们一定隐藏在土里耐心地等候遥远的春雨了。

　　墙下的一行茉莉仍然不显得枯瘦，繁密的叶子互相依傍着，只是枝柯有的接触地面了。它们散布过多日的香气。我走近它们，那嗅觉的记忆给我一种愉快。那些花朵，比别的几种更多的，现在都没有了。不久以前我看见有两朵小瓣的还留在叶丛里，令人极其珍惜。那最后的两朵隐没了的时候，墙下只余下单一的颜色了。但这也是可赞美的，那儿没有一片褪色的叶子，它们已经过了别的花所禁不住的几个风夜，会长久地留在那儿，蔽护着那一条土地。我站在它们的身旁，在沉默中我们交换了一个约言。

　　然而，我自己又告诉我那些结冰的日子和那时候院里的景象。最强健的茉莉也将离开我么，在一个意想不到的日子？我不能把它们移进屋里来。我将不敢再去探视这院子，只是默坐着，在阴暗的窗下，直到另一节季节的开始。

　　在多年前我住过的一个院里，墙下也有一个花畦，长方形的，其中是蜻蜓花、玉簪和萱花。它们此开彼谢地度过每一个秋季。有多少次我看见它们从抽叶含苞以至种子落地。我也去浇过水，除过杂草。平日那地方总是阴湿的，那墙上挂着一缕缕的青苔。它们都是多年生的，种子虽没有生出新芽，而地下的根一年比一年扩张起来，于是叶子繁密得没有孔隙。但从某一年起，玉簪开始它的衰残，听说是有人掘一半根去另栽了，接着又减少了两旁的长叶子。我加多了对它们的探视，希望有一天那地方恢复旧日的光辉。然而几年后那花畦竟变成空地了,里面的湿土高高低低地偃伏着过无望的日子。从前我在冬季见了那花畦的时候,预期展开了我心上的紧缩,后来终于看见了那小小的废墟,不久我默默地离它而去了。倘我们有重见的机会,无论在哪一个季节,它给我的会是同样的寒冬之感,而且是冷酷的、失望的。这思想使我停住走在这院中的脚步,而且它凝滞住了,紧傍在我的心上。

(原载一九四三年五月上海《风雨谈》第二期)

忘 记

给人一些"幸福的哀愁"的人或事物是永远不会被忘记的,在这一方面,我的记忆就极其坚强,即使是一个梦,即使是一个"美丽的,柔声的,而已经残破的梦"。虽然韦脖斯特(M.M.Webster)在他的《秋之歌》里写道:

蛇蜕去它的皮,
夏天已经过去了,
我也终于脱开了,
我的古老残破的悲秋。

虽然艾克利(J.R.Ackerley)在他的《鬼》里写道:

仍然听得见
他说"再会!"

听得见他叹息
又那么低地说,
"啊,但我知道……
你要忘记。"

我却在我的《竖琴》里写道:

从此再不能忘记,
从此再不能忘记,
从此再不能忘记。
我将苦痛地惧怕着
每一年丁香花和微雨的气味
固执地回来的季节。

　　　　(原载一九四五年二月一日《文艺世纪》第一卷第二期)

寒 日

一

　　不要说年月飞得太快,又太稀少。这许多秋天之后的秋天是新鲜的,丰富的。有时候令人又感谢又心慌,觉得上天的赐予过多。而且秋天比另外那三个季节都长,一切都静默美丽,所以时间也愿意休息一会。

　　这些拥挤在我周围的山峰何等晴朗,我看得见它们身上的每一天皱痕,看得见它们环抱的每一棵树。云片从上面飘过时投下来一些深蓝色的影子,使它们更显得柔和,似乎山石都变做绒毛了。我走在一条崎岖多石的路上,我可以抚摸我的永远年青的山峰,只要把手伸得更远一点……但是我走了,一个居无定所的旅人,不能在秋天的山下多散一会儿步,多徘徊一会儿,多吸一口山的气味。山脚的田地也换了十月的新装。禾稼都割去了,余下淡褐色的土粒,而田塍间点染着紫赤的扫帚树和金黄的杨叶,光耀得可惊,真像是今天有人把颜色新涂上去的。我不肯对它们说再见,我尽力假想着自己是走向它们,不是要离别它们,那黑色的污秽的小火车只是载了一些不幸的人们从这地方经过罢了,它必不会停住,它不久就会叮叮当当地隐入远处,把平安留给我和我的深秋……车站的棚门为什么近在眼前了呢？我走过一条小河，几朵芦花浮在水上。我弯下身去拾它们，却不能够着。"等我回来，等我回来。我仍然要把你们握在手里的。"

二

院子是黑暗的，对着多星辰的清冷的天空。只有我的女房东屋里有灯光也有笑语，因为来了几位客人。我没有看见她们。但从语声和那欢快的调子看来，她们一定是女房东的新近的朋友们或亲戚们。她们的笑话让我也觉得愉快。我在院里徘徊着，听着。暂时我们都忘记了世界上的千万种烦愁。同时我感觉到女房东必感觉到的安慰。我不禁有了为她祝福之意，希望她的客人一直笑语到夜深。然而她的屋门开了，灯光射到院里来，接着是人影和脚步声。不久，女房东就把她的客人送走了。寒冷随她回来。而她屋里的灯光也渐渐缩小下去。

一个寂寞的灵魂。在平日她是极端静默的，常常一个人在廊上久坐或者在花木间缓缓地散步。我们相遇时并不寒暄或闲谈，但我们的眼光都是和善的，诚挚的。在她看来，我岂不也是一个寂寞的灵魂么？我会忘记寂寞，让自己的心思忙碌。她也许不会。今天下午我看见她用力摇院里的枣树。那些叶子还一个也没有变黄，不过枣几乎完全没有了，所以她摇了好久，也听不见噼啪的坠地之声。后来她终于得到一两个，可惜太少了。我愿意失去的枣都回到枝上去，许多赭红的小东西在枝叶间悬垂着，若有的自己飘然坠落，我必去拾起来。

一九四四年十一月至十二月
（原载一九四五年四月上海《文帖》创刊号）

露 斯

初夏的晚上。黄昏还没有到来,麦田里的阳光已渐渐隐没下去。四处的光线似乎完全一致了,灰白,沉郁,正如在阴天的时候。

没有微风,热气也悄悄地逃避了。郊野的一切都静默着;割麦的声音止息,也听不见人声,树林带着它们繁密的叶子垂下头,如在休息。小河中的水响十分微弱。

麦田是广大平坦的,南部略有一些倾斜。大麦已割倒了许多;但其余仍然整整齐齐地排列着,告人以丰收的信息。

田中的使女们与仆人们都忙碌了一整天。太阳隐没了,他们伸开疲乏的手,他们所收割的都已捆好,一堆一堆地聚积在那儿。他们坐下,静默地休息。但不久语声又从麦田中发出来。他们说到天气的燥热,大麦的丰收,与主人波亚米的福气。他们望得见对面的伯利恒城,一团团的炊烟开始从其中升起来。

摩押的女子露斯也停在麦田里,停在离那些割麦人不远的地方。她独自伫立着，凝视城中的炊烟。

露斯在那儿默语着：

"哦，你伯利恒，你伟大的城啊，许多年前我已听说你的名字，我曾幻想过你的面貌与声音，而且有时候即刻与你相见，因为你有着声誉，为多人所崇奉。现在我竟来在你的近前，住在你的怀里，在你的庇荫下过了三个白天与黑夜了。白天我听见你的繁声，而在黑夜你只给我以死寂；那死寂是深沉的、可怕的，因为我在夜间又不能一时走入梦中。我想听，想听远处的风响，断续的狗叫声，或车轮走在街路上，但你让它们都静息了，只留下我独自睁着双眼。我想望一望天上的星辰，看它们是否变了颜色，而你威严地阻止我。你没有给我一点抚爱，不顾我的孤零，听不见我低长的叹息。曾在我心里的你的影像很快地变化了，因为你已站在我的眼前，十分清楚，你的城门如一个巨大的怪眼，我不敢对它凝视。我投身在你怀中，而我觉得异样的生疏，我不认识你，你也不肯招呼我一声，你的一切都对我显不出亲近的颜色，甚至城外的树林，小河，甚至这麦田，这一丛丛的大麦，因为我是一个外邦的客人。

"我是失宿的行旅者，而且走近黄昏，除了这儿，我能投向何处呢。但这大城为什么这样地庄严？我是随着婆母走来的，是她引着我来访问伯利恒城的，这儿是我婆母拿俄米的故乡，是我丈夫玛伦的故乡，但合城中的人没有一个认识我的。我曾在城中与城外寻觅着，睇视着，而没有地方负着我丈夫的旧痕，没有人说到他的名字。婆母也因为日久在外几乎把这儿忘记了，她失去旧日的房屋，旧日的亲友，与一切谙熟的东西。有什么在这儿做'故乡'的记号呢？我的丈夫真是生长在这地方的么？他的幼年时代的城为什么不眷顾他的妻子？

"耶和华啊，以色列的上帝，是你忽然发烈怒而降祸于我们的身上么？你曾指引着你的仆人拿俄米、基连与玛伦，让他们离开伯利恒到摩押地去寄居，在那儿我伴着他们，度过长久的长久的岁月，我虽出了嫁，并没有离开我的故乡，我可以随时去探望父亲，与母亲的坟；我从幼小到长成，只抱着一个纯朴的心，没有幻想，没有烦忧，因为摩押地是我所爱的，我们的田地每年丰收，粮食充足，家里充满愉快平安，我的丈夫是活泼的、勇敢的，如一只健强的牡鹿，每天歌唱着到天地里去，我在摩押的本地人中骄傲，因为我与异地的人生活，我的家比别人的更其兴盛、满足。然而，今年怀抱着多少不幸的日子啊，当春天快完了的时候，我看见黑云在头上回旋，听见旷野中哭泣的声音，在那个最忧伤的一天，我的丈夫随着他的哥哥基连死去了，死在我的故乡摩押地，他的死有如疾风，他健强的身躯被疾风卷入尘土，他死得何其希奇，是耶和华突然取回他的生命了。我时时痛哭，泪流满腮，但他不再从坟墓中起来了，从此我不断地冥想，与我婆母以忧伤的眼睛互相睇视。更多的不幸随着他的死临到眼前。我们的粮食完了，去年没有多收成，而今年，我们的劳动者做了死者。那儿的人民欺凌到我们身上，我们的田地归于他人，得不到一点援助。

"我不能不离开摩押地，我最亲爱的故乡。我想着幸福的伯利恒城，就忍心走上荒凉的道路了。我没有对父亲告别，没有去拜谒母亲的坟墓。因为婆母听见人们说，耶和华眷顾他的百姓，赐粮食给他们，于是我们奔波地走来，穿过树林，越过土丘，在风的号叫声中走来。有谁怜悯这两个无依的旅客呢。我的婆母对城里的人说，她满满地出去，全能者让她空空地回来。我们的丰满的子现在已遗在不可知的地方了。

"从早晨，从太阳开始把它的光投向地面的时候，我就一个人走出城，到麦田里。我低下头，不敢向四方眺望。我随在收割者的后边,谨慎地,卑怯地,当他们打捆的麦穗遗在一旁时,我就伸手拾起来,我把所拾的积在一起,太阳到了正中,但我所得的只是小小的一堆。谢上帝,我没有受他们的禁止,也没有受轻视与责骂,因为这是波亚米先生的麦田。当收割的人告诉他我是随拿俄米来的摩押女子时,他对我说:'女儿啊,我是玛伦本族的人,听我说,不要往别人田里拾取麦穗,也不要离开这儿,要常与我的使女在一处,我的仆人在哪块田收割,你就随他们去。'这话我听着觉得感谢。我在他们的眼前蒙恩,午饭时,他们还把烘了的穗子给我。现在我的麦穗积得更多,而我的心比早晨更其忧伤,像有一种特异的预感,告诉我将来的命运。

"我将带着这些麦穗进城,去见我的婆母,她将因为得收获而欢喜起来,然而,我的明天呢,明天会变成什么样子?今天的夜也是可怕的,黄昏岂不是悄悄地走来了么。城中的炊烟都结合在一起,成了黑色的雾,我不愿看它,不愿走到它的覆盖之下,我已经挨过好几个痛苦的黑夜了,我此后将如何地生活,有什么在等待我?这是夏日,在它后面的还有秋天与冬天,我不敢往后想,伯利恒的秋天与冬天必然是凄凉、阴晦,而且苦辛的,一个远方的外邦人,这样地孤独瘦弱,如何能平平安安地度过去呢?我的心思变化得何其迅速,它又让我的眼泪簌簌地流下来了。

"当我的婆母预备起身离开摩押地的时候,她真挚地对我说:'你回到你的母亲家去吧,愿耶和华恩待你,像你恩待已死的人与我一样,愿耶和华使你在新夫家中得平安。'后来,她又说:'我的女儿啊,回去吧,为何要随我走呢?我还能生子做你的丈夫么?我年纪老迈,不能再有丈夫,即或说,今夜有丈夫可以生子,你岂能等着他长大呢,你岂能等着不嫁别人呢。我的女儿啊,我为你的缘故甚是愁苦,因为耶和华伸手攻击我……'她这样的言语仍在耳中，但那时我回答她以坚决的话，因为我怀想着伯利恒，耶和华所赐福的城，我愿看见我丈夫的故乡，于是我与她做了伴侣，直到今天。

"我不愿疲乏地走来，可能再不愿疲乏地走去？我又不忍离开我的婆母了。她已经衰老，鬓边添了银丝，当她最需要安心休息的时候，她失掉了亲爱的儿子，走入不幸的狭路。我看见她脸上有了皱纹，她说话时语声震颤，我能弃她而去么，我能让她一个人悲悲惨惨地留在这儿么？我虽在麦田里，她的影子也似乎依傍着啊，让我心酸。

"耶和华啊，我在你脚下求告你的名，你曾听见我的声音，我求你救助，你不要掩耳不听。你看呀，我独自停在郊野，我的心里凄惶扰乱，我觉得有许多更意外的事将悄然而来。在这儿，听见我叹息的有人，安慰我的无人，四周是尘土与沙石，沙石刺着我的双脚，尘土骄傲地飞扬起来，围攻着我的身子。是我的结局来到了么，我的日子满足了么？

"我所在的是什么地方，伯利恒么，伯利恒城外的田地么？我尽力望向北方，北方只有灰色的天空接着地上的烟雾，我的家乡，我的摩押地在哪儿呢？我为什么不能望见他的房舍？我离别那儿只有几天，像是多日未见了，我压制着我的心，终于压不住它的想念，因为我曾在摩押地度过我二十余年的生命，它的草原、田地、丛林，我家的樱树与葡萄园，都浮现在我眼中，而我想细细地看一看时，一片密密的大麦把它们掩住了，我知道自己并没有回去，我仍是一个没有人看顾的拾穗人。是什么神异的手把我投掷在这个地方了呢？我是一个逃亡者，没有人知道我的行踪，我院里故乡，未留下一声别语，天晚了，在灯火未明时，父亲在家里听见风响，是不是会忆念他的女儿？

239

"天晚了，伯利恒城中的炊烟已经消逝，城墙入于苍茫，但麦田旁的树林们仍在那儿站立着，像在鄙视我，觉得我不应当临近它们，我看不见的河水，也喃喃地发出驱赶我的怒声——"

风随着黄昏飘动着，于是麦丛呼啸起来，簌簌然，像有雨点打在它们的身上。

麦田里的语声消灭下去。那些收割者向前面望了一望，觉得是回去的时候了。他们立起来，把一捆一捆的大麦放在各人的肩上。

露斯像没有听到他们。当他们从他身旁走过的时候，一个波亚米的使女们向她说道："露斯啊，晚风下来了，我们一同回去吧。"

"谢谢你，我再等一会儿。"

"你为什么停留不走呢，你没有看见天色变暗了么？随我们进城吧，晚上的野外是寂寞的。"

"我要等一会，等天上出了星星，我好看那照到摩押地的星星。"

（原载一九三五年三月北平《水星》第一卷第六期）

读闻青诗

写诗是走一条荒僻的道路。写诗的人也多少有孤独的性格。虽然宇宙间一切现象都可入诗，却因为"诗言志"的缘故，抒写出来的多半是内在的心灵和充溢的情感。情感本来是可与人同的，在表现方法上则颇可独创，这便是所谓诗的技术。若内容和外衣都恰巧和前人的作品巧合，只好扯碎烧掉。自然我们所特别注意的还应该是新的感觉，也就是对周围的事物的新的接受能力，有这一种能力方可称为真正的诗人。在中国的新诗方面，现在一定和从前一样有许多许多人执着光彩的笔写出通过了自己的心思的一切，假如生活允许他们。不过由一般报纸杂志看来，诗的作品总是稀少之至，而且有些是拙劣的习作，作者显然为自己所欣赏悦服的诗作所左右，恐怕要经过一个时期他们才会表现出独特的个人来。而在这些诗人之中，闻青的诗第一眼看去便充满清新的情调：

落红载日
泳远了森林幽径
　　　　——《梦》

心亦雨了
微笑随在水上飘①去
　　　　　——《雨途》

年是一团风
岁月是一串银铃
　　　　　——《年》

　　这清新便是他的特色之一。他必也有不少寻常的感觉，但他写出来的却是别人不曾感到或不曾领会的东西，同时他的笔又极其纯朴简练，正如他是一个诚恳真率的人一样。这也就是说他并没有去追随别人，完全忠实于自己。每个诗人恐怕都应该用对自己最适合的方法表现自己，那种方法只有他觉得得心应手，别人认为困难的在他却十分容易，别人认为生涩的在他是恰可会心。读者无妨多读几次，以便走进作者的秘密的殿堂。

　　因为诚恳真率的缘故，闻青对周围的事物，尤其是自然，最喜好静静地欣赏。季节的更替，雨雪的来去，本来其中有取之不尽用之不竭的东西，有许多人却轻轻忽略了。

风的日子又来了
今夜却月白天清
一只惊巢鹊凌空即逝
　　　　　——《残篇》

　　设若水湾里人家

---

① 原版如此，予以保留。——编者注

住客常站在水边
他将如何捉住了黄昏放走了清晨
　　　　　——《青苇》

游人的眼
看黄了亭边树叶
……
背日的松柏起山寺风
而西南天地平分我心了
　　　　　——《远眺》

江南人又回江南去
选一个新月夜
我作晚归人
　　　　　——《江南人》

有这种宁静淡泊的心思,他对于现实生活的态度也可推想出来。人生是受着一只看不见的手摆弄的,于是有无数无可奈何的惆怅,而悲哀、叹息或呼喊都没用,我们除了安于命运之外再没有更聪明的办法了。在闻青的诗中便处处有一个沉思的哲学家,自己做演员又做观客,认为人世间的变异是当然的,痛苦地接受倒不如安泰地接受。唯有这样才能保持广阔的心胸,不使情感过于猛烈,至于一些淡淡的哀愁却也可梦一般地享受。

不明白眼前人事
若有萧萧雨洒在春风里

我将凭栏长啸

　　　　　　——《生日》

近处的渔人不肯抬起头
这时光
是幸福或轻愁
秋水长天
辽远

　　　　　　——《青苇》

孩子的手告我
秋还未老
何故你却伤心早

　　　　　　——《青苇》

我因了梦才回来的
悔与恨都不明白
花自开也自谢了

　　　　　　——《梦》

月还未升呢
我路犹长且低语
有即是无无即是有

　　　　　　——《郊游》

此外，他写诗的技术并不是全凭灵感的。灵感不过是诗思的引领者，表现得是否恰好半在于吟哦推敲，因为有了内容之后再加以字句的斟酌是求其完美，与没有内容而费力去凑些诗中常用的字句不同。例如，他的《到》便是最初写作：

风来枕边
送一夜思意缠绵
门开了
人轻轻散两三片淡红
无酒沉醉后
记下今天
一声去也
春暖无限悠然

后来又改作：

风至枕边
如一夜月白
门开
人轻轻散两三片淡红
无酒沉醉后
一声去也
记下今天

虽然删改的不多，也可证明他是一点不肯草率的。可惜我读他的诗很少,只能谈这几句浅薄的话,我希望着他的近作的大量发表和诗集的出版。

一九四二年八月

(原载一九四三年十月北平《中国文艺》第九卷第二期,署名林栖)

读《出发》

一

看见易士的诗集《出发》在兴奋中觉到不可名状的惆怅。我们的诗坛的荒凉，令人不但惆怅而悲哀。"一九四四年五月"。此前的六七年完全是空白的，从《火灾的城》到《出发》，只有易士以双手举着新诗的火炬。他说过："一九三七的黄金时代是没有了，这是我们的再出发，我们努力吧。"现在想起来一九三七真成了黄金时代，那时候的每期一百二十页的《新诗》网罗了全国的诗人，给每一个新诗的读者无限喜悦和激励，除易士外，金克木、徐迟、李白凤、吴兴华，都是杰出的诗人，连陈江帆、玲君、罗莫辰、史卫斯也都有自己的新作风，如果说给中国诗坛奠基而且搭起架子来的就是这些人，恐怕不算夸言。有《新诗》做证，有《新诗社丛书》做证。而现在，克木跑到印度去了，徐迟不知下落，白凤永远没有消息，兴华蛰居北平，一个字不发表。另外的人们的名字也难以看见。只有易士始终忠于他的诗的女神，携带着他的写诗的笔辗转奔波，从南方到北方，从海上到江边，从小城到喧嚣的都市，无论在兴奋或者疲倦的时候，或者在病床上，他总是写着，写着。

诗即我的宗教。又是我的恋爱，我的喜悦。

大多数写诗的人都是仅仅在少年时代对爱情或对自然唱出来颂歌，然后只要遇到一点生活的艰苦，诗的火焰即刻就熄灭了，永远不会再燃，这些人其实是没有诗人的本质的，他们虽然写过诗，只是由于冲动，不是由于内在的灵魂的大力。他们对诗没有真正的了解，真正的经验。对于易士，一切都是诗。他不但在二十岁时写诗，到八十岁仍然要写，凡他所看见的，所听见的，所感觉的，他都用诗作为表现的工具，而且常常获得了成功。由他的诗中我们才看出来新诗的领土何等广大丰饶，"有许多事物不能入诗"这荒谬的观念不攻自破。他所以能这样不受任何束缚地写诗完全因为他对诗的绝对忠实，毫无疑虑。他永远不能向诗告别。虽然他写一首诗大半要经过删改的，我们总觉得他只要写在纸上便立刻成为有骨骼的无法变形的实体：

没有生存空间。
没有写作场所。
没有书桌和书架。
没有家。
没有闲暇和余裕。
没有创造。
没有沉思的生涯。
没有心的平安

和灵魂的午睡。

　　　　　　——《出发》第七页

　　何等单纯，何等有力。单提出某一行来有时候不像诗，而合在一起便是纯诗。若看惯了旧诗的对句或者字面上美丽的句子，把易士的诗提出一两行来加以非难，足以证明其不了解新诗。我们对我们不了解的东西本来可以嘲笑，因为我们只能嘲笑。而易士的

我将从容地
迈我的左足和右足；
我将从容地进我的早餐，
午餐和晚餐。

　　　　　　——《出发》第一一九页

也正是诗，他写

行过
横陈着有
一具让饥饿的野狗给啃掉半边肚子了的
腐烂的鼠尸的
柏油马路。

　　　　　　——《出发》第一一四页

他写

十一月的地平线上

那些沉沉压下来的云,
铅色的,
重而且冷。

——《出发》第四五页

而他也写

然后是一连串的鸽鸽鸽鸽,
有如小提琴上的GGGG。

——《出发》第二九页

甚至

一鹰隼。
一飞行机。
一孤独的云。

——《出发》第七一页

在他眼中也成了"三人之溜冰者",溜过青空的冰场。所以对于他一切都是诗。他不去寻诗,诗却来寻他。他对一切都有诗的实感。

二

诗,正和其他文学部门一样,是以作者的生活和经验为出发点的。易士在《出发》自序中说:"……因为诗乃经验之完成,而这经验乃是摘取自诗人所通过的人生及其所从属的社会的。不过但是经验其物绝非诗,必须艺术地完成(或表现)之罢了。"

因此,诗不能离开生活和经验。李白的豪放,杜甫的沉重,白居易的恬适,都是生活使然。我们不反对工人、农人、医生、卖报童子和洗衣妇写诗,唯有工人才写得出工人的诗来,唯有农人才写得出农人的诗来。小资产阶级只能写小资产阶级的诗,如果他们的生活教他们有余暇有机会去恋爱,他们只有写爱情诗才算忠实于诗。若对诗之题材故意画出界线来,一定要取此舍彼,已经是做伪;若自己明明是小资产阶级,明明不肯也不能去做工人农人,偏要乱喊口号胡乱写出来所谓大众诗那种卑劣无聊的东西,无非给诗以绝大的亵渎,并证明自己无耻地做伪别有作用而已。易士近来受着时代的迫害,社会的虐待,贫困,孤独,和烟草、酒、忧郁病为伴,他所歌吟的就是这些,虽然他另外有独有的思想和想象。他毫不遮饰、毫不退缩,他忠实地一个字一个字地写着——

> 只有抽雪茄的大腹贾。
> 只有商业上的宣传文,广告画
> 只有阿谀权贵的文化人
> 做他升官发财的梦!
> 只有猪猡的结婚,
> 狗的宴会,
> 和魔鬼的跳舞。
> 没有文化。
> 没有光。
> 没有希望。

——《出发》第十二页

这样的时代让他痛苦,让他失望,让他呼喊,让他凄楚地忧郁地坚决地对诗和文学说"再会"。那些大腹贾和文化人读了会笑他不识时务的,然而他还是他,诗人还是诗人,他无论如何不肯遗弃深深住在他的灵魂中的诗神。于是——

> 在这背阳北向的
> 阴暗潮湿而寒冷的
> 无米也无柴的
> 空空如也的
> 亭子间里,
> ——《出发》第七十页

> 他寂寞,苦闷,焦渴,烦乱,
> 然而只有空气,
> 只有空气,
> 没有消息。
> 什么消息也没有啊!
> ——《出发》第二十页

他觉得自己是"一座太寂寞的无人岛",不胜"隔难了世界的孤寂感"。随之他和烟斗亲近起来——

> 我咬着它,
> 尽其一无剩余地燃烧,
> 如我的生命的燃烧,

青春的燃烧。

——《出发》第九一页

同时处处是纸烟灰,那些"生命树的落英"。然后他去亲近了酒——

一杯清凉,
二杯恍惚,
三杯忘了明天。

——《出发》第二五页

不过他的忧郁病更重起来了,甚至觉得故乡的城也对他变了态度,对他拒绝,那

静寂的城。哑默的城。
漠然的城。倨傲的城。
世态炎凉的城
翻着冷眼白眼的城。

——《出发》第五二页

终于他对周围的事物都厌恶起来,

没有一个声音
使我听了
不陷于大烦乱。

——《出发》第一〇三页

这样的心灵的酷刑要引他向何处去呢?关于这,他自己说道:

贫穷一些是好的。孤独一些是好的。至于时代的迫害,社会的虐待,对于一个诗人,那是无论古今中外都不可避免的。而这,激起我的反抗。反抗是好的。烟草是无害的。酒是好的。忧郁病是不可免的。……

然则,什么是对于我的真正的毁灭者?

我的生命太燃烧了。

我常感到我的生命的大火山之不可遏抑的内爆。

可怖的内爆!

——《出发》自序

这儿所谓"内爆"仍然是不胜心灵的酷刑以及肉体的痛苦的感觉。他说他这样地自己毁灭着自己。然而,除了一场大病会给他身体上的损伤,在精神上、思想上,他是有出路的。他必不会毁灭自己,因为他的精神是健全的。

三

在种种人世间的苦难的围攻之中,他有时候呻吟,有时候喊叫,而他的坚定强毅的精神仍然屹立不变。对这世界他虽然有时憎恶到极点,都是被动的、不得已的,因为在他的心的深处仍然充满了对全人类的爱,甚至有一两个同情他抚慰他激励他的朋友就使他喜悦兴奋起来。

但有你在,

光在,
智慧在,
我不走了。
　　　　——《出发》第一〇二页

而他对大多数的人群是更充满无限的热望的:

你们真实,
你们善良,
你们美。
你们歌唱,
你们战斗,
和我站在一起;
……
你们二十代的火焰,
二十代的海。
使我勇敢,
……
我是开拓者;
我知道
我必战死,
我必流血,
我必牺牲,
必遭毁灭;
而我们必胜利,
我们全体

必胜利。

——《出发》第一〇七页及以下

这才是他的真正的精神,悲剧的精神,头脑健全的堂吉诃德先生的精神。在《埋葬》这一首中,他更显明、更热烈地写道:

埋葬,埋葬,
把那些恋,
那些歌声,那些月夜,
那些拜伦式的热情,
属于二十岁人的梦,
深深地埋葬;
……
事业在召唤你,
事业在召唤你,
倾听啊,
事业在召唤你!
你有铁的意志。
你有铁的男子。
倾听啊,
铁的事业在召唤你。

——《出发》第三十二页

这样,他渴望着为人类,为下一代的群,做一番事业,而且用力地抑制着在危险、污浊、丑恶而混乱的人生的大涡卷中所尝受的恐怖、战栗、不安和痛苦,因为他有信念、有希望,他向周围静静地观望的时候,觉得世界仍是美好的,有青空,有辽阔的海。

  而在我的梦中
  是常充满了全人类的爱,
  一切以赞美的,
  可留恋的,
  有价值的,
  有意义的,
  诗的宁静
  和秩序。
  ……
  而且出发——
  到远方,
  到明日。
  我信仰那是有花的。
  我信那是有光明的。
——《出发》第八四页(未完)

(原载一九四四年十月南京《苦竹》第一期)

《山蛾集》后记

五月。鹧鸪去了,没有风,没有声音,而天色是阴阴。

我看见我的寂寞飘闪在窗外
那些闭了眼睛的树枝上。

陪伴他而且窥视着我的只有多变化的灰色的云,它们不肯回答我的询问,我便开始整理旧日的诗篇。那些旧日的心思在纸上平安无恙,虽然它们的语声太细弱,它们总是尽了最大的力量召唤我回到山城和乡野和遥远多梦的日子里去。然而《不见》四章永远是述说着我的心境的:

但我翻开一卷书册,
恍然觉得千百年过去了。

这些生活中的变化多么可惊,多么坚硬,多么残酷。"我们是互相知道各人每一分钟的生活的,而今完全隔断了,这怎能令人相信呢。"我看见HT把这几个字用他的挺秀的笔迹抄写在纸上从几万里外寄了回来。而那一年的七月他自己终于从几万里外回来,和我过了几个清晨和午夜,我们那样地兴奋而又惆怅。我们还和他的弟弟和两个女孩子到郊外一个林园里去,走在湖边又坐在河边,处处是蝉叫。我们各自折取了几片叶子投在水里,却没有太多的话说,因为一种盛夏中的秋之预感忽然来到我们每一个人的心里,今天聚合,明天便分散,谁也不知道有没有再见的日子。那两个女孩子脸色尤其苍白而忧郁,整个的林园也溢着浓重的忧郁。HT和我无可奈何地提高了声音说起将来印书的计划来,我们的语声听来几乎有些奇异,那时候我就知道连那个小小的印书的计划,也必然没有实现的日子了。然后HT便远行了,匆促得令人不能相信,别离的期间无限长,书信又太稀少,正如他自己所写的:

一天能有多少
落日的光景,
满天鸽的哨音,
带来思念的话语。
瑟瑟的尽花白了头,
又一年的将去。
城下路是寂寞的,
猩红满树。
零落只合自知呢,
行人在秋风中远了。

这一篇诗是就我的记忆写下来的，我珍藏的他的诗集和我的诗集一起失踪了。——我听说有他亲手签名赠送给人的《珠贝集》被标了价放在旧书摊上的时候，心里重压得透不过气来。HT的弟弟没有消息，两个女孩子没有消息，HT没有消息，我也没有消息。密尔诺在他的自传里写道："从一八九八年后我没有想着你，不过我似乎永远不能完全忘记。"HT变得实际了，冷静了，他必会笑我的愚蠢。

　　关于也在千山万水之外的PH，我在这儿不说什么话了，因为我写了二十几篇给他的诗预备另印一个小册，也因为我说到他便觉得满心疼痛。PH，PH，这名字让我在我的纸上写一万次。

　　写着"啊啊，我的怀念在北方"的YS平安在上海。一九三六年至一九三七年他写给我的信里处处是青春的热情，而其后几年他遇见的是一些流离、苦难、疾病和迫害，我蠢笨得不会安慰他。然而他写的诗更多而且心灵更强壮起来了，虽然"好日子，在远方"，我念诵着这两行，感觉到了过去未来的一切人类的哀愁。

　　我的《乡野人》和《三月》和另外几篇的主人，那个住在城中的充满山泽气味的孩子，现在到哪儿去了？"在那边的灵山背后埋没着我们的青春，现在到哪儿去了？"

　　感谢KA兄给这些过于幼稚的诗篇戴上光辉的华冠。他不常写诗，而他的散文里流荡着深沉的诗的气息。他今年在冰雪中北来，不等春天开始又匆匆南去，几次短促的会见变成可珍视的记忆，而他在信上说这荒城里的人都是可爱的，我且指给他我的天空的灰色的云吧。

　　作为这小诗集的题名的"山蛾"在我的美好的梦里。我常常梦见它，也梦见那小小的杨林。"你们也许很难相信我，亲爱的读者们，不过你们若把你们的梦讲说给我听我一定完全相信的。祝福你们。"

一九四四年五月

（此文是作者为未出版的诗集《山蛾集》写的后记，刊载于1944年10月《光化》杂志创刊号。据1945年7月《文帖》月刊1卷4期后扉页上刊登的《山蛾集》即将出书的广告称，《山蛾集》为文学丛书之四，由上海知行出版社发行，现已付排，不日出版。广告附有全书的目录，但诗集终未出版。1944年10月，《杂志》第14卷1期上刊载有纪果庵的一篇文章，标题叫《诗人之贫困》，文中提及《山蛾集》书稿搁置案头三个月，"被盛夏的日光晒退了颜色"之噩运，由此可窥诗集夭折之端倪。）

《作文杂谈》读后记

前几天,老友中行同志把《作文杂谈》的手稿寄来,要我提些意见。这本书对有关作文的各个问题,加以剖析和论证,接触到了问题的许多许多方面,有时候,谈了人们不谈或不常谈的东西。这本书,我认为对初学作文的同学们或学习写作的人们,都有参考价值。近来,我的健康情况不佳,想对全书做一个概括的评论,深觉力不从心,因此,在读的过程中,对哪个问题有一点想法,就随时记下来,说是读后记,其实是"读中记"了。

一

"为什么要作文?"《杂谈》把这个问题劈头提了出来,提得好。"学校有这门课呀",或者,"考语文,离不开作文呀",这是常常听到的回答。学一门课,若弄不清目的何在,钻进长长的死胡同里去,恐怕是难免的吧。对这个问题,做了明确回答的,是鲁迅先生。他说:"文明人和野蛮人的分别,其一,是文明人有文字,能够把他们的思想、感情,借此传给大众。"《杂谈》说:"有所思,有所感,写下来,就能打破空间的限制,让千里以外甚至全世界都知道,并打破时间的限制,让千百年后的人都知道。"若谁都不写,"文化就几乎会断种,或至少是停滞,人类文明就难以滋生光大"。这样的阐述是中肯的。

二

高尔基说:"大众语是毛胚,加了工的是文学。"

作文呢,同样,也是给口语加工。加工总要有方法,有技术。近几年来,《文章作法》或《怎样作文》这一类的书,还有报刊上有关的讲评或专论,逐渐增多了,同学们一构思或一提笔,某些陈规、新律便相偕而来。

有一位前人说:"扔掉一切规格。"又一位前人说:"信手做去,自有规格。"《杂谈》引了这两种似乎相反的说法,指出:要解决这个矛盾,首先要解放思想,打破一切框框。

然而,《杂谈》以大量的篇幅给学习写作者指明方向和道路,提醒他们有关作文的许多方面,这是不是叫他们甩掉别人的框框钻到作者的框框里来呢?

从前,《北斗》杂志社问鲁迅先生创作怎样才会好。鲁迅先生回答说,他虽然写过二十来篇小说,却不懂小说作法,"不过盛情难却,所以只得将自己所经验的琐事写一点在下面"。下面写了八点,其中一点是:"不相信小说作法一类的话。"

坚决主张打破一切框框的鲁迅先生,所提供的绝不是新框框,而是自己所经验的琐事。《杂谈》的作者也是如此,他不止一次地说,所讲的只是过去的某些经验,仅供参考,同学们可以有、也应该有自己的看法。这就是说,要通过体验,培养自己的分析能力、辨别能力,就可以变被动为主动,打破僵硬的不切实际的教条,有选择地吸收自己需要的东西,从而逐步达到"信手做去,自有规格"的境界,即,形成自己的风格。

三

《杂谈》说:"记述外界事物,当然,最好符合客观的真实。"这是十分重要的。

前几年,一位上海的同学写了《记寒假生活二三事》,并以《我是这样写〈记寒假生活二三事〉的》做了说明。她说,要写这篇文章,就必须有材料,要获得材料,就要自己多看,多观察生活;说寒假里,她经历了许许多多的事情;说经过选择,决定写一个小同学小虎和一个小商店的服务员。

她那篇作文的第三段里有这么几句:"这时,只见一位顾客走到柜台前,不声不响地伸出两个指头。这可难住了服务员同志。她先拿给他两个饼,顾客摇了摇头,她又拿给他二两糖,他又摇了摇头。这时,她才知道顾客是个聋哑人。"

说是亲身的经历,又是有意的细心观察所得,却不能使读者相信那是真实的,因而失去了感染力。显然,作者加上了一些想象出来的不合情理的细节。这里,问题是,如果想象的东西合乎情理,是不是可以完全脱离生活真实呢?

鲁迅先生说:"模特儿不用一个一定的人,看得多了,凑合起来的。"叶圣陶先生说:"想象不过把许多次数、许多方面观察所得的融为一体,团成一件新事物罢了,假若不以观察所得的为依据,也就无从起想象作用。"

想象的产物,人们称之为艺术真实,跟生活真实是彼此相通的。

四

写自己的思想感情,当然,也最好符合内心的真实。

有一篇作文,写的是作者捉到了一只蚂蚱。"绿绿的,跟小草一个颜色,真好看!"他把它装在玻璃瓶里,"抱着瓶子看了半天,笑得合不拢嘴"。过几天,小蚂蚱死了,"你想我是多么伤心哪!"后来他把它制成像琥珀那样的标本。

评改这篇文章的同志认为写得很成功,不过,他说:"小虫子没选好。蚂蚱就是蝗虫。它是庄稼的大敌,人类的敌人,不值得我们去爱。"

这评论是发表在最近出版的一本刊物上的。说也凑巧,后面刊载了一首诗《鼠年,致老鼠》,第一段是:

我喜欢你们——
一双机灵的眼睛,
粉红的耳朵。
虽然爱做坏事,
但我还是喜欢你们。

再后面是一位著名诗人的文章,引用了一位十一岁小朋友写的两首诗。"这都是最好的诗。"诗人说。其中一首是《春天的消息》:

不要，不要跑得那么急，
你，多心的小狐狸！
没有狮子，也没有老虎，
有的只是我，是我呀——
轻轻的雪，细细的雨，
给你送来了，送来了
春天的消息。

由此可见，我们的小作者们把内心的真实赤裸裸地写了出来，头脑中没有什么框框。这，对年龄稍大的作者们也会有些启发。

五

在《关于照猫画虎》的题目之下，《杂谈》列举了以同学们的优秀作文为范本进行仿作的优点和缺点，缺点之一是："照样画，即使成绩好，能够完全不走样，也不过完成同样的猫，想画成呼啸山林的虎是办不到的。"

近几年来，与批改并列的作文和得奖的作文，越来越多地在报刊上和专集里出现，而且，有的已经不大像猫，真正显出小老虎的体态和神气来了，获得1982年联合国举办的作文比赛亚洲地区冠军的《乔迁之喜》就是一例。

这篇文章的小作者写道：

我是个特别爱吃螃蟹的姑娘，碰巧我搬迁后所住的城市也叫螃蟹城。

可是，在地图上，你找不到这个城市。

武汉人多，东京人多，纽约人多，……世界人口多，房子自然有点紧张。家里来了客人，外婆就会开玩笑地对我说："今晚把你'挂'起来，'贴'在墙上睡。"房子太小，搬家吧！搬到哪儿呢？哪儿都一样，人多。咦，到天上去，那儿多大呀，到了那儿，我就可以不"挂"起来睡觉啦！

她写道：有一天，她的愿望实现了，她随着爸爸坐了航天飞机，搬到火星附近的螃蟹城去住了。接着，她写了在天上的新居里遇到的朋友们和有趣的事。奇妙而不荒诞的幻想，又生动又亲切的笔调，使这篇文章有了强烈的感染力。你学习写作，不知不觉地会从它那里受到启发而不会发现什么看来很有用的框框。

再一篇作文《我爱门前的一湾小溪》，获得《中学生》杂志举办的"可爱的家乡"征文比赛一等奖。推荐它的同志写道："读完这篇作文，觉得这湾淙淙的小溪正甜甜地淌过我们的心头，把五脏六腑都洗得清清爽爽。……你看，作者对这湾小溪充满多么深厚的感情啊！……只有'情动'，才能增强我们对美的敏锐的感受，才能使我们描绘的景物充满生机，富有情趣，而将它色彩缤纷地表现出来。"

这篇作文里面的描绘，所以显得色彩缤纷，似乎是使用了两种修辞手段的结果。一种修辞手段是4个字的短语，文中有30个："五光十色，美丽动人""琅琅书声""淙淙流水""层层涟漪""波光闪烁""春暖花香""怪石璘珣""奇葩异卉""袅娜多姿""零乱、破碎、依稀、迷离""风平波定，雨霁云收""夜阑人静，月明星稀""静谧、幽深、温柔、神秘""枝荣叶茂，密密层层""丝丝缕缕""清凉舒坦""卷曲浮动""金风瑟瑟，落叶飘零""翕忽远去，隐形潜踪""洁白晶莹，玲珑剔透，万态千姿"。

另一种修辞手段是比喻,文中有二十几个:"小溪展开了一幅动人的画卷""像有一长串珍珠镶嵌在黑缎子似的天幕上""像燃烧的熊熊火焰""像销熔的闪闪黄金""像浮动的道道彩绸""像眼睛""像星星""仿佛闪烁着数不尽的碎金""是谁在那儿撒下了大把大把的星星""如盘的月影躺在水底""洁白如玉""晶莹如镜""就像是童话里的境界""像一条白玉带""像柔软的绸带""像坚硬的松针""仿佛支支银针""有时像羽毛""有时像片片鱼鳞""有时像山峦""有时像羊群""就像无边的金色的地毯""就像闪动着一片冒号"。

这两种修辞手段,本来可以制成美好的新装,但是,作者把清新、生动的东西跟一些生硬的或不贴切的或已成俗套的东西夹杂在一起,给人以支离破碎之感。其实,更重要的是,即使都是好东西,这样堆砌来、堆砌去,不厌其多,反而会减低艺术效果,那清新、生动之气会变得平淡无奇,乃至索然无味。然而,有些同学很欣赏这样的猫,照样画起来了,于是又形成一个框框。这是值得好好想一想的。《杂谈》指出:"学作文,提高的一个重要动力是'放',即打破拘束。"

六

《杂谈》说,谈作文,人们总是要谈文章的开头和结尾。

不错,有人写了这样一篇文章,指出:好的开头,或点明主题,或设下悬念,等等,这就有了吸引力;好的结尾,或总结全文,或说一些发人深省的话,这就使读者加深了认识。文章附有练习:给某一篇文章写三四个不同的开头或结尾;把别人和自己写的好开头和好结尾分类整理，并加以简评。还有人写了这样一篇文章，讲常用的"照应"方法，说是：开头要和题目相照应，结尾要和开头相照应。这像是颇有道理，如李白的《蜀道难》，开头是：

噫吁？危乎高哉！
蜀道之难，难于上青天。

结尾是：

蜀道之难，难于上青天，
侧身西望长咨嗟。

开头点明主题，结尾总结全文，结尾和开头又互相照应，依上面的标准看，是好开头，好结尾。然而，李白以这种笔法写的诗很少很少。

同样，杜甫的《赠卫八处士》，开头是：

人生不相见，
动如参与商。

结尾是：

明日隔山岳，
世事两茫茫。

开头结尾紧密照应，只这四句就婉约而有力地抒发了乱世之中人们特有的离别容易会面难的感慨，也是好开头、好结尾。然而，杜甫的诗,有好些是最初开门见山、末尾戛然而止的,例如《石壕吏》,以"暮投石壕村,有吏夜捉人"开头,以"天明登前途,独与老翁别"结尾,十分朴素,十分自然,并无自己制造的什么框框。

叶圣陶先生的散文也是如此。他写近年来视力的衰退,开头是:"长久伏案工作,长久昼夜使用眼睛,到中年看书写字就要戴老花镜了。"结尾是:"现在新的《鲁迅全集》已经出版,我有一部,可惜我不能看了。"他写近年来听力的衰退,开头是:"我听觉不甚灵敏,从七十年代初开始。"结尾是:"我只好把助听器关上,……我虽然跟他们在一起,实际是一个人独坐在那里了。"这样的文章,读起来,你只会觉得生动、亲切,便一下子把"好开头"和"好结尾"的标准完全忘掉了。

鲁迅先生的杂文呢,其开头和结尾,少数是符合"标准"的,而大多数却可以说像夏天的云,乍看平平常常,再一看便变了,有了另外的含义,有时候,第三次看,又有了更多的含义。那些文章,全篇华彩缤纷,气象万千,用不着靠着"好开头""好结尾"去吸引读者和发人深思了。

不过,练习写作,只要你脑中并无框框,放手去写,如果不知不觉地从笔下流出来一个颇有魅力的结尾或开头,你的读者们也是欢迎的。

七

《杂谈》说,老师让同学们自己修改作文,他们就得到机会来锻炼思路和培养认真的习惯。

某些思想感情或外界事物,随便说一说,似乎并无困难,若写在纸上,可就不那么容易了。写出来的一字、一词、一句、一段,都正好把自己心里所想的明确表达出来,是极为少有的事。

杰出的俄国作家托尔斯泰,对自己描绘《复活》主角卡秋莎的笔法,总是不满意。他第一次写的是"她是个瘦削而丑陋的黑发女人,有个扁塌的鼻子"。后来,写成了我们现在所见的形象:"一个小小的年轻女人,她的脸色显出长期受监禁的人的那种苍白,叫人想到地窖里的番薯芽。两眼又黑又亮,虽然浮肿,却仍旧放光,一只眼稍稍有点斜视。"这已经是第二十次修改了。

只有自己修改最靠得住,最容易改得一次比一次切合自己脑中的形象。

当然,对作文里出现的语言现象或思维逻辑方面的毛病,也可以自己动手修改。

今年二月出版的一期有关读和写的刊物,登载了一篇清新、别致的写景和抒情相结合的文章,其中有这么一句:"寒冬来了,千里冰封、万里雪飘的宝山十分壮观。"假如作者好好看两遍,就会想一想:宝山是不是绵延千里万里的大山脉呢?而且,其实,"千里冰封,万里雪飘"并不是说明冰封和雪飘的具体范围的,"千里""万里",只是说浩瀚的冰雪,无边无际,伸展到天涯地角去了。若改成"寒冬来了,千里冰封,万里雪飘,宝山更是十分壮观",似乎就好一点。

在同一期刊物上,还有一篇成功地塑造了三个人物形象的文章,《在和煦的春风里》。第一段的末尾是:"从她们的脸上的表情,明显地可见她们怀着非同一般的欣喜之情。"作者要是朗读一下,总会觉得有点别扭,不大顺口,也许会把它改成:"从她们脸上的神色看来,很明显,她们怀着非同一般的欢快的心情。"然后,再想一想,也许又改成:"她们的神态,把满心里高高兴兴的劲头都透露出来了。"

  自己修改是要费一番心的，修改之后再看，有时会吓一跳："哎呀，原来下点工夫一推敲，就大不相同了！"

  我和中行同志相交几十年，深知他学得很杂，常常以敏锐的目光把一些值得研讨的问题发掘出来，也喜欢把自己的看法写出来，写得深入浅出，亦庄亦谐，谈笑风生，真是一位Laughing philosopher。为本书作序的刘国正同志，我虽未见过，由他的文字可以看出来，也是本书作者一路，情意恳挚，语调轻松幽默，跌宕多姿。在他们的启发下，我写了这篇小文，是应该向他们致谢的。

一九八四年七月

南星
作品全集

石像辞

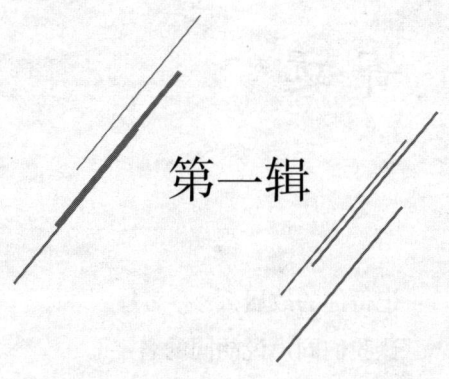

第一辑

寄 远

记得你的故居么
让我们同声说胡同的名字
告诉你昨夜我有梦了
梦见那窗前山桃花满枝
梦见我敲那阴湿的屋门
让你接这没有伞的泥水中的来客
喔,你应当感觉到这是冬天了
我常常对自己讲说风霜雪
爱丁堡的寒意使你多思么
想到我时请你想到炉火吧
来不来一起看红色的焰苗

知道么,我访问过你离开的大城
而且我的车在"甘雨"停了两次

开门人是一个生疏的孩子
他不领我去看西北的小庭院
其中是寂寂的无一住客了
你能告诉我窗纸的颜色么
我空找了好久我们的旧相识
因为他走了,他也是年青的
在他的家乡邻居有一个女儿

但我的家乡在千里外了
"你是不会与大城分别的,
你是不会让幸福悄悄走过去的。"
我听见你的声音沉重而又柔和
让我羞于报告自己的故事
且记着年月有力的转移吧
繁荣有时,零落也有时
累累的果实已经收获尽了
请莫问夏天响尾蛇的消息

不相信我到乡野来了么
给你几条负着车辙的崎岖路
远方有时时变更颜色的群山
人语中是充满异地声调的
我把碎裂的怀想散播在田原上
做了一个永远居无定所的人
每天出去看冰冻的池塘水
到冬天的末尾我将投向何地呢

愿意我做你故居的寄寓者么
你就快回来敲"我的"屋门吧
听两个风尘中的主客之相语

遗 失

"你遗失了甚么呢？"
我不能回答这同情的问询
让他且听院中的风夹雨
听那互相交替的高呼与低唱
再看一看这脸色异常的人
他就可以知道我何以不回答了
他就可以想象出我的遗失了

莫作声，且封住自己的嘴唇吧
只有我的心思是不听制止的
它又开始初夏之夜的巡游了
它认识那一条长街
那儿有多少清爽，多少沉静
多少安宁，舒适，柔和

而且做了我的遗失之所在地

我常常是一个痴人
觉得仍会在那儿寻觅得到的
我知道我完全错了
一年后呢,两年后呢,三年后呢
那时长街也改变形容了
尘沙认得我么,列树认得我么
两旁静立的房屋认得我么

做不了一个勇壮的流浪人
我的岁月会无新无旧吧
但我遗失的如果是种子
会长成多叶的小树了
如果是虫儿,会留下幼小者而去了
所以我的遗失是永久的
在无踪迹中度过千载万载

河 上

河上，房舍的一面：
淡蓝色的墙壁，在远处
如一片没有裂纹的天空
但它的窗子是完全黑色的
黑的窗格，黑的窗帘
或者，窗子被黑的泥土封住了

河上，房舍的一面
河水已经干涸了，没有声音
甚至带走了它往日的声音
房舍不像是记得往日的
或者它在专心地回想呢
掀动着它的经历之堆积

房舍默默地看着河床

没有小船也没有渔网了
没有持着钓竿的徘徊者
也没有光腿赤足的孩子了
没有浮萍,没有水草
河床的面容是呆板而灰黑的

房舍前面有一树枯枝
这是树叶与草叶一同生长的时候
行人应当走在覆荫之下了
房舍不说那一树枯枝的历史
也许它是开过无数花朵
没有一朵至今留在它的身上

房舍遥对着一户人家
那门灯已经完全失去光辉了
曾带着笑语从门内出来的人们
想是到别处去做新的住客了
让房舍毫不转动地倾听吧
蝙蝠夜夜在门前飞舞

黑色的窗子,永在
枯涸的河床,永在
一树枯枝,永在
人家和蝙蝠,永在
从此不会有过路人走来
冲破这千百年寂寞之祝福

城 中

商店之行列永远是年青的
时时闪耀着孩子的眼睛
向每一个过路人作态
若有意，若无意

过路人永远是年青的
在追逐迅疾的车轮
没有疲乏，没有回转
不知道是否星辰在天

武装者永远是年轻的
像一群人形的钟在街路上
他们四只脚做了钟摆
但时间是不会流动的

且到有夜色的胡同里去吧
叫卖声永远是年青的
虽然有人听了十年九年
他觉得他记错了岁月

夜色遮不住老树的裂纹
对面的墙壁久已失修了
但墙壁上的影子像花枝
春风吹过了一个个季节

只有几个人影静立在门外
一夜如一年，一年如一夜
永久与暂时混合了
让他们怀疑自己年青或年老

巡游人

我是喜好在小巷里巡游的人
我可以对你述说它们的数目
述说那最庄严最古老的门
那懒惰善睡的高树
和小巷中美好的声音
我是说那水车和叫卖者的
在深夜,在不见月亮的时候
我并不去寻找可厌的灯光
只去私听巷里行人的歌吟
或已成为自然之音乐的木柝声
我觉得自己和小巷契合
是它们的老住客或老行客了

你从没有到过这些地方

所以它们保守着单纯的历史
但今夜我为甚么害怕呢
怕着曾给我多少抚慰的黑暗
而且第一次有了独行的自觉
我爱的音乐也做出怪声了

我疾走向那放出灯光的板窗
我知道它是那卖杂货女人的居处
我不是要做她的雇客
只觉得你会正在那儿的
或者她会告诉我你买了甚么
如果她不嫌弃我唐突的讯问。

石像辞

你来过几次我记不清楚了
但我记得你足迹的数目
无论留在草叶上或土地上的
因为当这园林欢迎你的时候
我就要用力地低头了

你将怎样猜想我的经历呢
也许你以为我是一个新客
还不如一株赤枫或一株白杨
也许你的思想或记忆
不会来到我的身上,永远地

如果我对过去生出疑问了
我回想一些连绵雨的日子

一些沉重的雪花封住全地的日子
我曾看见秋冬的转移
曾听见风歌唱着像一个牧者

莫近前来看我吧
这全身上的斑痕
会为我上面的话做证
你第一次已是来迟了
如果这园里没有年青的花草

我的希冀也许是非分的：
愿阳光以外的温暖
或一个生人的眼光
或虫儿们所不了解的声音
使我忘记自己的过去现在

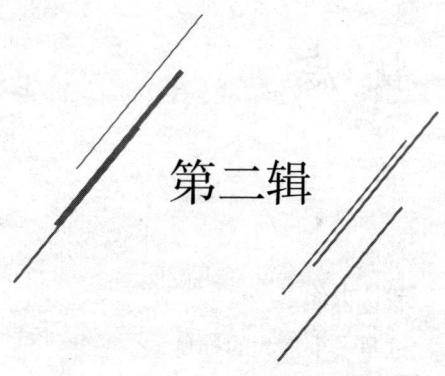

第二辑

忧 虑

我认识你了
这是一个最大的神秘
为什么当你鸟一般飞落的时候
我觉不到对生客的微惊
而且故意懒懒地延迟在床上
如果你的来临唤醒我的小睡

在拥挤喧嚣的街路上
我的没有闲暇的眼睛
会轻捷地选择出你的衣履
若在阴晦多雾的深夜
每一个路人失掉自己的影子
我的嗅觉必应时地锐敏起来

是很久了,我们这样地相识着
但有谁在此真确地做证
阶下正开的茉莉花么
小道旁满架的茑萝么
我相信它们醒着的眼睛
已看见我们一次又一次

但我担心它们将受不住秋末的风
将带着它们的记忆死去
剩下无知的坚硬的土地
我欲依托那多枝的高树
而它年老了,那时候只会歇息着
为它的丧失尽了的丛叶

访 寻

自从你迁居后
我不知道你的住处
如果我起身去访寻你,在夜间
或者我会走过一条少人的街道
铺着散碎的叶子
它们闪耀出一种怨恨的光
而且唏嘘着在我脚下
但它们没有仁慈的心
它们会故意地翻转着
让我辨识不出你的行迹

我将走到一个垂着碧萝的
紧闭着的门外,在那儿
听隐匿不住的蟋蟀的歌

我将试向它们探问
虽然我是得不到回答的
我的粗重的语声
必使它们惊异而沉默

我将停在另一个门外
那儿的灯光
寒冷的也是懒惰的
不愿和它的不相识者共话
于是我又转身而去了
我不会觉得疲倦无力
且愿走遍这似海的城
因为：自从你迁居后
我不知道你的住处

别 意

日期到了
每人应当沉默着忍受他的寒冷
像那些无衣的树枝一样
你听不见它们颤抖的声音

我的脚是强壮的
走遍了喧嚣的市场
经过送出缠绵之歌的窗门
在那儿我会遇到一些温热吧
但我没有把捉住它
放在随身的衣袋里

我负着寒冷的重载回来
虽然我描绘出一个夏天的夜

和一个秋天的早晨
它们是那样淡漠的
不肯对我做旧日的微笑
我尽力地踏击地面
而这声音也嘶哑了
让我停住脚,带着疑虑的心

诉 说

我将对负着白花的老树
或新上架的牵牛
或久居在我屋檐下的
叫过秋天和冬天的麻雀
或一只偶来的山鸟
诉说过我的忧烦和欢乐
甚至是关于一件小事的：
一个小虫飞落在我的身上
或雨击打了我的窗子

然后我向它问询
如果有风吹它的细枝落地
如果它的尖叶子偶然地
受了一个行人的摧折

如果它的旧巢倾颓了
如果它从山中带来了
往昔的或近日的消息
让它殷勤地对我讲述
用对一个友人说话的声调

静 息

如一个稳重的中年妇人
梨树负着将熟的果实
马缨花像是画在墙上的
虽然它正在光荣的季节里。
幼年的白杨是欲睡的孩子
携带着活泼入梦

在这样晴朗的天日下
它们有秋之预感么
或因严肃的主人而静息
我深怨这庭院的沉寂之形容
但这主人只能在窗前
守望着它们，默默地

那一双手何能再来呢
它们会让梨树投下它的果实
让马缨花飘散在窗格上和屋顶上
让幼年的白杨摇摆而歌
然后这儿有了清锐的笑声
墙外的行人也会愕然止步

谢 绝

客人,请去吧
我只愿那昨天来过的啄木鸟
每日飞来一次,在早晨
落在遥对着我的屋子的淡褐色树干上
从那儿,我在这永久静止的窗中看得见
常有深黑的果实突然飘落下来
我忆念着我如何去拾起它们
啄木鸟至今仍会帮助我的
它轻捷的跃步引领着我的心思
而且我听着那温柔的剥啄声
这屋门外就有期待的小灵魂了
等它辞别了我的时候
我将睁开眼,真实地感受
一个深埋在寂静中的长日
客人,请去吧

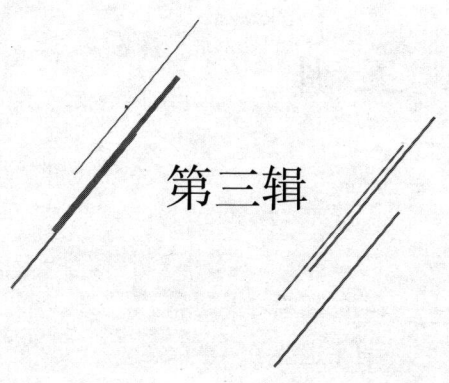

第三辑

五 月

一

闪动的蝙蝠之翼翅
不再来巡游了
遗下孤独的半圆月
它知道这儿是不需要光辉的
便蜷缩着如一个病者
叶丛堆聚做黑影
围守着这一方土地
棚外仿佛走过去一个行人
闪动的衣襟随着
若有若无的步声而隐减

二

月光像没有过了这十年一样

于是我看见一个慈爱的院子
砖砌的"影壁"覆满豆叶了
屋顶上疏散地排列着松苔
邻家的高树把影子投过

我看见自己坐在捣衣石上
听老年的抚爱的低语
那声调是与月光相调和的
不扰人的虫儿开始它的长夜曲
带着院角里丛花的气味

三

从负着树影的墙上望出去
一个安谧的小门楼
覆瓦闪着淡灰的薄光
我愿看见下面门的颜色
那一双门扇是否闭合着
或有新醒的人轻走出来

一声叫卖温漾在那儿了
它对我是多半生疏的
但我像看见了伏在担子里的
深绿或浅绿,或带一点赭红

我不敢唤他停住

可喜的静寂变得难耐了

四

终日的雨使桑枝上
那些深紫色的果儿
觉得寒冷而落地
槐树是无果可落的
便以湿透的叶子和泥水相亲
它们沉默着像我一样
且听不尽的滴流之声吧
街路上也荒僻无人了
除了我自己在异样的光辉中
长久地向它们凝视

一念

一

我不相信那地方
有夏秋与冬的痕迹
我做过它的住客,在从前
我记得那院中的
丁香枝上生着长芽
橡叶梅的花苞永不落地
今天有飞雪来打我的窗子
因为我已移居多日了
只有早晨听见啄木鸟的啄声
我知道它是从何处来的
那样地隐约,而充满春之音调
我退后,轻轻地闭了门

二

莫说这是三月吧
窗外走着秋日的风

于是我拆视一封来信
那些字迹中像有
旧日的声音问我
是否仍守着深院之记忆

我开始思念藤萝的垂荚
和树干色的窗格
上面浮现着人影幢幢
它们不肯说自己的名字
我信步走入街巷了
看过路人来往

三

是窗外这些丰润的叶么
对着我摇闪出你的影像

虽然那绿荫围护的院里
有你的足迹在地,语声在空
我久已变主为客了
更怕我抚摸过的那门环

不许我去无事轻敲

只在你记忆中
我仍安居于旧屋里
正如在我记忆中
你仍是从前的神情：
愿我们珍重，他日莫相遇

四

我愿意对你说
如果你是那座红屋前面的过路人
而且曾对它凝视或沉思的
说昔日那门前一树刺梅
今日的土地扶持不住它了
所以你的印象是单纯的
说爽放而羞涩的屋中主人
有一些日子是我们共有的
而且我记忆里有浓淡的颜色
但你不要宽容地听下去了
因为我也应当永久无语的
我这是末一次有罪了

蛰 居

一

夏天的落叶和鸡的足迹
参差地装饰了这场院
青苔仿佛是随雨而来的
给鸡埘点染上一些岁月
风不来吹午夜般的寂静
我觉得自己早已睡了
窗外有一声人语或一声鸡叫
轻飘在耳边恍惚若梦

二

案上的灯光缩小了
四壁之间有安谧的情调
我半摸索着到屋后去

谨慎地放下来沉重的窗扉
我看见这有裂痕的屋顶
受了慈爱的椿树之覆荫
像窗前垂顾的红蓼一样
我预备听第一声水滴落地

　　　三

一只黑色的甲虫爬到床帐上来
悄悄地寻找它的宿处
我听见一声久无回应的蛙叫
怅惜没有终夜的雨声么
我不信沼泽中的泥水减下去了
我只想去探视那些好唱的芦鸟
问它们的卵曾否从群叶间落地
也去看没有覆盖的鹏鸡的屋子
看那湿透了羽毛的母亲
到明天天未明的时候
它会用爽朗的声音唤我醒来

　　　四

风声似乎从数百年前
就在这儿停留了
落叶与行人的肩头之接触是那样轻
为它们任一个所感觉不到

一只狗从道上疾走过去
半开的门后闪动着一个影子
于是那门扇静静地闭合了
露出终古尘封的神色

五

是有歌声在远处么
一瞬间为呼啸所代替了
风携带着多量的阴湿
它的脚步因迟滞而轻柔
使梦醒的人悄然不寐
仿佛轻走入一个林园
那地方听不见低唤的禽鸟
从丛树间簌簌不止地
像一颗颗白色的水滴飞落了
土地之气息浮动上来

不 见

一

黄昏中的村庄有烟雾意
我走进去了,用轻悄的生客之脚步
篱树随着我做成蜿蜒的路子
我分辨不出那些屋宇是谁家
看见一个老人坐在门外吸烟
看见一个女人在整理她的豆架
看见孩子们呼叫着跑过去了
遗下这行人望初明的星斗

二

静夜的山鹊声
突起的远池塘蛙叫
温柔的暗影间月光如洗

这些在我的感觉中
当也在你的感觉中
因为我们并不相隔着村落

但我怕你早已睡了
甚至从黄昏雨的时候起
我的不能穿窗而去的语声
只叫出一个相识的名字
并低说一个比昔日更长的人影
迂缓地走过水湿的林荫路

三

听我告诉你

篱上的豆蔓已互相缠结了
花的深紫中透出离别的颜色

小池让浮萍代替它的水面
树影不下，风有倦意

葡萄架如弓背的老人
卸其担负于山鹊之口内

青苔与香蕈是园里的先知
从容地为小道覆衣了

所以,你来一次吧,我的稀客

　　　　四

每夜有响亮的虫声
从同一的墙脚发出来
每夜有半圆月守在天角
使人把日期忘记
但我翻开一卷书册
恍然觉得千百年过去了
我是一个异样的人对着青灯
等待幽灵来访这故庭院

寒 日

一

感谢我健强的记忆
为我保证那事实的真确
那树林旁秋末的草场
曾负着我的脚与身子之重载
我曾听见从那儿飞过的乌鸦
和地上被扫起的落叶
最响亮的是那大钟,沉重而生锈的

我知道那儿仍有着灯光,在今夜
但不会是温暖而柔和的
像我所认识的一样
如果那守门者称我远方的客人
任凭他吧。我只恐惧着
我所想念的都已经离失了

没有声音与我互说古老的事迹

　　　　二

没有人说想念蝉叫
没有人在豆荚丛中寻花朵
我不忍去问蜷缩的蛙
怕它正在怀疑曾有过夏天

纵然我的故事是真实的
曾目击的土地默无一语
我相信它失去记忆了
只安于负载阴湿的落叶

　　　　三

骚动的故庭院
令人遥忆它日久的沉寂
一日风想击落满树的叶子
尘沙与寒冷俱下

开着的门窗上裂纸飘摇
老人蜷坐在一把圈椅里
对着往日有阳光的空间
闭目渐听有没有风声入梦

四

那容颜仍没有脱去
我所熟识的色彩
当我辨认出那笑容的时候
颤动代替了心的怨语

时时地,受着这季候的提示
但屋角里多了一具死蛾
窗外的花栅可怜地残缺了
树干上露出新生的裂痕

五

炉火的叫声是刺耳的
爱听它的只有衰老的四壁
能哄骗我的感觉么
外面的雪向门窗击打过来
树枝也因寒凉而折坠了

为什么匆促地醒来呢
不然我会如愿地去看视
那两株多花的海棠树
在听得见人语的院里
柔和地用落英装饰了土地

有 赠

一

感谢为我支起来窗板的人
我想那是你第一次走来
这方形的窗就使你驻足了
而且它做了聪明的传递者
不让隐秘的语声失路

你像笑我是一个无知的孩子
当你讲述麦秆堆的时候
但我只在凝视你头上的丛叶
怕有水滴或垂丝而下的小虫
我的不能伸出去的手使我忧愁

二

你选择了这阴晦的早晨
它将久留在我薄弱的记忆里
像一个雨的或雪的早晨一样
我所遇的启示将是繁多的
因为现在是春天了

虽在我的笑容里说不出
"愿我们莫互相忘记"这句话
我将试压下涌起来的酸辛
当那游行的山雀飞过的时候
如果我听见它的一声低叫

三

我亲耳听见你的语声,从纸上
于是我忘记了多日来
深藏在默想里的
击叩着窗格的微寒之细雨
和抚慰着我的梦的歌虫

我觉得自己在回答你
我们稚弱的语声相续了
喁喁地,像水流滴在草叶下
天上的星辰屏息而倾听

风蜷伏了,如将睡的孩子

四

从你小小的字迹间
我也听见梆声中的叫卖了
为什么要看着深夜的灯光
或从温暖中醒来呢
再睡吧,远方的孩子
怕秋天或者怕冬天么
"柿子和花生快上市了。"
我有对大城中阳光的怀念
或者对冰和雪的怀念
我们会在冷风中为顾客
那时候雨地的夜不须讲述
纸张也不负载沉重的文字了
黑暗中看炉火的红颜

五

我走进一条深巷
有一扇窗子
阻住我的脚步了
猎户星低伏在屋顶上
闪耀着它的腰带
与深黑的树干相接了

冰雪在地

但那窗上有多少温暖
我觉得你是它的主人
于是我侧耳而听
为什么你不肯开门呢
或拉开窗帘的一角
用笑声嘲我的夜游呢
我相信我们已经临近了

六

我要纪念你像纪念一个梦
在梦里我是山中茅舍的主人
接待过一些疲倦的
带着风霜的过路者
说一声再见
我就去涧边拾落枝了

为什么你会来敲门呢
高贵的远客
虽然只余下月光满谷
我把捉住你的声音了
让我仿效着你与山枭唱和吧
夜夜不知霜露下

南星
作品全集

月圆集[①]

[①] 《月圆集》与其后的《山灵集》原共同收录在《离失集》中,本书中分别成集,说明作补。——编者注

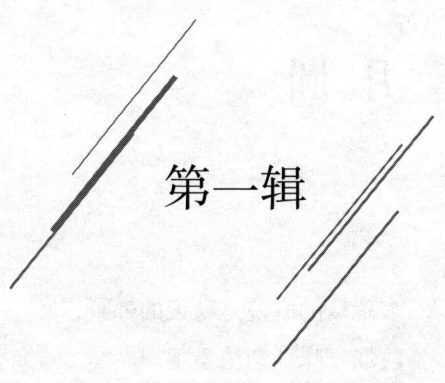

第一辑

月 圆

多荒草的庭院是秋天的郊野,
牧场气味渐渐浓重了。
月亮似乎是第一次圆,
这样的季节,这样的夜,
万里外的友人应如风而来。……
天狼星独自辉耀在南方,
屋脊上的兽头耽于深思,
而突起的号角声是惊人梦的,
没有明天了啊今夜月圆。

蟋蟀入室

蟋蟀入室了,
午夜饶舌的生客,
语声却有旧相识的从容。
这是我的床,近一点吧,
无论是哲人或无知的孩子
讲说古史或荒唐故事。
这世界已经随声变化了,
若童话中的神仙国。
但我预感白昼之来临,
没有新熟的稻粱供客一尝。

久行步街

两行房屋隐蔽了市声,
足迹稀少的阴湿路上
有一缕秋天的暖热
徘徊在一家家平安的门外。
一担水果是过往的好颜色,
而静止的木车上有人入睡。
覆荫着幽人之居的老槐
也学习让自己的荚实落地无言。

晨 起

倚墙而睡的狗仍未醒来,
满畦的雏菊倦于一宵风露,
秦娘子羞怯地开而又闭了,
被遗弃的清晨的气味啊。
老园丁从小屋中出来,
点着他的饱满的烟斗,
又对人开始纤缓的絮谈。
天空低低的似将落雨。

寒 露

静止的车自成黑影,
谁家双扉轻轻闭合了。
门外失去路人的履声,
渐长的夜,
报告时刻的更夫不来,
一只狗独做巡逻者,
曳着尾瑟缩而过。
天上的寒露开始滴落在
无所依傍的方形路灯上。

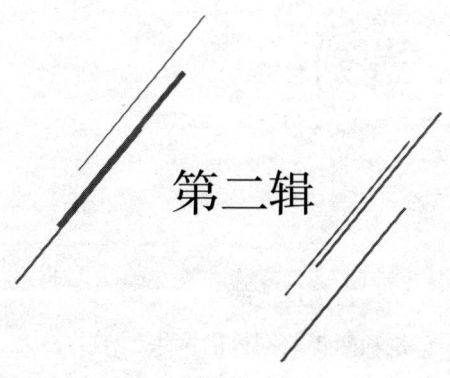

第二辑

送别一

充满在街道上的
是和两年前同样的惆怅,
为什么清晨有这样多的车马
让那亲切的影子隐现不定……
天空是高朗而且青的,
我推着咿呀的空车回来,
狗在后面垂头追随着,
乡野大路上秋风之动容。
敲门声这样无所希冀啊。

送别二

我们像两个日常的行人,
而道旁的门户没有开启之意,
应怎样听归路上自己的足音啊。
我发现一树枣已经全红,
几片半绿的叶子在地,
我的衣襟有黄昏的颜色。
街道是空空的,
无名的系恋令人却步。

送别三

思念是永不疲倦的精灵，
天未明时就来住在胸怀里了，
群聚的星辰照人离别，
风扑衣袂的声音那样急促。
列车正走在田野之间么，
粗率的阳光不会告人信息。
一只年老的钟却喧哗起来，
反复地自赞着直到黄昏。

黄昏的行客，沉思的脚步，
为谁去买深橙色的果实呢。
街头乐曲添了一缕幽怨，
道路如冰，圆满的月白下。

黄 昏

黄昏的水滴
从列树的丛叶间
坠落在人肩上,
而过往的风是寒冷的,
肩上如有落叶了。
天空失去雄壮的云,
欢悦的灯光久已不见了,
人声也沉入梦里。
听生疏的铃声吧,
莫问马车都何处去了,
莫问谁做了它们的乘客,
因为列树亦无言论,
痴痴地以沉思过夜。

夜行

月亮为我做了两年的看守者,
今夜却漠然不动容了。
和寒凉的季节同时归来,
愚蠢地贮藏着主人的梦。
街灯是没有记忆的,
飞舞的落叶阻人行路,
而我如一个安步回家的盲者,
熟悉每一方墙垣和土地。

深巷不知年月,
家家的门久已掩闭了,
我有急促的步履,
私献"地下平安"之祈祷,
怕门扇在暗影中呀然而开,
怕昔日的人语,昔日的容颜,
一声叫卖或一声夜歌
也将使这独行者泪落如雨。

第三辑

登 高

——给PH

给你画一个低低的淡色月亮，
和几只敛翼不肯飞的白颈鸟，
又有一缕烟无力而且稀疏，
九、十月之交了，寒冷满地。
若荷兰的水车迟缓下来，
溪水静静的修流又止，
要早起去寻觅最后的李实么，
你这在山坳山脚久居的人。

无毒蛇已深深地隐藏，
夜晚豺狗的吼声会变为凄咽。
你若摘了帽子并缩着双手，
也应传递给我一些山水之寒。

幽 囚

——给CH

我们密藏着同样的记忆，
说起你会久住我会常游的地方，
是我过于不加思索了，
一阵杨叶响让我们无语相对。

你说想念远方的信如想念恋人，
我的心也在千山万水之外，
而这两个身躯不如飞鸟，
听完了落叶风又听霜雪。
轻轻地开门吧，是夜晚了，
在只携带着这一点温暖，
崎岖路是我们的旧相识，
街灯的虹彩令人低头。

有 约

——给YT

有约不来过黄昏,
今日才看出黄昏的步履。
斗室中,
我轻轻地起来开窗,
对面的楼遥在星树里面,
楼窗内的灯梦醒了,
浅淡得失去欢愉的颜色,
主人的心思诉与谁呢,
又是夜色了,
怕听不见一声风的长笛。

雨 雪

——寄HT

窗外的水滴落地结冰了,
炉火暗无颜色,
仍然是严肃的冬天,
在你遗下的大城里,
而庭院里雨如雪,
应是安睡的时候,
"我听见黑夜里响尾蛇在游行了。"
"珍重你的梦,
同时与你的健康,"
我看见你坐在美好的油灯光下,
又走上七月的月台。……
"日子是遥远的",
碎裂了我的健康和梦。
殷殷怀念爱丁堡的夜,

炉火的温暖流进你的心,
听敲击火著之声,
翻开了记忆的画卷么?

岁 暮

默默的岁暮,
水雪封住了门窗。
屋脊上的猫叫何处去了?
让蛰伏的安于蛰伏吧:
蚂蚁有谷粒,
蛙有湿土下的虫,
松鼠有栗果和榛果,
密密的贮藏,深深的家。
只有我们是没有食粮的,
在一年的末夜中寻觅,
又空空地因来,
梦想着一个来客,
不知远方是否有冰雪
凝冻了异乡人的心。

南星
作品全集

山灵集

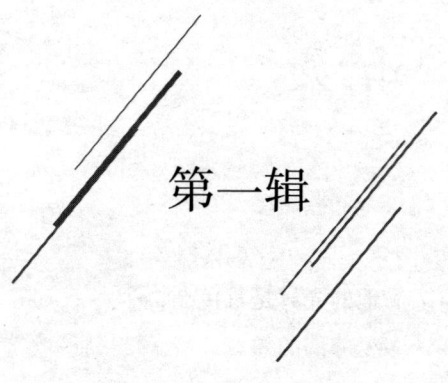

第一辑

山 灵

满地的光辉是月色么,
多少静静的雪意。
寒冷和温暖凝作了一宵抚慰,
空枝便对着天默默无声,
而树叶只剩下三片四片了,
彩衣的孩子有漂流的命运,
到雪花的蛛网罩住大地的时候
它们才抵足而卧,
并用稚弱的声音呼唤,
长衣的山灵就来拥抱它们了,
他的如低音之琴的语声
为它们讲述将来的日子
它们让土地湿软,清泉奔流:
睡眠完成了这献身的工作。

新 月

新月独坐着
在古老凝重的屋顶上:
我曾有一个家,
庭院沉沉的,
没有母亲的屋子,
柔和的气息渐渐寒冷了,
两只蜡烛守着灵台,
收缩的火焰画出一副容颜。
窗内窗外,
病卧的孩子不安的呻吟,
僵硬的空枝相擦作声,
老人喃语若连续的喟叹,
讲说生者死者两地之相忆。
夜深深无数的时刻,

而门扇吱吱地叫起来,
露滴不见。
远道而归的今宵月色。……

白 云

——闻HT将归

丰富碧绿的田野,
天上多白云。
这是我们互相赠予的,
常在我的床前你的箱中,
而没有人听的
"甘雨"叶落一秋又一秋,
冷雨之后,
想雨后故国的迢遥,
想鸥鹭飞不到的海上古城,
长青的亭堡留人步履,
但黑的枝干有苔莓,
告诉你林中路的南北,
远方的忆念如蜗牛之行迹,
只等着时间忽然走尽了一段距离,

而两极缩为一点,
应是今年冰雪之日么,
南方北方的来书
字字如窗格上跳动的光影
令石像的目光更其凝定了。

织女星

织女星悬空而卧,
低低地在树梢头
入梦了又闪出安宁之光。
花屋密密地封闭起来,
一束一束的干草放着香气,
而里面的花木都沉沉睡了。
月亮不再从山后上升,
小山上的两株树垂了头。
温暖的霜就要下来了,
闭眼吧,幼小的猫头鹰。

游 思

从远处来的神秘的声音
轻轻萦绕着如在枕边:
十一月淡黄色的郊外,
踏着落叶拾几片游思,
再回去守望林间的星斗,
等到夜深深才放下窗帷来么?
但这地方是寒冻的日子了,
因为雪已经降了下来,
而且早晚有使人不能远望的雾
封闭了窗格和无名的忆念。

第二辑

缝 衣

年年有因缘的是
门窗和风雪，
而车轮往复地讲说
无衣无褐，何以卒岁……
百灵鸟今日飞来了，
温暖的跳跃啊，
我寻觅着旧时衣裳，
并感谢过去的岁月，
丝缕间的轻梦，
孔穴中的寒冷，
灯的光焰若古之遗爱，
谨慎地穿针度线，
让每一个小声音

重述一个辛酸的故事,
珍重地倾听吧,
失去了的不能再得。

久行步街

抚人的古意在暮风里,
道路柔和而且长。
一声独轮车的铃
轻轻过去了,
老槐垂下来重重的叶子,
却无意于初冬的颜色,
每家屋檐上的寂寞,
不是忍耐是不觉得过,
与这迟迟的行客两相忘,
各自沉吟"北平的黄昏",
淡淡的怀乡病无因而来,
街头之外,
浓重的烟雾在地上,
无数明暗的灯火,
匆急的马蹄声中异情调忍[①]。

---

① 原版诗文如此,作注以补。——编者注

飞 雪

海棠树的枝柯丰润了,
残叶积雪为花,
阴阴的土地上昔日的余香,
二月的梦到三月的梦。
古庭院有青春的心,
而它不胜银色衣之重了,
枝枝段段坠落,
听啊:
愉快的鸟声何处去了,
风吹雪片敲着两肩,
独饮不尽的寒冷,
远人之遗,
从天之彼方来的
飞雪为什么在此停步呢,
空无人语的城市。

问 讯

夜晚无人：
多福的深闭的门户，
没有风也没有灯光。
我披了长衣而立，
若来在别人的家里，
无涯的静默，
而裸露的群枝有相依之乐，
枯干的水池拥着落叶，
片片阴云安坐于天，
远处有古钟
以迟钝的滴答之声自娱。
鸟儿睡了，
能借得一副羽翼么？
冬天的花溪之旁，
山中人今夜如何。……

夜 宴

今夜无意中开门:
土地是宽阔的冰河,
满天的月光凝冻了,
我如一个拙笨的雪人
拄树枝之杖姗姗而行,
千古的沉寂覆盖四方,
三更了,四更了……
但一声叫卖摇曳而来,
让这尖锐的声音为我招魂吧,
无限长的月光的冰桥
陆续渡来了远方的人和死去的人,
我用叫卖者的一担食物
为他们做成一席盛宴,
雄鸡请莫长啼惊了主客。

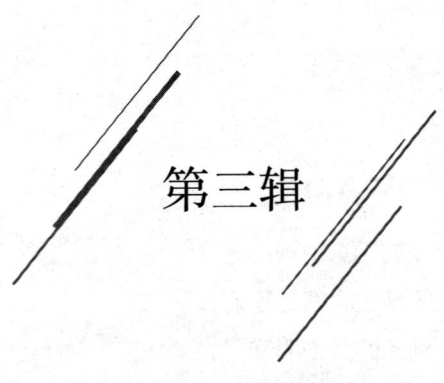

第三辑

初春别

草芽味的阴湿风,
二月做不速之客,
比往昔更美丽了,
浸润了我的庭园,
独对梦寐的丛枝
不胜古离别之情,
年年二月的离别,
片片的冰化作泥,
又有风筝飞起来,
一缕长长的思念
从庭中到了郊外,
远远的草色如何,
车轮应是轻轻的
回来了如同二月。

不 寐

——怀HT

狗叫自远方来:
这是美丽的村庄么,
密密的花树
夹着一条殷勤迎客的小径
听我的客人的脚步……
远方的狗叫久无应答,
耿耿不寐之夜,
开窗见万户千家的灯火,
停歇的车马上了街路,
无数扰攘的声音,
污秽了的城市
留不住故人情,
海上的风帆若远若近。

月 台

月台的栅门闭了,
月光满地。
四方的旅客迟迟不来,
家乡的佳节,
各有自己的灯和月:
广阔的天空之下
我自来自去,
却有所失了,
天上人间……
淡淡的影子,
路人这样稀疏,
欲问不得的步履。

祭 妹

一年开始的时候,
太匆匆的离别,
十七个昼夜了,
春天的风在郊外
吹着未干的泥土
听我的低抑的呼唤……
墓南墓北无人迹,
一条溪水流向何处呢,
草芽悄悄地生长了,
在绿色和赭色的交替中
飘起来你的柔和的影子,
我们都做了异乡人,
这阴冷的花开时节。

折 枝

——答PH

折一条低垂的细枝,
庭院无人到,
芽苞生长着如同昔日,
阳光暖热起来了,
没有痕迹的岁月,
无声的千言万语。
去一条旧街上行走,
恰是人稀的时候,
不见树枝出墙来,
房舍痴痴而立,
古朴的容颜若未经风雨:
我对你说些什么话呢。

南星
作品全集

三月·四月·五月①

---

① 此诗集曾以"柳丝辑"为总题,刊载于1946年8月《文艺时代》第一卷第三期。

柳 丝

低垂低垂细长的柳丝，
羞涩的灯火欲明欲暗。
窗中有多少梦的温暖，
叫过路人的眼睛迷惑。

但一只蝙蝠悄然飞过，
人也失去思想的力量。
蜡烛蜷缩作一缕轻烟，
告别了啊细长的柳丝。

深 院

缓缓的流水流过深院,
满庭飘着树木的香气。
谁来轻敲半睡的门环,
只有细碎的鸟声应答。

一株老槐梦想着青虫,
从它的枝间垂丝而下。
昨夜梦来访问的时候,
我的心思却如同飞絮。

轻 梦

时间似乎是静止的,
三月会在这儿久住吧,
而我厌倦了它的云,它的风,
和它的无数的莺啼。

我也无意去守望它的芳草,
或者它的下自成蹊的桃李。
我听见自己低低地说,
来了么,来了么,恼人的轻梦……

桥 梁

河水把心思诉说给桥梁,
山雀从桥头飞过去了。
阳光是微微暖热的,
我伫立着,如一个雕像。
步履匆促的路人走了上来,
我没有问他们的去处。
湮润的三月风来往着,
我只听见一些衣裾的悉窣①。

---

① 同"窸窣"。

船

半圆的月亮上升的时候,
淡紫色的温暖的烟
守护着温暖的河水
和两岸伸出长芽的树木,
而一只无人的船迅疾地飘来。

逆流而上的无人的船
满载着我的弱小的梦,
它们闪动着,轻语着,
而它们的影像渐高渐隐了,
走向不可望又不可及众星之国。

花 束

蜿蜒的城市街道上,
有太多的过客。
我也在他们中间,
我携带了一缕花香。
因为追随着我的
是一个微笑的,
淡蓝色服装的,
捧着闪耀的花束的人。

我们是不相识的,
而我似乎认识那些花束,
白色的,紫色的,淡黄色的,
像是刚辞别了它们的细枝的,
湿润而清冷地

散放着三月梦的气味的,
应该是从静静的庭院中摘来
做我的赠礼的。

黄昏的钟响了,
过客分散而隐灭。
我知道那捧着花束的人
追随着我,在无限长的街道上。

杨 花

雨淋湿了
黄昏和它的车马。
杨花一穗又一穗地
落在污暗的积水里。
毛茸的杨花,
只见过一个春天的日子,
寒冷而多泥的。

但它们似乎有一些神奇的记忆,
因为它们飘然而落的时候,
一个对我说群山,
一个说如烟的雾。
又一个说骡车的颤摇,
又一个说燃着蜡火的繁花,

又一个说车中满载着的苦难。

我慌乱地倾听着
它们的过多的语声，
那些幼小的杨花
纷纷地落下。

宝 藏

那一声充满喜悦的
三月的人语
是别人听不见的,
像淡黄色的新枝
或一年中第一次的雨滴,
被我平安地收藏起来了。

但一弯月亮对我说
无穷尽的昼夜的交谈。
我知道有一天我会失掉
我的宝藏和我自己,
在什么地方我不知道,
月亮也不知道。

纸 页

一片薄薄的春天的纸页，
没有字迹的，
像鸟一样飞落
到我的张开的手中，
我觉得出它的重量。

它负着无数美丽的梦想
和仿佛青草味的手指的气味。
乌鸦叫着，
我把它藏在泥土里，
三月末的雨雪飘飘而下。

烦 忧

化作各种形象的烦忧
夜以继日地来访问我,
而且追随着,看守着我。

梨花是自开自谢的,
月亮的升沉没有人留意。
烟的气味,草场的气味,
飘荡得无力而消散了。
那些遥远的美好的城市,
多云雾的山峰之群
和发出雄壮歌声的江水
也不能引动我的心思。

因为让我烦忧的
是众星之外的恼人的空间,
我对它的怀念是不可治疗的。

高 楼

我听见有人敲着
邻家的深闭的门,
又低低地呼唤一个名字。

那些渐渐急促起来的
得不到应答的呼唤
浮游在冷冷的月光里,
门前的海棠花蛾翅似的飞落。

而邻家的楼窗上的影子
拉下来柔软温暖的窗帘,
诱惑的灯火也随之隐灭了。

而那固执的敲门的人

似乎正是我自己,
虽然那庭院是我不相识的,
那一株多花的海棠树也是我不相识的。

我听见自己
悲愁地,无可奈何地呼唤着,
从三月到四月。

雨 岸

河水一时比一时深了,
浓密的柳芽喜悦地生长着。
走在泥滑的河岸小道上的
是张着伞的人们和我自己。

他们张着淡色的轻薄的伞,
我张着深紫的沉重的伞。
他们的心思是空白的,
我的心思如同河水。

报 偿

三月的暖风
在柔软的旁道上吹着的时候，
迈着轻快的脚步
而且低声歌唱着的
是我，
一个经历过
太多的艰苦的岁月的人。
那低声歌唱的一瞬间
让我所付的报偿
是一百万一瞬间的愁烦
和对我的狞恶的命运
无终结的凝视。
三月的暖风早已失踪了，
阴寒的雨冲击下来。

颤 慄

富于启示的
四月的美丽阳光
在过路人身上。
我多思地
走在不相识的林园的墙外。

那从墙内伸出来的
不知名的树的
稚弱的叶子
触着我的头发和我的肩,
而我用幸福的颤慄回答它们。

我又听见欢乐的
流水声和鹧鸪叫,

虽然我不知道
林园的门在什么地方，
而且我只是许多过路人之一。

赠礼

我献给不想见的友人的
荒城中的赠礼
是许多圆圆的榆叶
和几片从不会到天空来过的云
和淡蓝的清朗的山峰。

这赠礼是微薄的,
而它们是我发现的
一失难再得的珍奇宝物。
"来吧,来吧,
这是四月刚过了一半的季节。"

当燥热的五月开始的时候,
每一片榆叶都变长了,

美好的云飘到的世界里去，
山峰模糊而收缩，
只余下无从指示它们的我。

海

我听见一个轻细的声音,
海的声音,
召唤我去梦幻地
注视狂涛和静静的波浪,
呼吸有咸味的风,
亲近诱人的沙滩和贝壳,
而且听水手们讲述无数海的故事。

等着,等着,等我起身,
等我过完了我的春天。
这老年的荒城不也已经变做了海了么,
四月的海,
群花的海,
幼小的叶子的海,
绿色和白色的海。

河

酩酊的群蛙轮环地狂叫起来,
飞絮轻轻地扑着水面,
丰密的桃叶桃枝伸过了曲径,
而沉思得疲倦了的河
在山丘下的阳光中入睡。

这些都是可惊地生疏的,
对于一个携带着三月的春寒的人。
年老的河始终没有声音。
能随着它睡一会儿么,
我也沉思得疲倦了。

约 言

邻家的歌声沉寂了,
窗的颜色阴暗下来。
我看见我的寂寞飘闪在窗外
那些闭了眼睛的树枝上。

而温暖的黄昏的薄光
指示给我伸展着变化着的
灰色的云又一次回来
和我交换没有人知道的约言。

黄 昏

应该说这是美丽的黄昏,
在一座年老而温柔的城里。
成群的树木欢悦地静默着,
散放着春夏之交的香气,
我为什么不和它们一样呢。

我不是伴守着这五月的黄昏么,
听得见她的无声的脚步,
也看得见她的浅淡微明的衣裙
和千百种令人失去思虑的姿态,
直到我们一起沉入多梦的夜。

密 语

蛙声和鸟语和会歌唱的流水
和年年给人花朵和果实的群树
是虚无的,
那传道书上的字迹
也不能永久地存在。

充满灰色的云的
或者多星辰的天空
有它的终结的限期。
"我们错来到这星球上了。"
回去吧,回去吧,
回到微小的世界之外去。

声 音

五月的荒城中
飘飞着尘土,
槐花开了。
人们永远听不见的
许多小小的声音
在我周围的空气里
浮游着。

它们让我不安,
它们让我震颤,
它们讲说
覆着黑面纱的来日,
而尘土和槐花的气味
混合起来了,
五月和我并着肩向前走。

使者

乌鸦说
"应该有一条小小的河水
从我的树干旁
流到你的门前。"

"因为它有一个好听的语声,
而且会轻细地笑,
那暮暮朝朝没有疲倦的
我的使者。"

小夜曲

在黑暗中
我弹琴,
许多白杨树的叶子
聚在我的窗外。
白杨树的叶子是喜欢歌唱的,
它们今夜只能沉重地颤抖,
因为它们失去了喉音,
和我一样。

谎 言

我对人说
我烦忧,
因为我失去了
三月的山
和四月的草原
和五月的城
和我自己的有节奏的足音。

不要信我吧:
海,天空的邻居,
永远在那儿
幻变着她的无数种颜色。
无论有没有
一只我梦见的那样的船,
我也要投到她的胸怀里去。

苦 难

拥聚着
在石阶的近旁的
是柳树们,槐树们,桑树们,和蛛网们。
我在石阶上坐着,坐着,
而我的心迷乱了。

那些不了解生活和死亡
和人类的苦难的
柳树们,槐树们,桑树们,和蛛网们
紧紧地围绕住我,
我仍然不能成为它们之一。

倾听者

等待着吧,
我的温柔而且耐心的
倾听者们,
等那粗声的钟敲十二下。

那时候我就要开始吟唱了——
"迷娘",
"黄昏的星",
"菩提树",
"海的静寂"。

我是最拙笨的歌人
而你们——
负着水迹的廊石,

交织地遮着天空的马缨花的新叶子，
和暗暗沥下来的淡白的月光——
只能倾听着，
你们是何其宽容的倾听者啊。

诗·集外

守墓人

让我去做一个守墓人吧
因为那坟园遥对着你的住处
因为荆棘与不成形的杂树
代替了耸立的墙壁与白杨之林
因为它任我的双脚逡巡不前
正如它不拒绝乌鸦的栖止。

你指引给我那独特的碑石了
但我要一一去探视的
我并不经意坟园与我之契合
我更愿对过路人
喃喃地讲述落枝声与黄昏鸟语

不说那坟园与我有了十载因缘

也应说早住在记忆里吧
我深信它是我的神秘的故居
倘此时墓中有声
必为我做真实之证语

你在那儿寻找我的痕迹么
我的气息留为墓地之风
我的手泽是在每一方碑石上
每一片枯叶上，每一棵树干上
莫听你的眼睛虚妄的报告

从此你称我为安定的守墓人吧
你认识坟园前的老屋了
我将在那儿鄙视着年华
只替你夜夜私窥月色。

遗 忘

你给我带来多少遗忘
天空与星辰都是新生的
我听见昨日未曾流的河水
水边有辘辘而过的乐音
是好走夜路的车轮么
它们为甚么到世界上来呢

说这屋子是今天造起来的吧
不然墙上早应有藤蔓了
窗子羞涩着不肯随手而开
尘土没有到这儿巡行过
谁是主人呢？我询问着
且细听有谁来解答

但这地方并不是生疏的
像一个家,像你的或我的家
家里有时稀时密的语声
有可听的哭与秘密的笑
也有自然而且美好的睡眠
只要没有吹醒人的粗暴的风

有一个人喜好坐下沉思
喜好散步从黄昏到夜
喜好因窗纸响而叹息
喜好凝望树枝或天空
他不像是我自己的了
我想他是我留不住的客人

在不见你时我会开口而歌
虽然是没有字也没有曲调的
或者我折一条柳枝做鞭子
或者到巷口去听热闹的故事
因为岁月是不恼人的
春若去了,夏为我们而来。

壁 虎

门灯的光辉是诱人的么
稳定的火焰,无声的火焰
那只赤红的壁虎夜夜来
灯罩上微薄的温暖
给它一些秘密的冬天的欢喜

到我可望不可接的时候
它就要因焦虑而褪色了
门灯之熄灭是愉快的变更
不然是何能制止自己呢
可怜的孩子已惯于窥守。

黎 明

隔壁的人
雪天的报告者
你的隔壁有什么声音呢
你在北方
我也在北方
而你会做一个南方的孩子
让我在这儿感受南方的天气
于是雪的早晨的情调被遗失了

三个音符的鹧鸪叫
梦寐的，欢快的，跳动的
鹧鸪会叫雪么
我不相信
随之而来的是早晨的叫卖

那声音中有负着水珠的菜蔬
暖湿的带着薄泥的街道
谁想到雪呢？没有人
你笑我早晨的听觉么
我醒了，你来
鹧鸪是你，叫卖是你
你这双重的声音占据了我
而我说我的隔壁人说谎了
你走近了么
我要起身，我要起身
你的春天的衣襟之飘动是静静的。

响尾蛇

马铃薯的田野
草棉的田野
残梗和土块的田野
狭长而柔软的草叶呢
没有人看得见
田边的草叶是低矮稀疏的
夹着曲折无尽头的小道
一些懒惰的行人走过去了
广阔的静默伸展在天空之下
微弱的虫声间歇着
然后沉下去,沉入土中了

田野是这么虚空的
但它占据了东西南北

让人望不见那充实的院子
这似乎远了，在远处，在远处
草叶和声音都在远处
那些狭长而柔软的绿纱巾
封蔽着一条宽广的路径
风留下行回的低音
浮荡着，从白天到夜间
于是草叶更清凉了
美好的噼啪之声蜿蜒而来
响尾蛇的游行是不肯静默的
在有月有星的夏夜

马铃薯的种子伏地不起
草棉的果实成熟而落了
一只拖着柴耙的牲畜走过田野
有屈身在土块中间的人
残梗便聚成堆了
为甚么仍然没有声音呢
枫突然地往来
残梗是僵直而沉重的
那在远处院里的草叶怎样了
是的，是另一个季节了
长久蛰伏着的响尾蛇
会到田野间来游行一次么

群 星

一颗,两颗,三颗——
数不清,碰不着

我仰望他们,他们俯瞰着我
一颗颗不停地眨眼,一颗颗挂满夜空

肯陶罗斯举着标枪在南十字星旁高高跃起。
卡斯托尔牵着波吕托克斯在夜空中静静地鸟瞰着世间。

一夜夜望着,一夜夜被南天的星辰所吸引
第一次看到流星在眼前飞逝
第一次看到广博的银河缓缓升起

直到一颗颗繁星消失在南方天际边

一颗颗被城间的灯火淹没

越过南天的星岛
站在北天孤寒的月光银辉下
没有了北斗的陪伴

请记住我,南天下的星岛
南天下的新洲,南天夜空中的群星。

南星
作品全集

附录

亚洲

不要忘了南星的散文

陈子善

十四年前,我协助钱谷融先生为中国社会科学出版社编选十卷本《中国现代散文选》,写信向南星先生(1910—1996)请教,他在1996年1月13日为我写下了一份简历:

杜南星(1910年生)。简历:北京大学英语系毕业(1936年)。贵州花溪清华中学英语教师(1947年)。贵州大学英语系教授(1947至1951年)。北京国际关系学院英语系教授(1951至1970年,1971年起退休)。著作:诗歌《石像辞》、《离失集》、《春怨集》、《甘雨胡同六号》、《三月四月五月》。散文《松堂集》。翻译《尼古拉斯·尼克尔贝》、狄更斯著长篇小说,与王辛笛、徐文绮合译,上海译文出版社印刷中。《一知半解》,温源宁著名人剪影,湖南岳麓书社版。《女杰书简》,奥维德著诗简,北京三联书店版。《清流传》，辜鸿铭著论文，香港牛津大学出版社版。①

这份"简历"确实有点简略，南星未提到他是河北怀柔（今属北京）人，原名杜文成，除了最常用的笔名南星，还有林栖、石雨等笔名；未提到他二十世纪四十年代初任北京大学文学院英文系讲师，曾与诗人路易士（纪弦）等合编《文艺世纪》；也未提到他曾与诗人辛笛、金克木等过从甚密；等等。尽管如此，"简历"已大致勾勒了他的文学生涯，证实了他诗人、散文家、翻译家的多重创作身份。写下这份"简历"九个月后，南星先生就溘然长逝了。

南星自撰"简历"中有个误记，把散文集《甘雨胡同六号》误作诗集了。我也是见到了原书才发现的。《甘雨胡同六号》1947年3月北平文艺时代社初版，是他继《蠹鱼集》（1941年2月北京沙漠书报社）和《松堂集》（1945年4月北京新民印书馆）之后的第三部散文集，也是他生前出版的最后一部散文集。此书虽然出版时间最晚，却是最少见的。

南星二十世纪八十年代因翻译温源宁的《一知半解》而声名鹊起，其实，他早在三十年代就已有文名。他首先是位诗人，其次是散文家，然后才是翻译家。他对我说过"在散文方面我并无成绩可言，不过还算是有些兴趣而已"，这是他的自谦。他不但是"京派"散文名家，就是放在三四十年代中国散文史上，他也是独树一帜的。我喜欢他的散文，他的文字清新婉约，流利可诵，尤擅长在千字上下的短小篇幅中营造出忧郁的氛围，深长的意境，引人遐思。

最近出版的散文小集《甘雨胡同六号》，除了收入《甘雨胡同

---

① 本段文字因作引文，保留原文，所涉及的校对问题均未修改。——编者注

六号》全书外，还增补了南星三四十年代创作的一些集外散文和评论。其中，悱恻动人的《忆克木》初刊于1939年3月《朔风》第五期，已经编入《松堂集》，修改稿又在1945年2月《文艺世纪》第一卷第二期重刊，故仍以修改稿收入本书。

  我早就想为南星先生编选散文集了。许许多多文学成就远不如他的作家，早已出版了选集、文集乃至全集，而他直至去世，无论诗集还是散文集都未能重印或新编出版，文学史家也未对他的诗文给予应有的关注，实在是件遗憾的事。这本《甘雨胡同六号》虽然只是戋戋小册，毕竟是他的散文风貌的首次展示，我为多年的愿望得以实现而感到欣慰。

庚寅四月初五于海上梅川书舍

关于南星先生

扬之水

海豚出版社近期推出的"海豚书馆"系列中收入南星《甘雨胡同六号》一小册,这是我早就听说但始终没有读到的一本书。

二十多年前曾与作者有过不多的交往,以后又做了译著《女杰书简》的责编,还写过一则短文《诗人南星》,发表在《文汇读书周报》(1991年7月27日),署名"雯子"。小文中写道:"已经好久没有见到诗人。'乙夜青灯之下',《松堂集》中的文字常会悄悄浸漫在灯影下:'夜了。有一个不很亮的灯,一只多年的椅子,当我一个人挨近灯光的时候,我的客人就从容地来了,常常是那长身子的黑色小虫。它不出一声地落在我的眼前,我低下头审视着,它有两条细长的触角,翅合在身上,似乎极其老实不会飞的样子。我伸出一个手指,觉得那头与身子都是坚硬的,尤其是头,当它高高地抬起又用力放下去时就有一种几乎可以说是清脆的声音。如若用手指按住它的身子,它就要急敲了,我不愿意做这事。但不留住它,它会很快飞到别处,让我有一点轻微的眷恋。'如爱德华兹的《飞蜘蛛》,如富兰克林的《蜉蝣》,而更清,更纯。没有哲理的阐发,不寓道德的训诫,也并非科学的观察,只是一种生命与生命的交流,灵性与灵性的沟通。从琐屑、细微、无谓的生活场景中感受到纯真的情趣,那是一颗诗人的心。嫩绿的豆荚上,细软的轻尘里,杂沓的市声中,心对'物'的发现,便是诗人的境界了。这境界是宁静的,却不由清心寡欲而换得;这境界是热烈的,却不因世俗的欲望而鼓荡。""在一本诗集的引言中,诗人写道:'这些梦到现在已经是古老的而且离这世界一天比一天遥远,记录它们的纸页也残破生霉,不过假如有所记忆不算是犯罪,在我的寒冷艰辛的生活中偶有几分钟休息的时候,它们就像完全褪色的古画一样回到心思里来。……当然是没有用的了,因为这个时代命令人类保留着肉体而忘记灵魂,这一本小书印出来又是一个过失,幸而印数极少,天地广大,散碎的黄叶不久便片片飞尽了。'半个世纪之后,这话似乎不幸而言中。诗人早年那些'词句清丽,情致缠绵'的文集、诗集,是否还会重印?而沉默多年之后,诗人的名字是否会被世人遗忘?这些,我都不能知道。但生活中会真的没有诗么,——假如人类尚未忘记灵魂?即使那古老的逝去的梦已不可追回,人总还是要做新的梦吧。"

又是二十年过去了,诗人早归道山。然而"诗人南星"却未被遗忘。《甘雨胡同六号》卷前有陈子善所做《出版说明》,其中转录了作者自己撰写的一份简历,陈文又稍事补充和修正,且于先生之著述有画龙点睛的评论。诗人一生事迹,已大略在此。今检点旧日记,录出与南星先生交往始末及相关的人与事之点滴,似可作为《出版说明》中未曾涉及的作者晚年境况的一点赘语。至于书信中对受信人的揄扬之辞，原是照例的客气，只是先生尤为谦和而更令人惭惶和感念。

一九八七年十月十九日（周一）
一日风犹未止。
八点半赶到北大门口，候李庆西至，一起往金克木先生寓所。
李与金谈稿，我便去访张中行先生。
老两口刚刚摆下早饭，两杯牛奶，小碟上数枚点心：广东枣泥，自来红和大顺斋糖火烧。
张先生从相貌到谈吐，令人一看就是典型的老北京，当然居室的气氛也是北京味的。
《负暄琐话》书出，在老一辈学者中反响不小，先生给我看了启功先生的手札两通，是两天之内相继付邮的。第一通乃书于荣宝斋水印信笺上，字极清峻，言辞诙谐，备极夜读此书之慨。其后一封言第二夜复又重读一过，心更难平。
请先生在我辗转购得的《负暄琐话》上留墨，乃命笔而题曰："赵永晖女士枉驾寒斋持此书嘱题字随手涂抹愧对相知之雅不敢方命谨书数字乞指正"，又钤一方"痴人说梦"印（此印系专为此书而制）。
与我谈及先生之挚友杜南星，欣慕之情溢于言表。道他乃极聪慧之人，不仅是诗人，而且就镇日生活于诗境之中。并说，世有三种人：其一为无诗亦不知诗者，即浑浑噩噩之芸芸众生；其二为知诗而未入诗者，此即有追求而未能免俗之士；其三则是化入诗中者。而杜氏南星，诚属此世之未可多得的第三境界中人。
拜别之时，又执意相送至楼下寓外。
到金寓与李庆西会合，同归。

同年十月廿四日（周六）

得杜南星先生复函，略云：永晖先生：得手札，甚欣忭。先生文笔，跌宕多姿，华彩缤纷，而恳挚之情，跃然纸上；复不惮风霜，拟予临寒舍；当洒扫庭园，诵"我有嘉宾，鼓瑟吹笙"之句，以迎车驾。与君一席话，胜读十年书，其乐如何！

因忆及金先生所云与杜之结识经过：金的一位朋友办了一份小报，金为副刊专栏撰稿人。一日，金往游，见字纸篓内有一叠装订成册的稿件，拾而识之，乃杜南星与友朋之往来书札，誊抄后作稿件投，意欲售之，又见落款处有"北大东斋"字样，遂知此为男性（东斋乃男生宿舍）。金见其文笔尚好，只是错投，——以副刊之区区半纸，何能刊此长文。于是揣起，后得便转托他人交还杜。

时与杜同宿一寓者为庞景仁。庞的脾气有些怪，不喜与人交往。初，每见金来，便起而去，盖厌之矣。某日，慢行一步，偶得金之数言，恍悟此非俗人，自此订交。今庞已成故人，提起这一段旧事，更有不胜唏嘘之感。

同年十月廿七日（周二）

晨往东直门长途汽车站，九点钟乘上直发怀柔的车，十点二十分到达。

县城建设得很是漂亮，道路平展宽阔洁净，两旁多布草坪绿地，影剧院、百货公司及政府机关皆为簇新的楼房，街上行人很少。

穿西大街，过府前街，拐上北大街，此已为城边，而北大街十号的杜宅则将及街的尽头了。

两扇朱红小门半掩着，进得门来，便是一所小小的院落，未有渊明之菊,不见林公之梅,耳畔倒闻得清清爽爽的剁菜声。左手一溜瓦房,透过明净的玻璃窗,见一老者正临案挥毫,心知这是杜先生了。

房门开在尽头,一位小伙子迎上来,猜想这是杜公子,而砧案前的老妪则杜氏夫人无疑。

杜氏夫妇居两间,外屋举炊、就餐,内室作起居之用。房间极宽敞,家具又极简单,不过一床、一柜、一案并一小小的书架,真朴之极,净之极。

杜先生一望便知乃一忠厚长者,谦和、诚笃、善良,但却不擅言辞,碰巧我也是个口拙的,自然交谈就不热烈。不过此行的目的还是达到了,——我请他为《读书》写文章(谈英国散文),他爽快答应,但苦于手边没有书。便请他开了书单,准备再找张中行先生帮忙。

聊了半个小时,起身告辞,全家人真诚留饭,以有约婉谢,主人也就不再勉强,相送至宅外,又伫望良久。

一点半归家。

同年十一月十六日(周一)

收到南星先生的来信,开首几句挺有意思:如一斋主先生,风笛过四山,黄叶飘三径,得惠赐手迹一纸,为之欢欣雀跃。先生法书,堂庑广大,力透纸背,仇诗亦楚楚有致,珠联璧合,沁人心脾,谢谢("仇诗",即日前书寄之仇仁远《闲居杂咏》诗)。

同年十二月二日(周三)

张中行先生电话相邀,遂往访,商讨关于南星先生译事之种种。

同年十二月五日（周六）

往怀柔访南星先生。

先生近日偶感风寒，正卧病在床。此番主要是为送书，略坐片刻便告辞了。夫妇一起留饭，婉谢。先生似甚不过意，说："我该怎样感谢你呢。"

同年十二月十一日（周五）

访张中行先生，商讨译事。

接南星先生复函，乃小诗一首，《谢赠·答如一斋主先生》：佳句如佳宾，翩然入茅舍。新诗发异香，芝兰盈陋室。殷殷问餐食，眷眷语霜露。何当对村醪，共话读书趣。

一九八八年三月五日（周六）

连日大风不止，今日复如是。

骑车往北大，给陈平原送书、送邮票，到金先生处取稿，在张中行先生那里借得南星的诗集和散文集。

《三月·四月·五月》是诗集，"引言"中写道：

"不知多少年以前了，我住在一个寂寞的庭院里。那一年的春天说来奇怪，我好像第一次看见树木发芽，阳光美好，那时候的环境允许我有许多梦，甚至有时间把它们记录下来。

这些梦到现在已经是古老的而且离这世界一天比一天遥远，记录它们的纸页也残破生霉，不过假如有所记忆不算是犯罪，在我的寒冷艰辛的生活中偶有几分钟休息的时候，它们就像完全褪色的古画一样回到心思里来。……当然是没有用的了，因为这个时代命令人类保留着肉体而忘记灵魂，这一本小书印出来又是一个过失，幸而印数极少,天地广大,散碎的黄叶不久便片片飞尽了。一九四六年十月末日,南星记。"

为南星的《松堂集》写了一篇小稿。

一九九〇年九月廿七日(周四)

往编辑部。

午前到人教社访张中行先生,然后一起往杜南星先生家,——怀柔之乡居附近将修路,遂迁至帽儿胡同女儿家中。

南星先生看上去似较前两年又老了许多,老两口住在大院中的一个小院,倒也还清静。

幸而张先生健谈,否则就要六只眼睛对视而无言了。谈碑帖,谈砚台,谈鉴赏,又说起某先生,"我觉得一个人肚子里有十分,说出八分就行了,像周二先生,读他的东西,就像是一个饱学之人,偶尔向外露了那么一点,可某先生正好相反,是肚子里有十分,却要说出十二分。"不到一个小时,杜师母就拾掇好了饭菜:红烧鱼、摊黄菜、菠菜丸子汤和一盘火腿肠,一盘豆制品,张先生一人喝酒,大家吃饭。

一九九一年五月二日(周四)

往国际关系学院招待所访杜南星先生,取《女杰书简》译稿。将近午刻,张中行夫妇也到,一起照了几张像,张提议将《书简》译稿送李赋宁先生处,请其为之作序,杜欣然赞同。张留饭,婉辞,疾归。

一九九二年九月十一日（周五）中秋

往发行部，为何兆武先生购《读书》第八期三十本；领《女杰书简》样书，又到朝内去邮寄。阴一日，黄昏雨。是一个无月的中秋。

刊《东方早报·上海书评》2011年01月09日。

南星的《松堂集》（外两篇）

姜德明

南星先生是诗人，我藏有他战前出版的诗集《石像辞》。诗宗现代派，抒情而精练，又有虚幻之美。五十年代，我在东安市场的旧书摊上还看到他自费印的一本诗集，书名叫《甘雨胡同六号》①。恨我当时没能买下。后来跟别人讲起此书，对方说诗人还有一本《三月·四月·五月》。其实前者是诗人自费印行的一本书，当年他同诗人辛笛等就住在那里。"文革"后，叶浅予先生也住在这条胡同。我去过叶先生家，很容易让人联想到南星和辛笛的旧居。现在它已经拆除，盖起了新楼，再也找不到这条富有诗意的胡同踪影了。无论如何，这两个书名还是值得回味的。能起这样书

---

① 提及的《甘雨胡同六号》一书，不是诗集，而是散文集，由文艺时代社1947年刊行。另，文中说到"南星的散文只有一本《松堂集》"也不确切，实际上，除《松堂集》和《甘雨胡同六号》两本散文集外，南星还出版过一本散文集《蠹鱼集》，那是作者的首部散文集，由沙漠画报社1941年2月1日发行。

名的,是真正的诗人。

南星的散文集只有一本《松堂集》,1945年4月北京新民印书馆出版。预告还有两本,《山蛾集》和《年华集》,实际都没有出版。作者在谈到他的诗《石像辞》时说:"……虽然有些凄楚,但我的心思是柔和的。"(见《松堂集·我的诗篇》)我想他的散文基本亦如此,表面上看委婉,甚至有点忧郁,内心则充满了对生活的热爱。他的散文比较含蓄,直接写人物活动的少,借景物抒发自己的感情者多,以写人的情绪为主。我在读英国散文家兰姆和吉辛的散文时有此感觉,读我国梁遇春、缪崇群、陆蠡的散文也有同感。当然,《松堂集》中风格较轻快明朗者亦有,如《刊物创办者》回忆他少年时代与弟妹们办手抄本刊物《小星》的事,特约撰稿人却是自己的母亲,读来温馨动人。又如《忆克木》,把青年时代金克木先生的聪敏、健谈、风趣而理智的性格全然描画出来。有的散文已近于散文诗了。作者是个性格温和、沉默好静的人,特别喜欢冥想和思索。他对待艺术,对自己的作品,要求十分严格。

张中行先生与南星是北大的老同学、老朋友,他对南星的诗和散文有如下评价:"风韵都是不中不西的。……中偏于所感,西偏于所思。思是在心里,或深或曲,绕个小弯,因而领会或说欣赏,就不像吟诵'夜阑更秉烛,相对如梦寐'那样容易。"又指出南星是"天生"的诗人,"这气质影响他的散文,是诗意特别浓,具体说是,所写,以及行文,都是诗的。这好不好?可以说很好,因为更耐吟味;也可以说不很好,因为意境幽渺,像是离家常远了"(见1993年11月22日《北京日报·螳螂》)。这真是知者之言,说到了深处,他十分喜欢南星的散文。前些年张先生曾经动员老同学翻译了一本温源宁的《一知半解》,那是一个外国学人为我国"五四"文化名人写的一组随笔小品。多亏了南星先生的译笔,而且很多被写的人，其实也是他的熟朋友。

我从张先生那里打听到南星先生的地址，方才知道近三十年在文坛上已经失踪了的诗人，正隐居在远郊县的怀柔城内。那是他老家的房子吧？我与老先生通了信，想请他重新提笔写点散文。南星先生回信说，他久已不问文事了。

读《甘雨胡同六号》

西班牙作家阿左林（1898—1967）的散文，早在三十年代前后吸引了我国作家。戴望舒、徐霞村于1930年出版了阿左林作品的中译本《西万提斯之未婚妻》。卞之琳四十年代初在重庆印了《阿左林小集》。1934年他在北平还写过一篇《译阿左林小品之夜》，卞之琳以为在风摇烟筒，冷气袭人，胡同外面传来卖硬面饽饽的吆喝声的停电之夜，就这烛光来翻译阿左林是最合适不过的了。他说："译这些小品，说句冒昧的话，仿佛是发泄自己的哀愁了。""阿左林，这些小品可不是只会在烛影下译吗？"

三十年代，诗人南星也喜欢阿左林。他的散文集《松堂集》似乎正是这样一本书，文字细腻，有点迷离和感伤；近于白描的风格，却充溢着抒情的意境。1947年3月，他在北平文艺时代社又献出一本散文集《甘雨胡同六号》。六十年代初，我在东安市场旧书摊上碰到了这书，一念之差错过了，直到今天才从友人处借得。全书共收散文九篇，《甘雨胡同六号》是其中之一。

甘雨胡同在东安市场的北边，隔了一条金鱼胡同。北京的胡同有很多这么美丽的名字。南星曾经是六号小院的主人："那屋子有什么可以称述的，它的窗格却很如我的意，古老而不衰颓，和窗外的藤萝一样的暗紫色，又安静又柔和。……一个季节又一个季节，我们都不寂寞，我们还常常有许多客人……"年轻人守着丁香念书，闲谈，想着个人的心思，"若夜间有月光，我们就在无数柔和的影子中间静坐，祈祷，做梦，枝叶上的水滴或是熟透了的枣有时从梦中飘落在地上，我们的梦却做得长，没有尽头的长……"像北京很多别的胡同都悄悄地消失了一样，如今甘雨胡同也变成了高楼，南星却给我们留下了昔日胡同里的温馨。

诗人辛笛在北平文艺中学教书时也住在这里，1936年春他在小院里写过一篇散文《春日草叶》："……我毕竟不忍离去北平，它是这样静好的地方，处处都有着深深的庭院；说住处有花有木，窗下的一株丁香，春天若果已来时，当不至感及夜色的寂寞；说地点也很适中，去市场学校都不过隔两条街，而繁嚣的市声却只隐隐地传来，觉得辽远，时有啼鸟，给这院落的平静添了一点韵响。"辛笛已定居上海多年，至今对甘雨胡同仍留有深爱。北京胡同的魅力，只有从诗人和散文家的描述中领略了。

在《甘雨胡同六号》中，收有一篇《寂寞的灵魂》，证明了作者及文友们当年怎样地喜欢阿左林；"我们想念他。不知为什么我想象着他一定有些像东方人，身材不高，穿着家常的半旧的衣服，从眼镜下面透出来那柔和的，深沉的，正视着不可挽救的悲哀的人世而充满了爱心的目光。他的面色一定发红，而且常常微笑……"阿左林怎么会想到，在中国有那么多喜欢他散文的读者，"有许多人念了又念"。这也是阿左林散文的魅力，充满爱心和哀愁，柔和与希望并存。"五四"以后，外国散文作家对我们发生过影响的似乎有培根、兰姆、欧文和吉辛,阿左林也应该列在其中。阿左林的小品文是写日常生活的,文字一如生活本身那样的质朴,不存半点矫饰和陈词滥调,更不顾形式上的整齐和完美。当然,阿左林也不是完全脱离社会和人的。有些外国作家的散文,并不像我国传统散文那样的精练,讲求形式,读来不免有些松散和冗长,甚至觉得离题较远。阿左林小品文的篇幅则短小得多,这就更适合中国读者的欣赏口味。

南星的散文几乎都很短,这不是说南星的散文即等于阿左林,但那影响是明显的。南星先生一度旅居贵州教书,留下了书中的《山城街道》等。很快他又回到了北平。解放后,他在一所高等学校教外语,他是北大西语系毕业的,一生也没有离开本行。退休后,他回到故乡怀柔县定居,不想旧居因展宽道路而被拆,他又回到城内学校的宿舍来。前年病逝了。这之前,他的老友张中行先生曾与我联系,要借南星先生的诗集和散文集,说是海外有知音要给南星出一本较齐全的诗文集,后来也没有了下文。半个世纪以来很少人再提起南星的名字,海内外都不曾印过他的书,不知为了什么。

1998年6月

南星与《文艺时代》

抗战胜利后,在北平出现了一本大型文艺刊物《文艺时代》。一九四六年六月创刊,年底结束,共出六期。它是战后北方文坛唯一的一本大型文学刊物。事隔四十余年,我才知道是诗人南星主编。南星先生早在三十年代便活跃诗坛,一九三六年在北平主编过文学刊物《绿洲》,那时用的名字是杜纹呈。

《文艺时代》一问世,即引起南方读书界的注意。作家刘北汜当时在上海《大公报》上如此评价它:"这刊物落到手里的第一个感觉是沉重。说明了它的分量,说明了支持它的人所具有的大决心,而内容正如它的篇幅,也是沉重的。"编者在《创刊致辞》中主张,文艺作品应该反映一个国家民族的萌发、滋长、受难和奋斗,更重要的是"预言它的命运并指示它的方向";又指出当时人们仍处于水深火热黑暗时代,文艺界也仍然在寒冻期间,离花期尚远。

老作家朱光潜、冯至、谢冰莹、徐祖正、常风、刘荣恩、毕奂午、杨丙辰、沈宝基等都发表了作品。当时比较年轻的北方作家如吴兴华、李道静、毕基初、李瑛、张守常等人也有作品发表。朱光潜先生发表了《论灵感》，谢冰莹发表了《咏芬的死》《一个女游击队员》等散文。那时冰莹刚从大后方到北平不久，计划写一部《伟大的女性》。据她说早在抗战期间，她在西安编《黄河》杂志的时候就想写这部书了，借以纪念为国献身的姐妹们。"现在抗战已经胜利，这些无名女英雄的忠骨不知埋葬在何方，我虽没有力量去替她们立碑扫墓，但就我所深知的十几位女性，我一定要把她们介绍给社会……"《咏芬的死》中的张咏芬，是一个战地护士，单纯可爱，在日寇第二次进攻台儿庄时，因突围不成功而自杀。我不知道冰莹女士最后是否完成了这一写作计划。

北京沦陷期间的青年作家毕基初，在《文艺时代》上先后发表了小说《没有枪的两个》《永定河边的射手》《奸细》《谷熟镰刀响》。当时他正在北京艺文中学执教。解放后偶有所作，后在北京市朝阳区文教局任职，"文革"中故去。吴兴华是燕园诗人，诗富哲理，又精译诗，已故去。还有当时刚刚离开燕京、正走向舞台的孙道临，发表了《春天向我们的心上落雨》等三首抒情诗。

李瑛、张守常、李道静是沙滩北京大学的诗人、散文家。李道静写了不少小说，散文多忧郁之作，后来到天津去教中学，已故。张守常现在是北京师范大学历史系教授，当时他在《文艺时代》连载了五幕话剧《生死路》。剧本描写了抗战中鲁西北一个小县城的生活，那是发生在他故乡的真实故事，人物给人以活生生的感觉。

南星在自己主编的刊物上也发表了诗与散文。还有署名"中行"的散文，当是张中行先生。他与南星是北大的老同学，多年来彼此没有中断往来。《文艺时代》的停刊，主要限于经济条件。张中行先生说，南星先生近年已由远郊县迁回城内，因为老房子要拆迁。但，张先生并没有提起南星先生创作或翻译的近事，我们都愿意听到他重新握笔的消息。

南星与《春怨集》

刘福春

1980年1月,我从吉林大学中文系毕业,分配到中国社会科学院文学研究所现代文学研究室工作。因为一直喜欢新诗,于是就选择以此作为研究方向,从此开始了寻诗之旅。首先做的是原始报刊的查找与阅读,其次是新诗书刊的寻访与收集,再是新诗作者的追踪与联络,没想到竟蹒跚了近四十年。最近将与诗人往来的书信找出,翻阅一页页有些已经变黄甚至发脆的书简,不觉感慨万千。现如今书信的作者已大都远去,作为受信人,我也是白发满头。于是,抽出时间做了初步整理,打算围绕信件的内容撰写一些相关的文字,为研究者提供一点资料,也借此重温这漫长的寻诗之旅。

1982年,我承担了国家社科重点项目《中国现代文学史资料汇编》中的《中国现代新诗集总书目》的编撰工作,开始了一段真正的寻诗之旅。北京、上海、广州、长春、重庆……先后查阅了五十多家图书馆,对新诗集出版情况进行了系统地梳理。

　　南星的诗集,我找到了《石像辞》《离失集》两本。大约1982年底,在北京图书馆(现国家图书馆)书目卡片柜中查得南星的《松堂集》,以为也是一本诗集。等书调出,才发现这是一本散文集。不过也有收获,书中《忆克木》一文,让我了解了诗人的交际。为掌握更多的情况,便致信金克木,不久收到复信——

刘福春同志:

　　信收到,因我已不在东语系(现归北大南亚研究所),且忙于搬家,故迟奉复。

　　杜南星,原名杜文成,北大西语系毕业(1935?—6?),河北人,诗集有《石像辞》等,沦陷时在北京教书,胜利后曾去贵阳教书。现已退休,住北京郊区。我和他抗战前他在北大读书时认识,以后至今未能再见。他的《忆克木》我看到过,但人未见到。他会英文、德文,听说现还在翻译。

　　《朔风》上登的《招隐》大概就是我在上海《现代诗风》或《新诗》(戴望舒编的)上登过的那首(是"十四行"吧?),因为是在沦陷区北京刊出的,而我在"大后方",所以南星拿出刊登时将名字去掉一个字,这事我不知道,到战后才由吴晓铃同志告诉我。吴在你们研究所,他认识南星,是北大同学。你可以向他问询情况。

　　敬礼!

金克木
1983.1.20

　　金克木复信对南星的介绍虽然简单,这对当时的我来说已很满足，重要的是还提供了继续查找的线索。至于信中"《朔风》上登的《招隐》"一事我将另叙，在此不赘。现自己怎么也弄不明白的是，收到金克木复信后，我为什么迟至1984年12月10日才致信吴晓铃先生。

吴晓铃先生的复信很快：

福春同志：

　　十日大函收悉，迟复为歉。

　　金克木这人好坏！他和南星比我熟，都是望舒发现的诗人，即：望舒在他编的《诗刊》上首次发表其诗作也。

　　我是在一九四七年间和南星认识的，他姓杜，北大外语系毕业，比我早，似乎和其芳、广田、之琳同时。我是通过北大同学张中行认识的，你最好写信问问他。中行在人民教育出版社工作，老了，不怎么上班，住在儿子家：北大十一公寓203宅。

　　不是踢皮球，我还查了《北大历届同学录》，姓杜的很多，就是对不上号。

　　听中行说过，南星在本市某保密院校任英语教授，保密嘛，故未问。我知道他老早就译出过《哮吼山庄》。

　　祝撰安！颂年禧！

晓铃手白
1984.12.20

又及：还有位新诗人马文珍，他在清华图书馆工作，有《北望集》等，不知您入目否？

查日记，我1984年12月26日去长春和哈尔滨查资料，之后回老家过春节，1985年3月3日才返京。吴晓铃先生的复信应是从东北回来才见到的。这次我没有耽搁，马上给张中行先生写信。3月12日我收到张中行先生复信：

福春先生：

奉手教。南星先在国际关系学院任教，"文革"中退休，目前在京北怀柔县北大街十号休养。我们交往很多，知道他数种诗集都已失落。我书橱中可能有三种。又所存书中可能还有俞平伯和于赓虞的。又天津一人，名已忘，为南星之友，记得曾送我诗集一种，经过"文革"变乱，迁居，能否找到则难知了。承问，谨奉闻。我每周二至五在人教社，有事通电话为便，44，2931，分机85。匆匆。

张中行
3，10

我收到张中行先生信的当天就致信诗人南星，并于3月15日上午去人民教育出版社拜访张先生。张先生很健谈，讲了一些有关南星的事。可惜的是我至今都没能养成做笔记的习惯，日记也是简单的流水账，因此现在回忆所谈之事已很模糊。好在扬之水兄是有心人，她1987年10月19日拜访张中行先生也曾有过关于南星的谈话，她在《关于南星先生》一文引用了那天的日记：

与我谈及先生之挚友杜南星，欣慕之情溢于言表。道他乃极聪慧之人，不仅是诗人，而且就镇日生活于诗境之中。并说，世有三种人：其一为无诗亦不知诗者，即浑浑噩噩之芸芸众生；其二为知诗而未入诗者，此即有追求而未能免俗之士；其三则是化入诗中者。而杜氏南星，诚属此世之未可多得的第三境界中人。

关于南星，张中行先生曾撰写过《诗人南星》，文章不难查找，在此就不赘述。拜访张先生另一收获，是知道南星除《石像辞》《离失集》外还有一本诗集，而且张先生答应下周从家里带过来。于是，3月20日我又一次去了人民教育出版社，见到了南星的诗集《三月·四月·五月》。

又有了新的收获，4月3日我又一次致信诗人南星，请教诗集出版情况，并附了一份查找诗人的名单，终于得到了南星先生的回信：

福春同志：

前后收到两函，谢谢。因健康情况不佳，家里有病人，又有客人，竟忙得喘不过气来，迟复，万分歉仄。

《石像辞》，由上海新诗社出版，《离失集》系自费出版。《山蛾集》由上海文帖社出版，我仅见广告（刊于《文帖》第2期），未得书。《寄花溪》诗稿久已失落。《三月四月五月》，47年由北京文艺时代社出版，其中二首被选入四川人民出版社82年印行的《黎明的呼唤》。

在想要查找的诗作者名单中，我只知道王梦白的地址是哈尔滨黑龙江师范大学；石樵久已逝世，他是王梦白的好友，可以向梦白询问他的诗集情况；田植萍不知今在何处，他有一本诗集，名《落月集》。

匆匆，敬颂笔安。

南星
4，12

信后还附有诗人简历。至此,我以为弄清楚了南星的全部诗集出版情况,于是撰写了《南星和他的诗集》,介绍南星已经出版的三本诗和未能出版的两诗集,以《寻诗散录(之三)》为总题刊于《中国现代文学研究丛刊》1991年第1辑。

实际上,除了这三本诗集,南星还有另外一本诗集。这当然是后来才知道的。1995年4月2日,我去国际关系学院拜访已从怀柔搬回城里南星先生,临别时南星先生讲他还有一本诗集,记得好像是《春怨集》。因为我已走到门口就没有多问,想改日再次拜访,没想到南星先生于1996年10月16日病逝。从后来的一些资料查证,这本诗集确是《春怨集》。封世辉编著的《中国沦陷区文学大系·史料卷》(广西教育出版社2000年4月出版)写得很确切:"1940年自费出版了第三本诗集《春怨集》。"陈子善兄送我的大著《梅川书舍札记》(《点滴》编辑部2011年6月编印),书中《不要忘了南星散文》引用了南星1996年1月13日为其提供的简历,也有这本诗集,不过书名笔误为《哀怨集》。

查我收集到的诗集资料,只有一本《春怨集》,作者署名是林栖。据《中国沦陷区文学大系·史料卷》,林栖是南星的另一笔名,由此可以断定此诗集为南星所作。有趣的是,《春怨集》并非原创诗集,而是一本集句集,所集均为应淡的诗句。这也许就是这本诗集没有署用常用笔名的一个原因,或许也是因此南星在给我的简历中一直没有提到这本诗集。至于"应淡",并未发现有这一位作者,但从南星交往的诗人中很容易想到朱英诞,"应淡"与"英诞"同音。这在1943年9月《文学集刊》第1辑刊出的沈启无《闲步庵书简钞》中得到证实。沈启无致朱英诞信中讲:

春怨集句亦是新诗佳话,一怨字却颇有南星的"我相",若足下殆犹是"仙藻丽秋风"欤。或者仍当以春知名集。贺东山有词云，凌波不过横塘路，但目送芳尘去，锦瑟华年谁与度？月桥花院，琐窗朱户，唯有春知处。这个春知处的句字真写得好，此幽独美人乃不觉在想望中也。春怨集南星允再送来几本，以便分与同学们看看。已经题我名字的那一册，仍请便中带给我，凭不厌乎求索，想或不以为笑。

致南星信也说：

春怨集句颇有意思，希望再送我几册报纸本的，此间同学亦多有爱好新诗者，拟分与看之。

我想再做进一步的查证工作，但因当时在图书馆查到《春怨集》只是抄录了诗集的目录，无法将《春怨集》与朱英诞的诗作进行比对。去年春终于托朋友在图书馆复印来完整的诗集，下了几天笨功夫，在1939年12月10日《辅仁文苑》第2辑朱英诞的诗辑《紫竹林集》找到了一些蛛丝马迹。其中全部查到出处的是《绿窗》：

绿纱的窗子是年青的夜，
葡萄熟透了在无花的路上，
我看见石像孤单的，
白云乃牧羊的良友。
这里可以没有伴侣，
花是对宇宙满意而开的吗？
一只蝴蝶也如负重而飞来，
花阴遂做为说梦之场所。

这首诗的诗句全部集自诗辑《紫竹林集》中的诗，第一句出自《冬月》，第二、三句出自《归》，第四句出自《阳光的林子》，第五、六句出自《道傍的园子》，第七、八句出自《夏之来去》。为便于比较，现录《夏之来去》一首如下：

> 琉璃瓦如波的流下了大雨来
> 有看着行云作出城之行
> 乃默读一篇悼文似的
> 青松对着白石永久如诉的
> 夏日的雨丝自然如感泣
> 蓝天里雨丝与红月之斜线
> 一只蝴蝶也如负重而飞来
> 花阴遂作为说梦之场所
> 夏至的绿叶更绿一番了
> 雨后的花开清醒之使命
> 远处笛子那是无言人的
> 到青山的小腰看夏之来去处
> 游子的光阴与乌云俱远了

功夫不负有心人，这让我有了更多发现的野心。刚好王泽龙兄寄来所选编的《朱英诞现代诗选集》（长江文艺出版社2017年10月出版），我又向陈均兄讨来他编的《仙藻集·小园集——朱英诞诗集》（秀威资讯科技股份有限公司2011年11月出版）的电子版。王泽龙和陈均都是研究朱英诞的专家，这两本诗集的选编体现了他们在诗人文献整理方面所下的工夫。遗憾的是，诗集所收的诗作，作者都做了较大的改动，像前面引用的《夏之来去》，已改为：

看看行云，出去吧
默诵一篇悼文
青松与白石相对无言
人啊是多么好事
蓝天里雨丝和斜阳舞蹈
一只蝴蝶如负重而飞来
花阴遂作为说梦的场合
夏至日绿叶是更绿一翻了

诗的题目也改成了《说梦》，据此来考查，怕很难确认《绿窗》的第七、八句集自这首诗。我能选择的也许只能是急流勇退，所希望的，就是能有专家和感兴趣的朋友来关注。

《春怨集：集应淡句》，林栖著，1940年出版，为"喜雨丛书"外集第二种。收有《春怨》《绿窗》《青灯》等诗十八首，分为三辑。有应淡《序》《后序》和林栖《编订后记》。为便于对这本诗集有更多的了解，现将诗集的序跋抄录如下：

《春怨集》序

据云集句起于王安石,考据的事情不慧未能详知,我只记得王安石不及陈后山改前人句反多佳胜,若作章句观当然也是后不如前,但是我不大喜欢那个"章"的古法,这是很奇怪的,世人现在仍多唐宋的分争,这种话也应该少说为宜也。清汤传楹著《湘中草》中诗前附一寄尤西堂小柬云:

"近偶过一家,见有以书籍覆酒瓮者,取视之则李青莲集也。急欲易归,而纸角已濡湿瓮间,剥落殆尽,仅青方幅,且无他书可易,怅然舍之。因念青莲一酒中圣人,今其文集犹恋恋于此,岂酒债未完耶?……遂口号一诗以记其不幸落菜庸家,屈辱至此。又念以青莲之才至今为诗家俎豆,尚不免覆瓮之辱,则凡才不如青莲,其著书之传于后,而浮沉于市肆酒家者,或覆甑,或粘窗,或为甲乙帐簿,或为刀尺剪裁,其屈辱固当十倍于此,不遇知者,亦竟谁赏之而谁赎之耶?乃知吾辈穷年苦神,虽有著述,仅足自娱,至于身后之名,则仅有幸不幸。书生家怀玉自宝,望为必传,惑矣。……"汤卿谋是清初才人兼类有道者,二十五岁死,是尤西堂的好友,其集即附于尤著中,闲中亦有时喜翻阅。这"惑矣"二字说个多么恰好!我们更不必多加赘注,且做整个的文抄公可也。又《幽闲鼓吹》中有一节云:"李藩为侍郎,尝掇李贺歌诗为之集。序未成,知贺有表兄与贺有笔砚之旧,召之,见讬以搜访所遗。其人敬谢,上请曰:某尽得其所为,亦见其多点窜者,请将其可辑者视之,当为改正。李公喜,并付之。弥年绝迹,李公怒,复召诘之,其人曰,某与贺中外,自小同处,恨其傲忽,常思之,所有者,一时投于溷中矣。"溷,俗所谓"茅楼儿"也。

四唐三李,都是才子的"命",而有两位已经有这样故事,那一位也不怎么样,我们是更不必说了。只是一个人工作的时间多了,总要有点休息,休息不一定非兀坐,坐忘不可,室外的运动之外如看书,作草字,谈天说地,或作闺谑,甚至于集句,均无不可也。我很羡慕工人们单有茶时间,如曰"喝茶去了",这个我们就没有,此虽细事,然而有点惭愧。栖兄忽然集我的诗,这个乍一听很有些惶慌,然而一想也即得了然。又让我写一篇序,我却太难,为什么呢,集句的事情我固别无反对的理由,但是这究竟是我的什物,有如书箱换个方向,从西墙搬到东墙耳。我自己的诗我喜欢是不成问题,然而不能便满意,要说好更是不对的,我其实只是赞成小林兄此举而已。集句的书寒斋只有一部集唐,集曰《钉铰吟》,清贵筑石赞清著,这家伙似乎专门会集句,在序里又引用郑板桥覆瓿之说,其人盖稍可知。最后自记,集一诗曰:

旧制新题削复刊,阴阳差互不成丹,甘泉未献扬雄赋,客路虚弹贡禹冠,语少渐知寒思苦,愁多惟怕酒杯干,等闲缉缀闲言语,付与诗人一笑看。

若林栖则正可比于吃茶谈天的时候已届，我不反对其集句并不是我的护犊子，理由已详上面，则观众如送给店家包落花生伍的似亦不可阻拦耳。

二十八年十二月，应淡书记。

《春怨集》后序

栖兄想为其集句集取名曰春怨,这个书名有点喜欢,盖可以列入我的一点回想,即少小时候所受的旧诗人的影响,也就是王昌龄的春怨、秋怨、闺怨、宫怨等与边塞等的题目同样的多所爱好,那果是唐代所独有的特色,所谓醇酒妇人也。后来清代又有死灰复燃之势,却已经如木乃伊似的乱跑了,此无他,乱真而已。

春怨虽然源出于乐府中的班婕妤故事,好像又与投笔的典实有点缠夹,其实我们还是只喜欢王龙标的诗,金圣叹评《会真记传奇》,到后来似乎大不满意,只见其唯以"不通不通""一片犬吠之声"等断语以了之,想起来就有点可乐,因此我也想到有人惋惜地说他未能等待着《红楼梦》出世而批之,他大概没那末大工夫罢,他在《西厢》里关于春怨的诗云:

"只知道王龙标悔教夫婿觅封侯诗,其妙在第一句'闺中少妇'不知'愁'字,第三句忽见'陌头杨柳色'字,非妙于第四落句也,盖其通首有闺中'中'字,少妇'少'字,'春日'凝妆'上翠楼'字，全副皆写不知神理，而又别用'春日''上楼''柳色'等字，全副又写忽见神理，此分明欲于一顷刻中，写得此妇实是幽闲贞静，忽地触绪动情，所谓国风好色不淫，其体有如此也……"圣叹谈诗，我们可以加以信任，有"第四才子书"及"唐才子集"①可以证明，他不会多劳我的驾也。江宁闺怨诗第一句"不知"一做"不曾"，恐是王渔祥所改，今不暇去察《全唐诗》，姑附识于此，感春的事情照例有过，然而我已经编好一本小集曰《春知集》，并写得一题记，说明其缘起于"恋神祖"武则天的诗。所谓"明朝游上苑，火速报春知"。据说Laplace临危时说，科学是区区琐事，只有爱情是真实的。这就仿佛爱鹅的王羲之的儿子之遗语一样，这个我无所动于中，或可以反证春怨欤？这个我也莫名其妙，盖鄙人也，何敢跟栖兄班门弄斧谈爱情？若春怨实在先有了春知，这却也是一段因缘，不可以不奉告者也。

林栖从我的小集其三、其八及其十二三等四卷中集出十八首，书虽薄而量已不算不多了，这可以说是他个人的东西，有如泥土里种出了白菜来；怨而不怨，不慧固别无反对，先后写了两篇序和题辞，都是题外想说的话，因顺便足成之而已，若谈到诗，诗何足道哉。应淡书记。

二十八年十二月二十九日

---

① 应为《唐才子诗》之误。——编者注

《春怨集》编订后记

写诗难,做了现代人写诗更难,盖许许多多绝妙情景皆被古人占先写了出来,我们一旦有所吟咏,必须完全以新感觉为准,若有真实诗意,而恰与古人暗合,只得丢下笔墨去读人家的了。这虽似乎是一种委屈,其实也并无不上算之处,《孟德新书》尚不足惜,况一张白纸乎,欲求名利者又当别论也。

集句不知始于何人(请应淡兄考据之),其为聪明人则无疑义,自己有感,却借了前人生花妙笔,一支不足又求其多,于是左右逢源,只要在组织上费一点心,即斐然成章,并无抄袭之罪,原作者见之,也只得笑而不言。

我第一次看到的集句是《牡丹亭》作者的一首集唐,那时候颇喜其天衣无缝,想不到今日自己也来偷闲了。然此前只有集古人句,现代人集现代诗的从来没有,有之始于吾友HT集拙句一首,题为"寄意",细心读者想早鉴之矣。其中自是他自己的心情,我这几章集句则不然:应淡兄著作繁富,迄今已三十六种,而诗集几占其半，我虽有拜读全部之福，世人谁复能"雪夜闭门"哉。应淡兄诗情纵横上下，变幻如风云，读者若对其人少所了解，对其诗恐亦少所了解，然而篇章间，又多有美丽如话之句，我岂敢惜一集之劳使诸君不得共欣赏乎。每章例定八行，并妄加题目，至其内容则仍保留原作者"喜悦是美"的心情，毫无我的悲哀掺杂在内也。集成，应淡兄曰："这当然是你的。"我非泰山石也。他答应写序并写后序，盛意可感。一九三九年冬林栖记。

（原载《新文学史料》2018年第2期目录）

海豚驮来了那颗南星

沈胜衣

　　十多年前,我自编过一册笔记《百年散客吹尘录》,将近代以来自己欣赏而又未见专集的文人学者散见于报刊、选集的文章与他人评介题目,抄入作为私人索引。随着学界、出版界对尘封的文学史不断深入发掘,那一大批"散客"的作品陆续重印重编,这册笔记也逐渐完成使命,但要到现在,海豚出版社推出了南星的《甘雨胡同六号》,才终于补齐笔记中最后一个主要缺口——这可见南星的姗姗来迟,以及我心情的圆满。

　　先说说此书所寄寓的"海豚书馆"。这是沈昌文、俞晓群与陆灏再度"三结义"的成果。此前,辽宁教育社的"新世纪万有文库",内容精选,篇幅精炼,书目避俗出新(重新挖掘出土的旧著也是他人未及的眼光);同出于二十世纪九十年代后期该社的"茗边老话",首试小巧的硬精装设计风格;近年上海书店的"海上文库",则正式带动了小三十二开硬精装风潮。"海豚书馆"结合了这几套丛书的诸种好处而又加以改良,所分系列更完善全面;装帧上,拉斐尔前派风格的唯美书衣,图案细密而又简约,情调丰饶而又安静。这样一匹新生的海豚,文秀俏丽,娇小可爱,令人眼前一亮。毛尖为此撰文感慨说,传统纸质书受电子阅读冲击,前景令人绝望,但就算纸质书要死,"海豚书馆"这么美的书也"会死很久"。关于电子书与纸质书的关系,最近在香港《明报》上读到刘凌冰一篇专栏,提供了迄今最美妙的比喻:电子书确乎有着书的"灵魂",但纸质书却有着让人可感知的、赏心悦目的、记忆更深刻的"肉体","读书不只是一种精神旅程,也同时是肉身的经验"。说得真好。这匹海豚,正正给我们带来了传统书籍的肉体之美,几乎是又活了过来的惊喜。

当然,这套小书能吸引人,关键还是内容"有料"。像诗人、散文家、翻译家的南星,最后一次创作结集至今已六十多年,海内外都不曾印行过他的书(除了翻译作品),也不受主流文学史家重视,我收集到的评介文字不过十来篇,大多数还是评论他人或其译著而顺笔及之的;据姜德明《读〈甘雨胡同六号〉》说,南星一九九六年病逝前,老友张中行曾张罗为他出诗文集,但后来没有了下文;而我曾不自量力地"向出版界作微弱的一呼",八年前在网络上贴过一文《呼唤阿索林——兼及南星》,自然也没什么作用。直到现在,海豚驮来了这颗长期湮灭的寂寞南星,真让翘首久盼的我欢呼"善哉,善哉"。

为此善举的是"海豚书馆"中"红色系列(文艺拾遗)"的主编陈子善,他总能做这种钩沉拾遗的善事。他本人曾与南星有过联系,很喜欢南星的散文,遗憾于南星的冷落,积愿多时后,编出了这个新集子。内容包括一九四七年初版的《甘雨胡同六号》原集

（这本南星最后出版的散文集，罕见到连贾植芳等主编的煌煌巨册《中国现代文学总书目》都失收），以及一些当年报刊上的集外之作。虽仍不能全面反映南星的创作，"毕竟是他的散文风貌（在当代）的首次展示，我为多年的愿望得以实现而感到欣慰。"——陈子善《出版说明》最后此语，也是我的心情。

话说回来，南星不过早年写过几本薄薄的诗集文集，编过一阵子文艺刊物，终身的主业是教授英文，他翻译的古罗马奥维德《女杰书简》、辜鸿铭《清流传》、温源宁《一知半解》等都比他的创作还要更知名些，然则几被遗忘也属正常，为何能让我私心倾慕呢？

首先是其人。早年读张中行的《诗人南星》一文，让我一下就爱上了这位"世说"式人物，留下深刻印象：总是心不在焉漫不经心，不在意世间事；生活与读书写作都毫无计划；不进取，有才而不善用才；因这随便散漫而名气与建树都不大，生活困顿；但却"不粘着于世俗，不只用笔写诗，而且用生活写诗……是跳过旁观的知，径直到诗境中去生活"，让长期与他交往的张中行都感叹自己远远不如。

然则，南星是一位真正的诗人。不是每个"写诗的人"都称得上"诗的人"，南星却正配。张中行写记前辈友朋，题目一般就用其名号，对南星却少有地加了这一定语，是郑重而确切的。他也是一位真正的隐士。不仅现实生活隐于乡间，让张中行倾心神往、自叹惭愧；更在文坛名利圈中不显山露水，解放后寂寂无名，隐掩埋没。

这种不逐世途的"隐美"当然也是惆怅的，然而，这寂寥怅惘，却又恰恰挈合着南星的作品风致。对于其文，张中行称为："词句清丽，情致缠绵，常常使人想到庾子山和晏小山。"姜德明则认为近于他所喜爱的西班牙作家阿左林的情味，"文字细腻，有点迷离和感伤"。但总之,正如陈子善所说,那种"忧郁的氛围,深长的意境","是独树一帜的"。

且看此书,一个突出的主题是:故居。

点题的《甘雨胡同六号》,写他在北京所居的一个美丽院子。那是年轻的日子,他和三两知己在此读书,谈天,看花,做梦,与静美的草木"一起分享清凉的雨和美好的阳光,什么样的生活!"离开之后,依依不舍,"灵魂的一部分遗留在那儿",长久地,"以回忆为安慰","耽于回想故宅中的景象"为"自娱"……去年第二期《收获》上有王圣思一篇《情系甘雨胡同六号》,记写了诗人辛笛、沈启无和南星先后入住过的这胡同旧宅(现已消失了),他们都留连难忘,在三十年代,南星已至少给辛笛写过两首赠诗抒发对这院子的喜爱;四十年代写下这篇悱恻动人的怀想之作并用作集子书名;到七十年代末南星与辛笛重新联系上,在致辛笛的诗中又一次提到"甘雨"。真可谓念兹在兹,毕生情怀难释。

然而,也不仅仅是为了这片"甘雨",在其他文章中,也经常出现相同的主题:与旧友在旧地重逢的梦(《我在J的家里》);重回旧地,怀旧念远,回味从前简单空洞而又丰富满足的生活(《宿舍的主客》);再走一走曾经与友人走过的地方,从前,繁花与希望都在歌笑中应声开放(《山城街道》);无尽的岁月流转中,旧日的气息不时流溢:当初寄居时的对坐倾谈,想象中的愉快(《旅店》)……写得最美的是《走在一条长长的河岸上》,在故地,在被砍去的花树与留存着的花树之间,"等远方的人回来",想象重逢的情景:互相倾诉别后的故事,"然后,若恰巧是春天,我们看着这儿的海棠花朵和久枯的梨树,必有长久的沉默。"——犹如一帧恍惚的清梦。

张中行记南星"常常搬家","生活近乎旅行"。这种经历当然会反映到作品中，但写得如此密集、深切、低回，恐怕还是出于有意识的提炼吧，他通过这个题材表达了一种哲思：人生如寄，美好尽在往昔。"阴暗而庄严的岁月来了。一切我所盼望的我所珍惜的都在远处。"他将故居以及相关的回忆、重逢，上升为生命的本质、形而上的寄托，这就不应仅以文人闲愁视之了。而我，对于那种青春故园的怀恋心情，亦能深深理解。

这样的一颗南星，注定孤独。他总是从邻家的笑语中才得到安慰和愉快，直到，邻家也孤独下来（《寒日》）。人与《秋花》，交换着流年之感。召唤了好些从世界上许多地方飘来的《寂寞的灵魂》，那样遥远的阻隔与梦丝般的联系。他只能用诗意朦胧的幽词丽句，写出心里动荡着的"一些冥想与回忆"（《更夫》）。

辑录于最后的三篇换了一种格调，因为写的是他的诗人朋友。《忆克木》，后来的哲学家金克木，年轻时曾是一位对恋爱"喜欢不即不离""与世相投"却又出世潜思的诗人，"一个既然无可奈何无妨随缘自在的人"。《读闻青诗》，南星也领悟到要安然接受无可奈何的命运了。《读〈出发〉》，路易士（纪弦）其实与他一样，"一切都是诗。"——这些评论也等于是自表，让我们换一个角度去认识南星。

南星在《锡兵》中，用他那些"没有意义的柔和的话"，道出了一些不能实现的幽微情愫，也道出了对旧书的珍重怜惜，令人动容。但愿，有更多人珍惜这本时隔半个多世纪的小书，也但愿再能读到南星那些"情深意远，动人心魄"（张中行语）的诗集，以及《吉辛随笔》等作者与他际遇、性情相似的译著——当然要的是纸质书。美好的时光过去了，至少我们可以经由同样美好的带着体温的书，实现《甘雨胡同六号》中的痴念："对门里的人说了再见，好像是还有回去的日子……"

情系甘雨胡同六号

王圣思

一

用"甘雨胡同六号"做散文集名的是前辈作家杜南星先生,与这个地点有着更早因缘的,还有我的父亲王辛笛。

父亲辛笛一向喜欢北京的胡同以及一扇扇开向胡同的四合院门,早年他住在北京,每逢春秋天气晴朗之时,他爱抬头望见胡同和四合院上空高高覆盖着的蓝天,耳边还听得一阵阵传来清越的鸽哨,顿然会惹起无限的遐思。有时胡同里还会迈过一列长长的运煤驼队,那沉重的蹄声和曼长的驼铃声相应和,立刻就会让人意识到离北京城不远的就是长城,以及长城外的朔方沙漠。北京的民居以胡同为特色。胡同,在北京系指街巷通称,据说始于元代,从父亲的散文和他平时的言谈中可以感受到他对胡同的记忆与依恋。

父亲尤其不能忘怀的是二十世纪三十年代中期北平的甘雨胡同六号,那里留下了他不少温馨的记痕。一九三五年他在清华大学西洋文学系毕业,找到在城内两所中学教书的工作,有一年的时间就住在甘雨胡同六号。当时贝满女子中学在灯市口,艺文中学在南长街。而甘雨胡同和金鱼胡同平行,在北面相隔两条小巷,东端通米市大街,西端就是王府井大街,他每天步行去两校教课很方便。

　　甘雨六号原是一所不起眼的道观,香火久废,主持的道人索性把它改作变相的北方客栈,供单身客人租用,他也就成为二房东。道人是个红光满面的胖子,和善豪爽,见面总是今天天气哈哈哈,多话也无。父亲租住在道观后面的右方小院,住房仅一小间,但关起院门,自成院落,显得十分幽静,和大殿前院隔着一道短墙,只有花开过墙来,彼此各不干扰,相安无事。小院也有花有木,长着一棵山桃树,窗下有一株丁香,春天来临,给小院点染热闹的色彩和气息;由于居住地点合适,去市场去学校都不过隔两条街,而繁嚣的市声却只隐隐地传来,觉得辽远,有时也会飞来几只小鸟,在枝头啁啾为乐,陡增一些野趣,也给这院落的平静添加一点韵响,这些都给父亲带来创作的灵感。一首《丁香、灯和夜》正是吟咏灯光下的树影、窗外小院夜景和丁香花姿等风致给抒情主人公的印象和遐想:

　　今夜第一次
　　我惊见灯下
　　我的树高且大了
　　花的天气里夜的白色
　　映照中一个裙带的柔和
　　今夜第一次
　　我试着由廊下探首窗间
　　绿窗有无声息
　　独自为主人

描一个轻鸽的梦吗

一九三六年四月甘雨六号

这首诗发表在同年天津《大公报》七月十七日的"文艺"副刊上。

不过,父亲入住甘雨胡同六号后所写的第一首诗并不是《丁香、灯和夜》,而是《二月》,作于一个有风的月夜。这首诗写得轻快明晰,可见他住进甘雨六号的好心情:

"HT,你喜欢家吗?
——隔院的花开过了墙。"
但我更爱北国春日之迟迟。
看高风下,
晕了酒的月亮安心。
你知道,
当轻马车轻碾着柳絮的时候,
我将是一个御者,
载去我的,或是你的,
一蓑风,一蓑雨。
"是的,朋友,二月雨如丝,
——二月的好天气。"

"HT"是父亲辛笛英文名字的缩写,西文系相熟的同学有时写信写诗写文,往往会用"HT"称呼他。《二月》原诗题为《无题》,写作时间是一九三六年二月,父亲一度觉得这首诗过于轻灵,在三十年代编选《珠贝集》时予以删除。其实,轻灵明快自然正是此诗的特点，在他的创作中不太多见。后来他还是收入了四十年代出版的《手掌集》中，改诗题为《二月》，全诗修改得更为精炼。而最初是以《无题》发表在一九三六年四月创刊的《绿洲》第一卷第一期上。《绿洲》正是诗友杜南星（原名杜文成）以杜纹呈的名字主编的，这是一份综合性的文学刊物。看似薄薄一册，内容却很丰富。刊物题字是朱光潜，栏目分为论著、诗、小说、书札特辑、散文和戏剧等。论著的文章有朱光潜的《论灵感》、梁实秋的《农人皮尔斯之幻梦》等；同期发表诗作的除父亲外，还有陈敬容《等待》、金克木《美人辑第一》、曹葆华《无题》、徐芳《杜鹃》等，还有李健吾译诗《献给失败的人们》（美W.Whi-tman）、卞之琳译诗《风神》（法P.Valery）；书札栏目有唐宝心以叶宜为笔名的《叶宜致妹书》、南星译《歌德致妹书》；散文栏目有冯至译《给青年诗人卡卜斯的信》（德R.M.Rilke）；等等。

二

父亲还有一篇为人们所喜爱的日记体散文《春日草叶》也在这个地方写成，写作时间为一九三六年二月二十日至三月二十八日，全文落款为一九三六年北平甘雨胡同六号。日记记载了个人生活的印迹，有抒情、感怀、沉思，从中也可以看到他与友人的交往，课余逛书店买书，平日读书感想及所看电影的印象等。

在甘雨胡同六号，他备课或批改学生作业，闲暇中不时有好友或同学来访，谈笑之声达于户外，也无人干涉，偏处一隅，俨然另成一个世界。来得最多的还是他清华大学的校友孙晋三、高承志及比父亲低一年级的唐宝心等；还有一位就是北京大学西洋文学系学生杜南星，与宝心曾是通县师范学校的同学。南星的年龄比父亲大两岁，但入学时间却晚一年，在大学读书期间也已发表诗作。在诗歌创作中他与父亲互相欣赏，因为爱诗，爱友人，课后也常到甘雨六号去坐坐，同样喜爱这美好静谧的居所。在那里他们一起谈诗，谈友人，谈人生的感悟。在《春日草叶》中写到南星的有日记三则，父亲用"N"来表示，这"N"正是南星英文名字的缩写。

三月六日　黄昏，N和P同来。在大鸿楼用饭，席间N和P订约，N说一礼拜内不给他的朋友写信了，表示得很够诚恳，但是我仍然相信他们有着更大的诚恳，那就是他宁可请我们吃一餐也要犯了约。

多风的夜，近圆的月是一盏明暗的天灯。

三月七日　N二月十日写的信今天才收到，他是寄到天津去的，家里又给我转了来，这信在路上的日子长得蹊跷。邮戳却一律是三月六日。大约是一直在绿邮筒中压了一个月才给检出来，信内没说什么，提到他的病。

"在我的希望里，还有阳光，有春天，有友人。这是一个病者的思想么？"

我很欢喜，因为昨天N来时，我已告诉他说不知下落，那么今天这不能不算是意想之外的收获了。

三月十四日　下午又来往北大市场之间，晚间是N认罚，请P和我用饭。饭后在国强饮咖啡，不约而同地想起巴黎的友人——写了"朋友，我告诉你，我爱喝咖啡，我爱那苦中的甜味"的XZY。……

父亲晚年曾回忆起日记中所记的内容,当时南星正在恋爱,曾和宝心(即文中的"P")打赌,一个礼拜之内不给女友写信,否则请客吃饭。他"表示得很够诚恳",但父亲相信他"有着更大的诚恳,那就是他宁肯请我们吃一餐也要犯了约"。果然如此,所以到三月十四日就"认罚"了,请两位好友吃饭,足见父亲对他的了解。饭后他们喝咖啡时想起共同的友人——在巴黎研究法国作家纪德的盛澄华(即文中的"XZY"),想起他自法国的来信中提到他所爱的咖啡。而南星早在二月十日发出的信直到他们三月六日见面时父亲还没收到——"不知下落",但次日却意外地收到了,因此让父亲"很欢喜"。

也是在甘雨六号,父亲收到弟弟辛谷在一九三六年三月从天津写来的一封来信,流露出动荡的时代对年轻敏感心灵的打击:

我立在前月台微温的阳光下,是春天了,我却感觉不到春天的意味。

昨天下午为几个考取航空的同班生开临别大会。大家的心情是黯淡而凄凉,互勉励的话充满了青年人的烦闷与悲痛。灰色笼罩了所有的人心。

人类的社会原应为幼小者们着想,为后天的弱者留地步,而现代并不如此,这就是"为什么个人要牺牲自我,为什么要以他人的利益为前提,去奋斗去克服"的理由,这就是我看完《块肉余生》后的感想。

哥哥,在大时代的动荡中,个人算什么呢?

父亲读了信却"不想说什么话,是没有泪的沉默"。照理青年人是朝气蓬勃的,充满幻想,富于憧憬的,但辛谷的信让人看到这不仅仅是他面对社会的个人感受，而且是一代青年悲痛无望的心声，毕业前夕茫茫然，看不到自己的前途在何方。弟弟的信让父亲感到郁闷，而甘雨六号外的街巷里每夜每夜都远远传来一个少年的叫卖声，微颤而悠长，听不出他叫卖着什么，但父亲直觉地感到他的悲哀，总想持灯出门照寻一下，看看究竟是个什么样凄凉的少年，有着怎样的身世，踱着凄凉的夜，为着他的口粮，也许还为着全家人的生存。现实实在不尽如人意。

三

对甘雨胡同六号的描述和记忆首先在父亲的诗文中留下印记，然后又在杜南星的诗歌中延续着。一九三六年六月父亲和弟弟辛谷合出了第一本诗集《珠贝集》，兄弟俩的诗风不太一样，一位婉约而忧郁，一位敏感而悲愤，辛谷的诗让人既吃惊于他的少年老成，又感到很贴近现代人的心境。这本诗集的扉页上有南星写的《题赠》一诗，作于同年五月，抒发了他对甘雨六号的情怀、对好友的期待：

那美好的小院子永远是你的：
记着无花的桃枝吧。
记着棕榈样的椿叶吧，
做客时且怀着主人的心。
一日如千万年，
千万年也如一日：
让诗句做终古的提示者，
莫说你有了"一生的怅惜"。

一九三六年夏,父亲教书一年后在同班好友盛澄华的函催下离开了北平,赴英国留学。听从朱光潜先生的建议,他没有选择地处繁华大都市的伦敦大学和学费昂贵的牛津大学留学,而是到比较偏远但可用心读书的爱丁堡大学进修英国文学。父亲走后不久南星在北京大学毕业。在他给父亲《珠贝集》的题诗中已经让我们知道,他也是那么喜欢这个小庭院。一九三七年二月三日他在天津《大公报》"文艺"副刊上又登出一首《寄辛笛》,用笔名林檎,后收入同年新出诗集《石像辞》,为开卷第一首,改诗题为《寄远》。开首提到的"你的故居"即指"甘雨胡同六号",这是他们可以同声说出的胡同名字。这首诗是南星写给远在爱丁堡的父亲的,长长的诗行略嫌松散,但渗透了他对友人的思念,对甘雨胡同的依恋,述说了分手后的境况:

记得你的故居么,
让我们同声说那胡同的名字。
告诉你昨夜我有梦了,
梦见那窗前山桃花满枝,
梦见我敲那阴湿的屋门,
让你接这没有伞的泥水中的来客。
哦,你应当感觉到这是冬天了,
我常常对自己讲说风霜雪,
爱丁堡的寒意使你多思么,
想到我时请你想到炉火吧,
来不来一起看红色的焰苗?
知道么,我访问过你离开的大城,
而且我的车在"甘雨"停了两次,

开门人是一个生疏的孩子,
他不领我去看西北的小庭院。
其中是寂寂的无一住客了,
你能告诉我窗纸的颜色么?
我空找了好久我们的旧相识,
因为他走了,他也是年青的,
在他的家乡邻居有一个女儿。
但我的家乡在千里外了。
"你是不会与大城为别的,
你是不会让幸福悄悄走过去的。"
我听见你的声音沉重而又柔和,
让我羞于报告自己的故事。
且记着年月有力的转移吧。
繁荣有时,零落也有时。
累累的果实已经收获尽了,
请莫问夏天响尾蛇的消息。
不相信我到乡野来了么,
给你几条负着车辙的崎岖路,
远方有时时变更颜色的群山,
人语中是充满异地声调的,
我把碎裂的怀想散播在田原上,
做了一个永远居无定所的人,
每天出去看冰冻的池塘水,
到冬天的末尾我将投向何地呢?
愿意我做你故居的寄寓者么,
你就快回来敲"我的"屋门吧,

听两个风尘中的主客之相语。

一九三六年十一月

父亲在寒冷的爱丁堡收到南星的诗,也感到友情的温馨,他忍不住用南星的诗句"缀"成一首《寄意》,副题为"集N句"。南星的诗行中有父亲在异国的感悟,他将之重新调整安排,组成自己的诗章:

> 远方有时时变更颜色的群山
> 人语中是充满异地声调的
> 我把碎裂的怀想散播在田原上
> 做了一个永远居无定所的人
> 你给我带来了一纸轻寒
> 正是风打窗格的时候
> 远灯下如有水波
> 犬吠比昨宵更幽咽
> 告诉你昨夜我有梦了
> 想有平安在你心里
> 低声预说着梦好……
> 新的住处中有旧的心情
> 且仿效红蓼和牵牛罢
> ……但墙壁上的影子像花枝
> 春风吹过了一个个季节

其中还有几句诗行摘自南星的《离绝》《城中》等诗作,友人的诗句经父亲重新排列组合，变成他处在异域的自身感受，也融入了他对诗友的怀想，两颗年轻的诗心是如此相呼应。

四

其实，比父亲稍后些时日入住甘雨六号的还有一人——沈启无，估计改成客栈的道观不止一间单人客房。沈氏曾目睹父亲在小院里吟诗。他是父亲南开中学时代的国文老师，请周作人到学校讲过学，父亲因此也与周作人有过几次交往。父亲从沈氏那里知道周氏喜欢英国作家格来亨（K.Grahame）写的英文版少年读物《杨柳风》，在逛外文旧书店时正巧看到英国作家密伦根据《杨柳风》改编的剧本《癞施堂的癞施》，就买下托沈氏转交周氏。周氏果然很喜欢，回赠条幅墨迹给父亲。父亲记得周作人录写的是日本诗人大沼枕山所作汉诗七绝："未甘冷淡作生涯，月榭花台发兴奇。一种风流吾最爱，南朝人物晚唐诗。"父亲觉得后两句尚佳。他俩的交往在《周作人日记》中也有几则记载，提到王辛笛时，还用了父亲的原名王馨迪及早期笔名心笛。

一九三〇年
一月五日　受信栏目　王馨迪复　民生
八月一日　上午在家下午启无来代交王辛笛见赠书一册玄同来十一时去
八月二日　发信栏目　仲子　耀展　王心笛　赵万里
八月八日　受信栏目　王心笛　劲西片
八月二十日　上午写信下午傅伸涛君来访遣人往厂甸取所裱条幅拟赠王心笛君者

十一月九日　上午九时五分同平伯乘大车出发启无霁野肇洛心笛及万衡女士来送十二时二十分到北平即回家平伯分子野鸭一只启无赠广东白糯米酒冬瓜糕各二瓶晚金九经君招宴辞废名来旋去骆驼草拟出至二六期止即停刊付洋十五元九时睡

一九三三年

九月十七日　下午王心笛余童心二君来访肇洛来访约往天津扶伦中学讲演废名来取尺牍一册去晚陈桂琴女士来访

沈启无是周作人的学生，后周氏破门不认该弟子。一九四四年沈氏用开元为名，与废名合著一本诗集《水边》，其中收有一首旧作《怀辛笛》，并附有写于一九三八年的诗后记：

在风尘里老了的燕子

风尘里也消失他的虹

出门都是陌生人

游子的心醉了

为什么天涯总是梦中行呢

我恍惚这个古城里乃有我的家

别让远方的朋友再担心我的足迹

这里是没有什么水的

碧天如水

江南的波上晚风

你常常说是我爱水的

这里却有着故乡的白云

新近我又很有一个爱山的情意了

我会凭着白云传语的

诗后记：

此亦旧作，本无题目，而今题上怀辛笛三字，实以表示我对于这位青年诗人一番怀念之意。辛笛来去英国之前，曾经和我同住在东城一个庙里。他甚喜诗，亦时时自己写诗，深更得句，小院低吟，这情景仿佛就在目前。记得他的《珠贝集》有好些诗都是在那里写得的。我平日不怎么写诗，偶爱闲静，对此古城，长怀留恋。曾有几首诗写我之爱好，辛笛读之喜悦，有些句子却常被他提起的："我也爱这个古城，我爱这古城正好不是一个雨的城，这里的风尘正好有他的虹。"凡在这古城耐久的人，殆亦同此颜色之感欤。

辛笛去爱丁堡已经两年多了，异国乡愁，不免也如勃朗宁在四月的意大利还怀有归欤之叹。不过，这一片古城景色，在辛笛梦忆里的，总依然保持那原有的面貌，自谓经过旧不迷，安知峰壑今来变。去年秋间，辛笛来信问起居，曾报以短简云："我还住在这个古城里度我暗淡的日子。"屈指不通消息，又是一年，顷偶检阅辛笛初从爱丁堡寄示书札及诗，诗题名"相失"，真不禁有相失之感。安得常有我故乡的白云，遥遥传语。

二十七年十一月二十日附记

已不记得最早是在何处看到沈氏的这首诗和诗后记了，我曾将此编入父亲的纪念文集《记忆辛笛》，这次从北京国家图书馆复印了《水边》初版本，核对之下才发现原先抄录的个别字词有点出人,现在此做了更正。这首诗和诗后记后来开元又收入他的《思念集》中。附记中提到父亲《相失》一诗,最早发表在一九三七年六月二十七日《大公报》"文艺"副刊上,收入《手掌集》中题目改为《门外》,将主题表达得更为含蓄一些。当沈启无做了汉奸之后,就此断了往来。

五

南星在我父亲、开元之后果然成为甘雨胡同六号的"寄寓者",住入后,更是写下悱恻动人的抒情诗文,有一篇散文《甘雨胡同六号》就是写这个地方,他甚至把自己的散文集也直接题名为《甘雨胡同六号》,对此处喜爱之至可见一斑。最近我在国家图书馆得到这本书的拍照电子版,才发现我在《智慧是用水写成的——辛笛传》中所引用他的同名文章时理解得不够准确,以下这段文字写的才是甘雨胡同六号:

后来,因为人总有一天会迁居的,我忽然变做一个庙宇里的住客了。那小小的隐秘的庭院有比庙宇应有的更多的寂静,坐在终日关闭着的大殿里的佛像永远没有声音,有人从院中走过,脚步也是轻巧可听的。HT住在那儿,后来CY也住在那儿。(比我更清楚地记得那院子和它的魔力的人恐怕只有他们了,而他们又早已"迁居"到难以想象的生疏遥远的地方,年年没有信来,而且似乎没有再回来的可能,罢了,罢了。)我们念书、闲谈、想各人的心思,再闲谈,我们守着院里的丁香,看它们生芽,开花,然后叶子一天比一天丰润。我们也没有疏忽了刺柏枣树,和我们自己种植的丛花,和它们一起分享清凉的雨和美好的阳光,什么样的生活!若夜间有月光，我们就在无数柔和的影子中间静坐，祈祷，做梦，枝叶上的水滴或是熟透了的枣有时从梦中飘落在地上，我们的梦却做得很长，没有尽头地长一直到月亮轻轻地隐没下去的时候，或者说一直到那一天，许多人都经历过那一天，有两辆车停在你的门外，然后你和它们一起走了，对门里的人说了再见，好像是还有回去的日子。……

这里提到"丁香"以及《寄辛笛》诗中的"山桃树"也都是父亲诗歌中所涉及的，这里还提到了能记得小院及其魔力的两人，HT正是父亲辛笛，而CY则是开元两字的英语缩写，开元即沈启无。南星和父亲一样，对甘雨胡同六号始终无法忘怀。同一个小庭院，能激发先后住在这里的两位诗人的诗情灵感，说明这地方确实有魅力，有诗意。二十世纪九十年代中后期我到北京想找寻它，但它已消失在林立的高楼之下，只有在父亲和南星的诗意文字中留下了它的痕迹，而诗文中的它则更深情地记载了两位诗人的友谊。

除了甘雨六号外，还有一处也是这两位诗人共同喜爱并在诗文中提到的地方——西山松堂，也可见他们的诗心相通。南星在散文《松堂》（收入他的《松堂集》）中，开头引用了一首诗，落款为"辛笛：《松堂一夜》"。父亲的这首诗收在《珠贝集》中，题目是《冬夜》：

安坐在红火的炉前，
木器的光泽诳我说一个娇羞的脸；
抚摩着褪了色的花缎，
黑猫低微地呼唤。
百叶窗放进夜气的清新，

长廊柱下星近：
想念温暖外的风尘，
今夜的更声打着了多少行人。

这是父亲一九三四年十二月利用假日去西山，在那里的松堂休憩而萌发诗情所作。夜深人静，有点孤寂，围炉取暖，念及冬旅之寒冷，由敲打的更声想到夜行的路人，将他的悲悯洒向人间。

同时，父亲还写有一首《冬夜在西山》，可与上一首视作姐妹篇：

廊柱下看星，
乌青的寥廓里，
更有橙黄的月，
如吹寒的明角。
西北风来，
草原上远近，
薄明的光，
摇摇地坠了。
今夜的百叶窗，
纵掩起一室
红炉的温梦，
我却惆怅着了——
一匹黑猫的呼唤。

《冬夜在西山》发表于卞之琳主编的《水星》后，父亲没有收入他三四十年代的诗集里，他觉得这两首诗在意象和氛围上有相近之处，不想让人感到重复，因此在《珠贝集》和《手掌集》中只收入更紧凑更含蓄的《冬夜》（即南星引用的《松堂一夜》）。直到八十年代出版的《辛笛诗稿》我们才见这首诗，也改了题目，为《呼唤》。

西山是距清华大学不太远的风景区，当时常有大学生会去那里游玩住上一夜，看来南星也不例外。他的散文《松堂》以更多的文字写下松堂周围之景。室内仅提及"新制的窗帘是暗黄色的，和全屋中浓厚的古代气味相调和"，这"古代气味"也让人感到与辛笛的诗句"褪了色的花缎"相契合。与父亲诗作寄寓主观印象抒发相比，南星的散文描写室外的景色则写实得多细致得多。同一个地点，同一处风景，在不同作者不同体裁的作品中有着不同侧重的表达，散发着不同的魅力。

六

父亲和南星后来为生活而各奔东西，父亲留学归来在大学任教，四十年代改行在银行工作，五十年代干的是轻工业。南星曾在孔德学校教书，建国后长期在国际关系学院教英文。直到晚年他俩又续写了一段文字情谊。"文革"结束后，他们通过在天津的友人唐宝心联系上了，一九七九年收到南星的来信，父亲才得知南星多年来的情况。

辛笛：
　　从宝心信中得知你的通信地址，十分高兴。
　　这许多年来，我仅仅教一点书，却也被卷入从未见过的浪潮之中，不免遍体鳞伤，"四凶"剪除后，余下十病九痛，主要是心率间歇和脑神经麻痹。去年十一月来南口农场疗养，近期颇见好转。

常常记挂你，思念你，吟诵你的诗句，为你祝福。

　　该是去的时候去了。
　　没有泪也没有叹息。
　　听黎明的笳吹。
　　吹起西山的颜色。

前两句教给我怎样对待生活，后两句教给我怎样吸取精神营养。你胸怀如此，坦荡荡的境界可想而知。现在你能译能写，是大快事。我因脑病，极少执笔为文，偶尔写一点童话而已。宝心说你要我的旧作或新作，未说明要哪一类的，也未说明你做哪种编辑工作。望来信一谈。H.Belloe谈写文章，说"出版者欲其长，著作者欲其短，而读者诸君长短随之"。我也是"欲其短"的一个，若有机会译些短文更好。

辛谷是否在沪，请代致亲切的问候。

祝全家健康快乐。

南星

　　　　　　　四、二十四　北京南口农场新村

信中引用的四句诗是父亲写于一九三五年七月离开清华园之前的《告别》一诗的开头两句和结尾两句，说明南星对父亲诗作依然熟悉和爱好。

八月，父亲又收到南星的旧体诗《致辛笛》，又一次提到了"甘雨"，他知道这个地方是他俩共同拥有的情结：

沙滩甘雨两云烟,
激浪狂涛十一年。
万里清波新霁日,
笛公谈笑指青山。
冉冉飞鸿海上来,
分拨雾障引人回。
从今不做悲秋客,
随步征途亦壮哉。

> 七九年八月

不久,上海译文出版社有计划出一套狄更斯文集,约请父亲翻译其中一部七十余万字的长篇小说《尼古拉斯尼克尔贝》。繁忙的社会活动使父亲迟迟无法坐下来开展译事。一次他到北京开会,听说杜南星正巧在北京,想到当年甘雨胡同六号的故事,仍然喜爱南星三十年代的诗集《石像辞》,于是迫不及待地去看望了青年时代的诗友。相别已很久,南星的遭遇比父亲惨得多,人变得苍老憔悴,在京始终居无定所,让父亲心情沉重,很想给他一些帮助。闲聊中提到译文出版社找辛笛译书一事,南星的眼里冒出兴奋的火花,父亲知道南星的译笔优美,很能胜任翻译工作,于是向他建议,两人合译此书,南星译前一半,父亲译后一半,南星欣然应允。父亲回上海后,寄去一本原版书,并从"文革"后集中发还的工资中拿出一笔钱,先寄给南星,为了使老友拮据的困境有所缓解而又不伤他的自尊心,谎称这笔钱就是出版社答应预支的部分稿费,以后又分批汇款几次。后来南星终于知道实情,由南口农场写来一封感情深切的信,还是把父亲称为"HT":

HT：

十九日拍发一电，想收到。HT又是把自己的钱给我寄来了，使我觉得十分惭愧，觉得我提出来预支些稿费是太轻率了，出版社是国营的，怎么能对它不信任呢。所以，今后你千万不要再给我寄钱了，就是在书出版后再付稿费也好。我也回忆到四十年前你从远在天涯的爱丁堡寄钱给我的一片殷切眷顾之感，就在我写这几个字时，你当时的来信中美好的字句又浮上心头："十日九阴雨，难得今晨有美好的阳光。——说坐了马车呢，HT的心又远了。……"

这段文字让人想起父亲与南星的甘雨胡同六号，也许父亲的《二月》中正是有南星的声音："HT，你喜欢家吗？/ ——隔院的花开过了墙。"

七

当然，早年在甘雨胡同六号结下的深厚友情也会遭遇考验，但最终时间还是证实了友谊地久天长。

南星的译事进展得很快，尽管居住条件恶劣，身体不时有病痛，但他还是坚持每周翻译四五千字，而父亲仍然只字未译。母亲徐文绮看在眼里，急在心里。她知道父亲向来有拖拉的脾气，不逼到迫不得已是不会着急的。她抽空阅读了全书，感到要是不抓紧翻译，父亲这三十多万字的一半不容易完成。她看着他答应了别人的事却一直无法兑现，心中也就不安起来。回想当年在报社工作的潘际坰邀父亲在《大公报》上开"夜读书记"专栏，稿子总也不能提早交去，际坰深知老友的拖拉脾性，就派人到家坐等催稿，父亲在楼上奋笔疾书，母亲在楼下内心焦急地陪着来人闲聊；幸亏靠平时的阅读积累，父亲倒也总能赶出专栏文章来。而翻译是无法那样急就章的，于是母亲提出自己来译，请父亲校对，这样进度可以快些。对父亲来说，这个提议正中下怀。从此，母亲每天忙完家务，就坐在她的小桌前，一段一段地翻译，先写在小纸片上，斟酌修改后再清清楚楚地誊写在稿纸上。就这样，日积月累，终于在二十世纪八十年代末完成。而南星在此之前已完成了前一半译稿，并寄至上海。

父亲大病一场后，居家调养，他为老友和老伴坚持不懈的精神所感动，也奋力参加了校译工作。根据出版社的要求，他在一九九〇年秋将南星和母亲分别翻译两部分的译稿通校了一遍，并写了长文《译本序》，漫谈狄更斯的魅力在于小说故事性强，有头有尾，事事有交代；对于人物和环境的描绘惟妙惟肖，赞叹作家对伦敦街道环境之熟悉程度，特别是关于夜景的描绘让人神往，俨如置身其境；展示生活细节不厌其详，处处以悬念引人入胜；以故事情节透露他单纯的道德观"善良终必战胜邪恶"等。尽管历来对狄更斯小说的批评也不少——结构松散、人物性格定型、缺乏立体感等，但父亲出于对语言的敏感，认为狄更斯最大的缺点是语言过于冗长啰嗦，从翻译的角度感觉到这点特别明显。

译稿及序在九十年代初交到了出版社，然而由于出版业的不景气，迟迟未能出书，以致南星一度对父亲产生误解，以为自己的心血被埋没，其实父亲一直在为合译出版此书做不懈的努力，为此唐宝心给两位友人分别写信，了解情况，化解南星的误会。交稿后过了七八年，直到一九九八年《尼古拉斯尼克尔贝》才问世。父亲信守了自己的诺言，封面、扉页和版权页上译者署名均为杜南星、徐文绮。出版社则按实际情况，在版权页上加了"王辛笛校"。遗憾的是，南星已在一九九六年病逝，没能看到他花费了心血的长篇合译著的出版。不过，他的译名在此之前早已风靡一时，得到人们的赞赏和认可。

拿到封面设计厚实典雅的《尼古拉斯尼克尔贝》一书时，母亲因严重的骨质疏松症的侵扰，几乎无法提笔写字了。她用颤抖的手摩挲着书面，感叹不已，她终于在八十五岁高龄实现了自青年至中年时代的翻译梦想。书末有着她在一九九一年写成的《后记》：

数年前老伴王辛笛承上海译文出版社之邀，担任狄更斯的《尼古拉斯尼克尔贝》一书的翻译任务，他本应早日完成，但因手头一直忙于其他工作，每年又动辄应邀出国访问讲学，无法闭门专心致志从事于此，更因原书长达七十多万字，一时实在难于完成，乃转托老友杜南星(系当今名翻译家之一，历年译品不少，如吉辛的《草堂随笔》、温源宁的《论一知半解》等皆为人传诵)分译各半，前半部由南星负责适译，后半部则由辛笛分担，然即此安排，辛笛仍迟迟未能动手。文绮不得已勉为其难，把译务担当起来，始终其事。辛笛在一九八八年至一九八九年间大病之后，体力渐复，因病得闲，遂勉力将全书译文审校一通，至去冬终告蒇事，并在译文前写了序言，略抒我们对狄更斯小说的感受。回顾此书译文之成。迁延如此之久，实不胜汗颜，而南星对前半部完成在前，其功尤不可没，在此应略缀数语，以告读者，并致歉疚。

至今我还会想起父母同在南京西路寓所北屋做文字工作的情景。父亲占据了有着九个抽屉的大书桌，书桌迎光放在一扇窗下，两边堆满了书刊，中间一块"盆地"正好放下大张的文稿纸。往往看到他站着的背影——因小腹插有导尿管、又携带尿袋，时有不舒服的感觉，站着校稿他觉得好过些。而母亲娇小的背影则在另一扇窗前伏着。她的小矮桌只有摊开的报纸那么大，桌面上总是收拾得干干净净的，除了文具，只有母亲正在修改眷写的大稿纸。父母工作时是家里最安静的时候，偶尔他们也会交谈几句，探讨一下如何翻译得更合适些。父亲很珍视这段日子："这时，我们两人共同感到的快慰，不止是在生活而且是在同一工作当中，两个人的生命河流汇合得更加美好无间，渐渐地，河流变宽了，河岸扩展了，河水流得更平稳了，我们在老境中重新获得了青春般的喜悦，再没有时间去留意衰老了。"而父亲和南星的绵长诗谊在我查阅资料、撰写此文的过程中，更是清晰得好像历历在目。

谨以此文纪念我的父亲和母亲逝世五周年，更以此文怀念父亲和南星前辈长达一个甲子的诗情厚谊。"甘雨胡同六号"尽管在地面上已不见踪影，但在他们的诗文中永存。

定稿于二〇〇九年一月八日
父亲逝世五周年祭日

南星和王辛笛的晚年交往

高卧东山

一

在《收获》2009年第2期上读到王圣思的文章《情系甘雨胡同六号》。文章讲述了南星和王辛笛之间的交往，其中也提到了沈启无的名字。三十年代，这三位曾先后居住在甘雨胡同六号这个道观改的小客栈里，也从此结下了或长或短的友谊。王圣思是王辛笛的女儿，又是华东师大中文系的教授。她的文章读起来既资料翔实，又优美动人。

我第一次知道南星，是读姜德明1996年出版的《书摊梦寻》。里面有两篇关于南星的文章，一篇是《南星的〈松堂集〉》，另一篇为《南星与〈文艺时代〉》。两年后姜德明在《书坊归来》里，又写了《读〈甘雨胡同六号〉》。而此时，南星已经去世了。姜德明写道："这之前，他的老友张中行先生曾与我联系，要借南星先生的诗集和散文集，说是海外有知音要给南星出一本较全的诗文集，后来也没有了下文。"姜文重在谈书，对南星其人，刻画较少。南星为人低调，朋友不多。除姜德明之外，似乎只见过张中行和金克木写过谈他的文章。

南星，甘雨，松堂，这样好听的字眼让人喜欢。此后我就比较留心收集南星的著作。寻寻觅觅，四五年下来，也只得到诗集《石像辞》和散文集《松堂集》。不过在此期间，也有值得一说的奇遇。一个周六清晨，在潘家园遇到好友白文俊，他说有一封南星的信。拿来一看，一个档案袋里面装着几十封信和几张贺年卡，信封基本上都不在了。一封一封翻过去，都是写给南星的，可知是从南星家里散出来的。写信人主要有王辛笛、唐宝心和赵丽雅（即扬之水）。南星亲笔的那封是圆珠笔写的，规规整整方头方脑的蓝色小字，给人谨小慎微之感。大致扫了一眼，是写给唐宝心的，大概是没寄出去，或者是自留的底稿。我也没仔细看内容，就跟老白商量转让给我了。

王圣思文章的最后一段谈到了南星和王辛笛晚年，因为翻译狄更斯长篇小说《尼古拉斯·尼克尔贝》而发生的一场误会。我得到的这批信件，其内容恰好大多是跟此事有关。也可以说，此事成为了南星和王辛笛晚年交往中的主旋律。遂稍事整理了一下，做个好事之徒，一来可使其脉络更加分明，二来也可稍稍填补南星晚年事迹匮乏的遗憾。

二

南星、王辛笛和唐宝心三人订交于三十年代（南星和唐宝心相识大概还要更早，他们二人和张中行是通县师范的校友）。南星比王辛笛大两岁，王辛笛比唐宝心大三岁。南星是北大西方语言文学系的，王辛笛和唐宝心是清华外文系的，大家都学英文，又都喜欢诗歌。所以互相欣赏，经常聚在一起诗酒酬唱。

建国后，南星和王辛笛一个在北京，一个在上海，风云变幻中大家自顾不暇，遂音问渐疏。1979年，王辛笛通过唐宝心重新找到了南星，暌隔三十年后得知其在国际关系学院教书，生活较为困窘。王辛笛既希望老友的文学才华能继续发光发热，也期待能从经济上助老友一臂之力。这才有了"狄更斯事件"的发端。

由写书而生的纠纷，不外乎两件事。一署名，二稿费。他们两位也不例外。先说署名的问题。

1979年9月21日，王辛笛给南星的信中先提出译书一事："我现有一打算，很不成熟，想和你交换一下意见。现在我手上接受了上海出版社的翻译任务，即把狄更斯的小说 *Nicholas Nickleby* 翻成中文，全部约在80万—100万字（现在翻译稿费一般每千字五元左右），原说在一年半内完成，不知你有无兴致，如健康许可，我可与你各译一半，我已开了头，如你同意，可将后半部由你承担。此事请你考虑一下，即回我一信。如认为可以接下来，我因在十月动身去北京开会，将设法约你晤面，并找一本该书原著给你先看起来。该小说揭露十九世纪英国公立学校教育的种种腐败和黑暗。"

南星接信后，爽快地答应了。10月份，王辛笛到北京开文代会和民主党派代表大会时，两人见了面，进一步商谈了此事。王辛笛觉得自己杂事太多，建议改由南星翻译前半部分，他自己翻译后半部分。

这次见面后，南星立即开始着手工作，并很快译出第一章，寄给了王辛笛。

王辛笛在11月22日的信中说："你译的狄更斯小说第一章，很好，我看你就可订出计划照此译下去。"

之后南星的工作进展非常顺利，平均每周翻译四五千字，估计最迟在1981年底前就完成了自己的那一部分，并把全部译稿寄给了王辛笛。而此时，王辛笛因为事务繁忙，还没开始动手。

王圣思文中说："母亲徐文绮看在眼里，急在心里。她知道父亲向来有拖拉的脾气，不逼到迫不得已是不会着急的。……于是母亲提出自己来译，请父亲校对，这样进度可以快些。对父亲来说，这个提议正中下怀。……就这样，日积月累，终于在二十世纪八十年代末完成。"

书是译完了，但出版仍然遥遥无期。南星这一等就是十几年。因为"不想最近两年出版界经济大滑坡，每况愈下，只要把经济效益看作第一任务，于是宁愿出《飘》《斯嘉丽》《基督山伯爵》，甚至不惜一版再版，而把狄更斯之类的古典名著束之高阁，可为浩叹"。

这其中还有一层隔膜。最初的几年里，王辛笛一直没把自己和南星合译的事情告诉出版社，因为"不过，目前我还不想把你加入分译一半的事告诉他们，以防他们发生变化，以为我太忙，另找他人。我的打算是等全书译完四分之三再去说明较好。所以请你在空时可把自己已经翻译的各书（书名，作者，出版期，每种大约字数，出版社名称等）以及你出版的各种诗文集开列一份类似小传的材料，寄给我，以便找个适当的机会向出版社推荐，也好让他们知道，你本来是个名手，并非等闲也"。王辛笛为了帮助老朋友，可谓是用心良苦。

等后来书稿将要译竣，王辛笛向出版社说明分译情况时，出版社的答复出乎意料："他们当时在'左'字当头的考虑下，一再强调译者的政治历史观等问题，只认定对我个人的委托系正式的，不涉及他人。待到整个气氛随着改革开放而有所松动，再加上南星当时已在其他地区出版了《一知半解》一书的翻译，出版社编辑开始予以注意,也就引起兴趣,而予以默认。全部译稿杀青后,我在将稿件全部送交出版社审阅时,即声明本书系南星和徐文绮二人合译,而我只从旁审校而已,故译者署名应仅限于他们二人,我不能掠美。但出版社认为仍应将我列作翻译人之一,即三个人合译,明白说出:此书原系找我个人翻译,现在虽已译成,仍须借重我的名字以广招徕而打开销路。至于我仅处于审校人地位,乃系译者私人间的安排,并未经出版社出面聘请或指定我审校,日后故尔不能付审校费。我当即声明,我可不要审校费,但全部稿费可由南星和徐文绮两人按各自译稿字数多少计值。"

1994年初,小说出版一事终于提上了议事日程,出版社准备将这部小说付排,同时在本社出版物上打了广告。广告中,翻译者的名字写的仍是王辛笛。书稿十几年没有音讯,南星本来就觉得自己心血被埋没,很不痛快。再加上这件事情,南星就小小地爆发了一下,"甚至误以为我竟据他的劳动果实为己有,他则一变为ghost writer(捉刀人)了,言下颇有不平"(王辛笛语)。

王辛笛则感到委屈,自己本意是想帮朋友的忙,没想到好心办坏事。更加难过的是,这么多年的好友,竟然对自己的人格产生这样的质疑。"知己如此,应能相信本人的平素为人终不至下流至此!于此,我亦不免耿耿于怀!"

这时候,解铃人唐宝心出现了。他得知此事,非常难过。在给南星的信中,他说:"深盼老友之间误会冰释。这也是我在有生之年极愿解决的一件大事。上帝教导,升天之前要原谅一切人,何况是老朋友。"

在他的居中斡旋下,南星和王辛笛互相把自己的意思都表达清楚了。我想,双方面都有自己的立场,同时从内心深处都谅解了对方。但此时,两人年龄都逾八旬,老年人趋于固执,大家也都不肯再说漂亮话。从1994年11月5日往后,再没看到两人之间的通信。要了解对方的状况,都通过唐宝心做中转站。

最令人遗憾的是,1996年南星去世,他有生之年没能等来此书的出版。直到1998年8月,《尼古拉斯·尼克尔贝》一书才终于由上海译文出版社出版,封面、扉页和版权页上的署名均为:"杜南星 徐文绮 译,王辛笛 校。"在此书的后记里,徐文琦写下了这样的文字:"回顾此书译文之成,迁延如此之久,实不胜汗颜,而南星对前半部完成在前,其功尤不可没,在此应略缀数语,以告读者,并致歉疚。"这最终的署名和后记,见证了两人六十年的友谊,也彰显了王辛笛夫妇磊落的人格。

三

再谈稿费的问题。

王辛笛提出两人合译此书的重要出发点,就是帮助南星改善经济上困窘的局面。当时南星也的确经常为日常开支犯愁,时有英雄气短之感。王辛笛提出建议后,南星很快就向他询问出版社预支稿费的可能性。王辛笛答应代为转达。他在1979年11月22日致南星的信中说:"预支稿费,我已为你反映,估计不久会有好消息的,容即奉告。"

不过很快等来的不是好消息。王辛笛把出版社的答复告诉了南星:"向出版社预支稿费,这在文化大革命以前是有例可援,而现在虽然拨乱反正已有三年,出版社还是在经济上抓得很紧,即使稿子交出,书印好,还不见得就很爽气地支付稿费,所以如果靠稿费维持生活,这年头还是很难过的。本来去年底国家出版总局在长沙召开全国出版工作座谈会,原拟提出增加(创作和翻译)稿费,结果因为各出版社怕影响本身利润,未通过。此议只好搁浅!不过,也好,物价已调整在先,稿费晚一点向出版社支取,将来总会多拿到一点的。这也可不无小补。"

预支稿费既然无望,王辛笛就想自己先想办法帮老友一把。他提出先掏自己的腰包,把稿费预支给南星:"至于稿费由我先垫,并不成问题。以后总归好向译文出版社收还的。"这笔钱是他从"文革"后集中发还的工资中拿出来的。前后分批汇了几次。1980年1月30日,他写给南星的信中有:"现在春节渐近,拟在日内再汇去三百元,以应过节安排之需。"并且王辛笛认为"此节在我们彼此间即使无此翻译任务,也属义不容辞之一举"。

王辛笛四十年代开始在金城银行供职,解放后一直在上海烟草工业公司,上海食品工业公司做领导工作,确实雄于资财。仅1981年一次,他就给上海统战部捐了32.5万元(包括两万元外币)。而他本人一直就是一个"急公好义"(黄裳语)、仗义疏财的人。他对南星经济上的帮助可以相信是发自肺腑的。王圣思在《辛笛与周作人的交往》一文中讲过一件周作人1949年出狱后的往事:"他到上海后,贫困之极,寄居在友人尤平白(炳圻)家,而尤氏是李健吾的内弟。当时健吾在虹口上海戏剧学校任教,也就近居住在横浜桥。念旧的辛笛去健吾家看望周作人,见其精神尚好,坐牢未受大苦。临走时辛笛给二万老法币请健吾转交周氏,权添作回北平的盘缠。"而王辛笛和周作人实际上相交很浅。

从物质上帮助朋友,对王辛笛来说,是家常便饭的事,他并不以此为意。

但对于一个境遇不佳的知识分子来说,钱,始终是个很敏感的问题。不善于跟钱打交道,不愿意提"钱"字,是中国读书人的传统。赚钱不能说赚钱,要说"为稻粱谋"。不愿意把事情放到台面上来说，最终往往反而搞得自己很挣扎。我想南星开始收到王辛笛的汇款时，当然是感激的，因为确实解决了自己的实际困难。但在内心深处一定是伴随着一种强烈的不安。随着时间的推移，随着小说出版的日渐渺茫，这种不安逐渐变成了对老友的疑问。当南星在广告上看到即将出版的小说，自己的呕心沥血之作，译者一栏却署着别人的名字时，他的疑问暂时获得了一个肯定的答案。这个答案一下子触动了他作为一个知识分子的尊严底线。他认为王辛笛用钱把他买成了"捉刀人"。

署名的误会容易澄清。钱财往还的误会即使澄清了，也还是会有一片阴影留在各自的心里挥之难去。所以虽然经过唐宝心热心调解，双方基本上消除了误会，可是友谊已不可能像事情发生之前那样不分你我了。南星要求把之前王辛笛汇来的款项如数奉还。唐宝心给南星的信中说："辛笛那里我已去信，把你的意思转告了，并且请他尊重你的意见和我的建议，把当年'赠款'扣除。万一他不照办，再汇还也不迟，这样双方心理都得到平衡。"另一封信里也写道："我主张和稀泥，等发了稿费，把'馈赠'部分退还就是。"信中数度提到那笔款的处置办法，可见南星对此事之看重。而馈赠两字所加的引号，也自有其深意在。

王辛笛一方，对此也不可能毫无怨气。他在1994年11月5日写给唐宝心，并嘱其阅后转给南星的信中也发了牢骚："以上所述是到今日为止的经过，早应缕陈，但以我私忖此种琐节如全盘托出，恐又惹起南星伤害自尊心的无谓烦恼，故尔迟迟至今，始行揭露，以免再成误会。看来一切世事还是不要委曲求全为好，舍己济人更可不必了。"

此事最后以唐宝心对双方的规劝结束。"此事最好到此结束，南星的意思我转给辛笛，不论他反应如何，都画句号。再说下去，徒增火气。"

四

十分冷淡存知己。两位固执的老朋友虽然直到最后都没放下立场，向对方说句软话，但是他们在心里其实都已原谅了对方。王辛笛一定把自己的这份谅解传达给了家人。否则王辛笛的妻子徐文绮——《尼古拉斯·尼克尔贝》的另一位译者，不会在后记里说出那样真挚致歉的话。王辛笛的女儿——王圣思教授，也不可能在《情系甘雨胡同六号》的结尾那样毫无芥蒂地写道："谨以此文纪念我的父亲和母亲逝世五周年，更以此文怀念父亲和南星前辈长达一个甲子的诗情厚谊。'甘雨胡同六号'尽管在地面上已不见踪影，但在他们的诗文中永存。"

敏感而内向的天才诗人南星呢？也有一个证明。1979年，王辛笛曾鼓励南星重新拿起笔创作，给报刊投投稿。他说："如有近作（建议注意不要和现在政治脉搏离得太远，也就是调子要乐观一些，积极一些，不可那么闲适，消沉），也可寄去试试。"

而南星显然听取了王辛笛的意见，注意到自己的作品要与时俱进。1995年底，国家重点工程京九铁路竣工时，南星已八十五岁高龄，接近了生命的最后时刻。12月1日，他在给唐宝心的信里说："最近我写了一首小诗《京九铁路之歌》请你指正，并麻烦你仍寄给《天津日报》如何？"

诗人之贫困（附：跋《寄花溪》）

纪果庵

现在不但诗人是贫困的，诗也是贫困的，但与理论相反，愈贫困却愈无诗耳。

摆在案头的友人南星的诗集《山蛾集》，已经三个月了，良好的白报纸被盛夏的日光晒退了颜色，这是他托我介绍到上海出版社且要作一篇序的，不意一下就延搁了这么久，出版社是早已绝望了。没有纸张，诗集在市场上无销路，任便怎么样的才气也不行；作序呢，我根本不合适，且又打算找一个阴雨、幽凉的天气，初春或暮秋，比较可以有个郁然生愁的心绪。虽然天天在为吃饭打算，这究竟与诗的愁苦相去一间的，古人风雨联吟，大约不无相同之意吧？似乎有一天是下雨了，我将百余篇抄得整齐的诗诵读了一下；外面檐溜滴沥着，我心的抑郁也滴沥着——

在我旅程曲折的路旁
稷黍头上有了一层金色，
豆丛也累累满畦，
我平安，像他们一样。
只有今宵落了冷雨，
疾风吹树叶作禾稼响，
我看见你仍然站在檐边，
望着，望着秋天的草木……

——《山蛾集》第二辑，《别意三》

我的心被带走了，我将丛篁当作了禾稼，将院落当作了乡里，我浮起这人之梦，于是在深叹中把这集子颓然地放下了。

三个月！

昨天接到北平的信，说南星应为穷得没法维持，回到距离一百多里以外的家乡去了，仅于每星期到城里一次，校校所编刊物之稿件，上两三个小时的课。太太生产刚刚过去已竟作两个小孩的父亲的他，该是如何辛苦，自然可以想象。我的心立刻又加了重压，而且对诗集之延搁也更感到更大的罪过，一件无法赎价的罪过。

他是一个天真的人，正如文字里常说的一句话："不失其赤子之心。"然人类是多变的，愈是成长，愈是变得离赤子远，互相不能了解，小孩子看见大人害怕，大人看了小孩子就讨厌。南星因为不放弃其童心之执着，于是离开现实的人世间远了，故其被社会所弃，殆亦当然。古人亦是多才的广文先生官独冷，有什么可怪呢？我想起去年旧历年在他家吃饭的欢聚，想起他在北大新宿舍那洁净不染一尘图书四壁的屋子，想起在甘雨胡同僧舍中的寂寞的冬天的阳光……

那些无忧无愁过日子的年代好像离得太远了,将来亦不知何时重逢。在平稳的生涯中,过得越无拘无束的人,在厄难的日子就越麻烦,这原是一个需要算计与策划的世界呀!所以如南星之穷困又岂非当然?去年在他的画斋里看见少有的萧然四壁,书架仅仅一个,人显得太少而房子好像大了,桌子是伶仃的,外面落雪更增寒意,我问他那些书都跑到什么地方去了,他还能够微笑地告诉我:"卖了,不容易有好价钱,甚至论斤称卖了。"在他,这是我不能想象的事,他怎么能够红着脸到东安市场的书摊子上,到琉璃厂的中原书店,或是和打小鼓小贩争论价钱的卖自己心爱的东西呢?他好像不曾有过生活之重压,他是一只飞在天空的鸿鹄或天鹅,我们由他的诗中是读不到烟火气的,可是他被社会虐待了,他本来不充盈的肢体该是更瘦削了。到去年为止,我俩已别离整整三年,在这朋友之别离认为是很长的时间里,社会的升沉变化则感到太短,有人一下子高起来,有人突然聚得多金,这不正是长安似弈棋的岁月吗?真是同学少年多不贱,我们自己惭愧,我们是褪了色了。

二十九年春,我因到南方来,推荐他到沿海一小城代替我的职务。他原是乡村的,对于泥土禾稼,有除去诗人以外的原始之执着与留恋,《招笑》云——

我的田野在远处,
高大的白杨闪着八月的光辉,
紫色的禾稼遮满了全地,
从丛草阴湿的路上
来了骡车的迟缓的轮盘。
——《山蛾集》第一辑

又如《不见一》云——

黄昏中的乡村游烟雾意,
我进去了,用轻悄的生客之脚步。
篱树随着我作成蜿蜒的路,
我分辨不出那些屋宇是谁家。
看见一个老人坐在门外吸烟,
看见一个妇人在整理他的豆架,
看见孩子们呼叫着跑过去了,
遗下这行人望初明的星斗。

《不见三》云——

听我告诉你。
篱上的豆蔓已互相缠结了,
花的深紫中透出离别的颜色。
小池让浮萍代替他的水面,
树影不下,风有倦意。
葡萄架如弓背的老人,
卸其负担于山鹊之口内。
青苔与香菌是园里的先知,
从容地为小道覆衣了。
所以,你来一次吧!我的稀客。

这都是多么使人怀念的意境,多么使人念了还想念的诗句。因为这种心情,他放弃了高度的都市文化生活,到海滨去过春天了,那风帆,沙岸,五色的石子,山峰与闲云,有道士的古庙与松柏林间之古冢,都让他欢悦。他到星期日会徒步走出几十里去玩耍,会渡过小河到彼岸去看那几株伶仃的柳树,无邪的青年人被他的诚意和学问所感动,他没有老师的架子,也没有中年人特有的圆滑,我想这该是他快乐的日子,可惜没有多久,学校改组,他也回来了。

在中学,他是个特立独行的人,天才者应当鄙视平庸,这是天赋的特权。我和ＰＨ很要好的时候,他还是一个人独来独往,虽然ＰＨ与他是同级。直到我毕业后,他们才成了挚友,这一段落的友情,我不大详细,因为我正在为生活而挣扎,几乎全部忘掉其他。只知有一阵南星已入北大,住在沙滩中老胡同,ＰＨ也住在一起,他们的生活似很不羁,第二年ＰＨ入了清华,南星移到孔德学校,ＰＨ入城,常常到孔德来玩,我虽也是孔德,而彼此仍旧是疏远,其情形已在《跋寄花溪》中谈得很多了。直到最后住入北大新宿舍为止,诗人的日子总是幸福,而且也绚烂起来了,在甘雨胡同的日子更常常见于吟咏,那也真是平常人所想象不到的幽境。但是现在呢,ＰＨ远在花溪是不必提,为ＰＨ及诗人共同的朋友ＨＴ,听说也放弃了误身之儒冠而不作那些充满忧郁的诗句了。诗人怎能不惆怅?《寄花溪》写出我欲诉无从的词藻,这友情也只有如此的意境才能表现。ＰＨ来信分明说,梦见和南星去划船,而梦见我又多了两个孩子,这可以说是"灵犀相通"之梦,或者亦即ＰＨ之理想罢?但是否可以想到当年划船的人,现在为了面粉涨到几百元一包只好退居乡里呢?古人的穷是可以作诗的,现在之穷,除死之外,殆只有逃避与营谋乎?ＰＨ亦娶妻生子矣,由相片上可以看到中年之优乐,或将不难想到这些无用的朋友的遭际乎!

在充满率兽食人的氛围中没有真的友情,人和人之礼貌皆是互相利用的仪注。所以只有回想到青年时的日子算是可以自慰。然现在许多青年人好像学得更大的本领,有未到成熟的时候已经结了种子的意思,上下两代接不能攀附,诗人固然是困难,我们虽非诗人,又何尝不苦难!不知我们的朋友何时与我们互相握手,远在天边的是不必说,连近在咫尺的也走了!

> 在你旧相识的城里,
> 风第一次静下去了,
> 阳光在果树枝柯中间跳动着,
> 沉睡的日子这样睁开倦眼的时候,
> 我怀念着你,热情的海之恋者,
> 想象着你的语声和足音,
> 然后用低弱的音调读着,
> "西去的迟迟的云是忧人的,
> 载着悲切而悠长的鹰呼,……"
> 而我们是不能互相应答的,
> 在这充满了荒凉的世界上。
> 四月的寒雨,
> 在这庭院里久留的时候。
> 你的失去邮票的
> 充满了片片的水渍
> 而且有许多裂洞的信来了,
> 对我说你是悲剧,
> 说未来的死之诏书,
> 说在花白的残喘的苟延中,
> 你燃烧着你自己,
> 而我不能从远方给你

一些三月的好风,
或者树芽的气味,
或者一个魅人的轻梦,
因为在这儿我只看得见
过多的四月的泞泥
他陷住了我们和我们的尘世!
　　　　——《山蛾集》第二辑,《寄YS三》

世界是荒凉的,泥泞是可厌的,但我们真是被陷住了,让我们先无言罢。

　　　　　　　　　　　一九四四年九月,篁轩
　　　　　　　　　　（原载《杂志》,14卷第1期）

跋《寄花溪》①

"没有痕迹的岁月,无声的千言万语。"这是我也有而说不出来的一种感想。在《寄花溪》中温习着过去的日子,这里虽然没有我,可是都是我所熟知的时间、人物,我于是也好像变作这些幽美词句里之一字一音。花溪在哪里呢?离我们多少远呢?千里,万里,乃至不可想象,千里万里也不妨走到,乃不意横亘着不可逾越的崎岖。于是只有看着这些诗篇遐想,遐想。这所怀念的朋友,不但是我和南星的朋友,而且应当是所有人的朋友,不过我们有机会接近了他,而别人不见得有罢了。就是这样一个人,只要和他接近的,一定会和他成为密切的友人,这个人具有一种attraction,使你不由自已地亲近他。可是他走了,远在千万里外,还让我们与日俱增的思念着,这简直是残酷。去年,我重回到住过十五年的古城里去,凭吊了旧日的遗痕,特别是自己和友人常常聚首的地方。从

---

① 此文为纪果庵为南星诗集《寄花溪》所写的跋,原载1944年《中国文学》第4期。在文末的注里,提及该诗集不久可以出版,但与《山蛾集》命运一样,终于还是胎死腹中,未及面世。

各种角度观察，高墙隔住了温暖的灯火，如《北辰宫》诗中所云："一幅污秽窗帘拉起来，不相识的人，不相识的人。"不必北辰宫感觉到，随处都是可以感觉到的，所以我垂头丧气地回来了。

我看见这被思念的友人的七十岁老父，他来寓所特别看我，又和我从先一样，——那时是刚刚离别呀——从厚重的棉衣袋中战颤着掏出花溪的信，字句虽不多，这应当永远是孩子的诗人心情老了，在诫斥着自己的弟妹如何立身处世，这很潜伏着不少的悲哀，而且又说自己也做了两个孩子的父亲，几乎不是我们所能信，因为他对于人生原是看得那么严重而又冷淡的。当我生第二个孩子的时候，他一步跨进那凌乱的家，立刻有不愉快的意思，他说："像这样的家，我是不想有的，我看了你们的生活真怕。"他用理智拒绝了少女温情，他好像顽皮而其实是正经。我们也真的在懊悔，为什么要有这样一个家，不可以更近乎理想一点吗？然而他却也会成了两个小孩的父亲。在花溪的信中必提到我，我的家庭以及小孩，譬如给老人的信就说梦见我有第三个小孩了，而在给南星的写得更稚气更热烈的信中说到的尤其多，虽则我是至少三年未曾写一个字。"我的庭院中遗留下了什么呢？风卷带了雪呼啸的奔驰，而我在阴暗的黄昏的窗前，伫立了一点钟，两点钟，三点钟，觉得五十多年没有人来过了。"（《乌鸦》）我深吟着这几句话，觉得日子过得并不算快，在感情上以为有五十年的而真的却尚不到十年，正不知将怎样度过这再来的十年之月日。

南星与PH和我是中学的同学，但友情乃有超乎同学以上的存在。在古城的时候，南星与PH间和我与PH间是等边形，为PH是顶点，若是女人，PH正该是其中心。我是有了家过着拖冗的日子，而南星与PH正是飘飘荡荡的神仙。他们是French Man，有世人不能有的傲视，我是一头被拖到泥塘的鸭子，浑浊，凌杂，想抬起头来也无从,忍羽毛被泥泞涂遍罢,我有什么胆量去看这些无邪又天真的朋友呢?沉默,挣扎,在电车上过日子,东城又西城,看着PH飘然来了又走去,夏天就带孩子楠楠去买汽水,冬天肩上有冰鞋,进房门在床上一倒,皮鞋的泥水尽管污了床毯,他管也不管,然而我们爱这天鹅,洁白,自由,来去无牵挂。他叫我太太做桅姐,吵着,要她做饭给他吃,而也许又嫌不好吃,可是吃得还是多。南星有一时期住在马神庙的中老胡同,一个人一个房间,我以为很明朗,他们大约正写了不少与他们的生活相一致的散文和诗,我几乎连看都没有看过,因为没有闲钱也没有闲暇。南星住到北辰宫,我也只知道有这么一回事而已。不曾去晤谈,那时真是充满了忧郁与阴暗。后来南星移居甘雨胡同一寺院,乃是"心远地自偏"的境界,离闹市甚近而颇静寂,诗人正应有如此的居宅,最近南星有散文曰《故居》,曾加以描写云:

后来,我忽然变作一个庙宇里的住客了,那小小的隐秘的庭院有比庙宇应有的更多的安静,坐在终日关闭着的大殿里的佛像永远没有声音,有人从院中走过,脚步也是轻悄可听的,YC也在那儿(比我更清楚地记得那院子和它的魔力的人恐怕只有他了,而他又早已迁居到难以想象的生疏的遥远的地方,年年没有信来,而且似乎没有再回来的可能。……)。我们念书,闲谈,想各人的心思,再闲谈,我们守着院里的丁香,看着他们生芽,开花,然后叶子一天比一天丰润。我们也没有疏忽了刺柏和枣树,和我们自己种植的丛花。和他们一起分享清凉的雨和美好的阳光,若夜间有月光,我们就在无数柔和影子中间静坐,祈祷,做梦,枝叶上的水滴或熟透了的枣有时候从梦中飘落在地上,我们的梦却做得长,没有尽头的长,一直到月亮轻轻隐没下去的时候,或者说,一直到那一天,许多人都经历过那一天，有两辆车停在你的门外，然后和他们一起走了，对门里的人说了再见，好像还有回去的日子……

我也曾亲自到这美丽的一隅去过，的确如文中所说，有意外的安静。而诗里所称赞的海棠、丁香、雨滴、影子，是不是就是这里呢？YC一定就是PH哪，我可以证明的了，那个靠在佛殿西首独成院落的小房子有多好的阳光，冬天也是可爱，我看墙上的画像，看那些排列得很整齐的书，听着PH朗朗的笑，南星的尖声而柔和的话，或者，也许是真的，那时的日子竟是最可怀恋的了。

在这以前，南星还有一时期住在AC学校，一个天真贵族的私立学校，我也在那里做过三年事。南星的宿舍是比较阴沉的，而外面有一架很好的紫藤，他正适宜与那一群小孩子活在一起。我知道PH是时时去，他常替南星改作文，于是南星的学生也变成他的学生一样，叫出一个名字，他总是很清楚地知道。我的生活辗转着，我们有距离，我不大到南星房里去，恰好分在两个部分，竟是不大碰头。我忘记了PH是否已经入大学，好像还没有似的，于是觉得他们的日子比我更无愁。他还几乎是小孩子，有时吵着我请他看电影等等，没有这么远的别离，这些日子与事情真要忘记了，如今正连带着助人惆怅。PH的大学乃是适合着他的个性的大学，不像我们的学校，老旧，困穷，连一点绚烂的色彩都没有。他高兴于他的际遇，他幸福着，跑到许多地方去旅行，我到现在还有一幅他的相片，是摄于一塞外古城之车站的。而我正在那古城教书，在一种叫作《绿洲》的小刊物上他发表着旅行中写给妹妹敬子的信，譬如我还记得在云冈，说是洞里太黑，一定要带电筒，就用电筒来量石佛吧，那只脚一共是二十六电筒呢。他自然写得比我风趣得多，我从心里羡慕而钦佩他，因为在这种逸致之外，他未尝不写信给我讨论着严肃的人生问题，讨论职业，讨论婚姻，也很有见识地批评那时的学生运动。他有梦想，有美丽的诱惑，不像我这未老先衰，拘泥胆小。可是，我想也是这样一点动力，使得他不能不飘然远去，任母亲为思念他而死，葬在永远连月光都没有的荒原；任父亲伛偻着奔走衣食，自己认着是命运；任弟弟娶了亲，虽然他离家时还是刚进初中的小孩子；任妹妹嫁了，而且渐渐要做孩子的母亲。更有，他的梦想也任天外飞来的声音震毁，他有了不见得十分舒适但一定是满意的家，更一定有了新的朋友，于是任我们为他临风惆怅，永久的，永久的，直到他回来那么永久的。……

> 每一天多少次说着，
> 那个最亲切的名字，
> 来了，来了，近在门外的，
> 熟悉的声音像往日一样。
> 因为在这儿看守着我，
> 过了多年如同一日的，
> 是负载着那个名字的，
> 纸页，书籍，和不褪色的图画。
> ——《失落》（《寄花溪》之一）

相去日已远，事情已经够人流一点眼泪，更不用说读着这些幽忧的诗篇，而诗篇之中又似处处都为我所了解。所以我现在不必说南星的诗作得如何好，而只是把我读过以后的感想写出来已经够了。

三十三年春，又是丁香欲放时。

注:《寄花溪》诗一册,不久可以出版,乃北京诗人南星所写,南星之诗及散文,在文坛早有定评,不必我来捧场也。

果厂附志

南星
作品全集

后记

寻找南星

吴佳骏

　　数年前,一个微雨沾衣的薄暮,不知何故,我的心中老感觉被一团愁思淤塞着。为遣怀,索性从书架上抽出一本书,胡乱地翻看起来。书名《红楼旧影》,作者张中行。谁曾想,书刚打开,我的目光就被其中一篇文章给吸引住了,此文标题叫《诗人南星》。那时,我并不知晓南星是谁,但依据张中行先生的生动描述,使我顿时喜欢上了他笔下这位充满"书呆子气"和"孩子气"的人。特别是张中行先生在文中讲到的趣事,更是让我觉得这个老头子真是太可爱了。

　　不仅如此,张中行先生还以肺腑之言,夸赞南星除了诗和散文写得好,翻译也厉害,说他的文笔词句清丽,情致缠绵,常使人想到庾子山和晏几道;译笔却婉约流利,如其翻译的《吉辛随笔》《呼啸山庄》,他都爱读。而且,张中行先生还借张华对陆机的评价来评价南星,说他要么是患才多,要么是患诗情太多,以至于世情太少,在文学上应该建树的竟没有建树,至少是没有建树到应有的高度。张中行先生说:"我常常想到他,但不敢自信能够完全理解他。有些人惯于从表面看他,冲动,孩气,近于不达时务。其实,南星之为南星,也许正在于此。我个人生于世俗,不脱世俗,虽然也有些幻想,知道诗情琴韵之价值,但是等于坐井中而梦想天上,实在是望道而未之见。南星则不然,而是生于世俗,不黏着于世俗,不只用笔写诗,而且用生活写诗,换句话说,是经常生活在诗境中。"

读罢此文,我掩卷沉思良久,心中的愁云似乎也淡了些。

当天夜里,我便上网搜索南星的作品,想一睹风采。可惜网上几乎没有,只零星找到他的几首诗作和几篇散文。给我印象最深的,是一篇《来客》,写黑夜里的小虫子对一个寂寞灵魂的造访。短短千余字短文,无论语感和才情,还是格调和意境,都堪称上乘。

那晚之后,我一直惦念着南星这个名字,也被他那几篇短文佳构所折服。我思忖着,如何才能找到更多的南星作品来拜读,但他的作品委实太难找了。我曾问过几位供职高校的中文系教授,熟不熟悉南星这位作家,他们都说不甚了解。只有其中一位,说南星好像是沦陷区作家,至于他的作品,却从未读过。我只好四处搜索资料,方才知道南星是张中行先生在北大求学时的同窗,还跟辛笛、金克木等先生交往过密。按图索骥,我进一步知道南星生于1910年,卒于1996年。原名杜文成,曾用笔名林栖,河北怀柔人,曾先后任教于北京孔德学校、贵州大学,1950年执教于国际关系学院英语系。著有散文集《蠹鱼集》《松堂集》《甘雨胡同六号》;诗集《石像辞》《离失集》《三月·四月·五月》《春怨集》;译著有《一知半解》（温源宁著）《清流传》（辜鸿铭著）《尼古拉斯·尼克尔贝》（狄更斯著，合译）。

搞清楚南星的基本情况后，我多少生出几分喜悦，以为按照其简介中罗列的书目，便可逐一查寻。谁料，南星生前出版的所有著作，在他逝世后几无再版。而他已出的原版书籍，若不是已被图书馆收藏，也已被打入资料室的暗阁了。我的心不免惆怅起来，从此寻找南星书籍的信心也随之减弱，但仍会时不时地将在网上搜索到的那几篇南星写的散文调出来品读，享受一种难得的阅读之美。

很长一段时间过去，就在我都淡忘了还要继续去寻找南星书籍这件事的时候，一次我在电话里跟林贤治老师聊文学，他无意中提到一本书，说那本书写得好，书名叫《甘雨胡同六号》，建议我也去找来读读。我心里一惊，问他是不是南星写的那本《甘雨胡同六号》，林老师说没错。挂断电话，我立刻去网上搜索，结果发现海豚出版社在2010年8月再版了此书，由陈子善先生编选。我赓即下单，网购了一本。展读之下，竟是那样的爱不释手。这册只有一百余页的小书，我不知读过多少遍，越读越明白什么才是好散文。于是乎，我寻找南星书籍的激情再度爆发。

我首先联系上陈子善先生，希望能从他那里获得关于南星的更多信息，但陈子善先生告诉我，他当时也只是受邀参与了海豚出版社策划的"海豚书馆"这个项目，编选了南星这本散文小集，还增补了南星二十世纪三、四十年代创作的一些集外散文和评论。至于南星其他著作，他手里也没有。后来我查资料，发现藏书家姜德明先生也写过三篇关于南星及其著作的文章。我又赶紧联系上姜德明先生，他告诉我，说自己确曾有过南星的几本著作，但因家中藏书太多，恐一时难以找到。而且，他的许多藏书，都移交给中国现代文学馆了。

那段时日，我都沉浸在寻找南星书籍的状态中。我按姜德明先生提供的线索，委托当时还在中国现代文学馆供职的青年学者宋嵩，请他代劳检索一下馆藏，看是否有南星的著作。在他的帮助下，竟检索到一本《蠹鱼集》，署名林栖。一周之后，他便将此书的扫描件传给了我。或许是机缘所致，这之后不久，我又在一家旧书店见到了南星的散文集《松堂集》。书已残破不堪，店主标售价却要上万元，令人咋舌。后经我与书店老板反复磋商，仍付出不菲的价钱，对方才同意用手机将全书内容拍照予我。

许多事情都是这样，不顺则诸事不顺，一顺则诸事皆顺。又一日，我竟然从另一位书店老板手中购得南星的诗集《石像辞》和《离失集》影印本，以及另一本诗集《三月·四月·五月》的原发刊物扫描件，包括作者未收入任何集子的数篇散文和数首诗作，这让我喜出望外。至此，除南星的集句诗集《春怨集》和翻译作品外，他的原创诗作和散文，我都收集齐全了。

翻阅、检视之下，我萌生了一个想法，干脆将我收集到的南星著作，加上再版的《甘雨胡同六号》一起，合编成一本书，专供自己阅读和珍藏。我是一个雷厉风行之人。大概有半年时间，我停止了自己的创作，每天入夜之后，都安静而专注地坐在书桌前，将南星的著作逐字逐句地录入电脑，进行编校。待编校完毕，又特请我一个开印刷厂的朋友装订了数册。拿到书的当天，我的心情久久不能平静，比自己出版了书籍还要感到欣慰。

第二天，我给林贤治老师打电话，告知此事，还快递了一本书给他。林老师收到南星的书并翻阅后，也给我打来电话，他说："像南星这样优秀的散文作家，却鲜有人提及，真是被埋没了。"我们在电话中交流了许久，聊到最后，林老师说："不如将你编订的这本南星诗文集想办法公开出版了吧。"我说："倘若能公开出版,那是最好不过的事情。"我知道林老师从不信口开河,他的口中没有戏言。俄顷,林老师说:"那不妨先在花城出版社申报选题试试。"

事情商定之后,我将南星的诗文集重新进行了编订,增加了一个附录部分,收入数篇他人写南星的文章,以增进读者对南星其人其文的了解。同时,我还特意将张中行先生写的那篇《诗人南星》当作序言,以使读者能够从中体察到一个"隐士文人"的内心情愫和人格魅力。

林贤治老师是个文学眼光独到的人,做事严谨务实,且心怀公心。他收到我编订的书稿后,随即嘱托同事邹蔚昀女士担任该书责编,负责选题申报及相关事宜。没过多久,选题即获通过。我得知消息后,很替南星先生感到高兴,也期待着他的这本诗文集能够早日问世。

然而,让我没想到的是,近年来,出版社对作家作品的版权要求甚严,社里希望我能联系到南星的后人授权,否则,该书将很难出版。我一下子懵了,人海茫茫,该到何处去寻找南星的后人呢?但事情做到这一步,我不想就此放弃,只能迎难而上,利用各种渠道打听南星后人的下落。我最先想到的,仍是找陈子善先生,问他是如何处理《甘雨胡同六号》一书的版权问题。可陈老师告之我,当时是出版社统一代理的版权,具体情况他不得而知。我又按照《甘雨胡同六号》版权页上标注的信息,向出版社去电联系该书责编,可出版社告诉我该书责编早已离职,且该书出版将近十年,他们也不清楚当年的操作情况。继而,我又联系到中国作协创联部,看他们可否提供有效信息,但对南星那个时期的作家资料,他们表示无力查寻。我左思右想,脑海里突然跳出另一个人来——已故诗人辛笛的女儿王圣思。因我在查寻南星资料时,曾读到一篇文章

《情系甘雨胡同六号》（此文原载《收获》2009年2期），作者在文中回顾了南星当年与辛笛的交往，以及书信往来。"甘雨胡同"即是辛笛和南星过去居住的地方，南星以此作为书名，想必也是对那段生活和友情的纪念。想到这，我当即跟《收获》杂志副主编王彪先生联系，请他提供王圣思女士的电话。可王彪先生告知我，当年责编王圣思文章的编辑已退休，他替我问过这个责编，也没有保留王圣思的电话。但可喜的是，这位责编提供了《收获》杂志老主编靳以的女儿章洁思的电话，说王圣思跟章洁思的关系密切，让我去找她。通过章洁思女士，我终于联系上了王圣思，可她说虽然南星跟她父亲私交甚笃，但她本人并不知道南星后人的去处。不过，王圣思女士对我编订南星的书籍非常支持，还提供给我一些辛笛和南星之间颇有文献价值的资料，这也算是意外的收获吧。

一晃两年过去。在此期间，我虽从未动摇寻找南星后人的决心，但也曾几度灰心，觉得要找到这个毫无线索的授权人，犹如大海捞针。好在林贤治老师多次给我打气，让我坚持找寻，切莫泄气，再多想想办法。2020年春，我得知专门从事现当代诗歌研究的学者，现供职于四川大学的刘福春先生，曾跟南星生前有过书信往来，便辗转找到他问询南星后人的情况，可刘福春先生也说对南星的后人毫不知情。后来，记不清是谁告诉我，让我联系下"中国文字著作权协会"，说他们可以代理版权。待我跟他们联系上后，他们表示的确可以代理版权之事，并传给我一份表格，让按要求填好后传给他们。我将表格转给责编邹蔚昀女士，由她填表后回返。但遗憾的是，由于他们代收的作者稿费标准和代理费用偏高，出版社无力承担，此事只好作罢。

历经种种艰难曲折后，我揣测南星的诗文集怕是再难出版了。在这个世界上，好作家和好文章都终归是寂寞的。好在南星生前本就是一个不喜热闹的作家，晚年更是隐居乡野，远离文坛，以至于有编辑找他约稿，他一律婉拒说："我已经久不问文事了。"我想，跟南星同时代的许多作家，才华未必如他，却早已是著作等身，书籍一版再版，标榜者盈门，被后人追星般热捧，唯独南星的书籍却籍籍无名，连知道的人都很少，真是生亦寂寞，死亦寂寞。这对一个优秀的作家来说，是不公平的。

2021年新春刚过，一天子夜，我又独坐书房，捧起自印的南星书籍来赏读，心中颇多不安。我是多么期望他的这本诗文集能够面世，以此来纪念一个被文学史家所遗漏和被势利的文坛所遗忘的优秀作家。翌日上午，我抱着孤注一掷的心态，再次致电海豚出版社总编室，恳请他们将《甘雨胡同六号》一书的再版合同找出来，看看上面的授权人是谁。接听我电话的是一位名叫朱敬利的女士，我很庆幸遇到她。她听我说明意图，再加上我的诚心，答应去跟社长汇报此事，让我等待消息。一个礼拜之后，我复又致电朱敬利女士，不料她竟征得社长同意，找出了那份合同。合同上的授权人名叫杜若京，我心中一亮，预感此人定是南星的后人无疑，因为南星的原名叫杜文成。按照朱敬利女士提供给我的座机号，我迫不及待地拨打电话，渴望顺利联系上杜若京。可此电话一直打不进去，任何时候拨打都是一片忙音。我的心情再次变得低沉。由于这份合同签署多年，谁也不清楚杜若京现今的情况，是换了新电话号码，还是别有原因？好在朱敬利女士心善，还告诉了我合同上留的杜若京住址，我反复琢磨，决定委托在中国作家出版社供职的青年作家朋友周李立，冒昧请她按照住址驱车上门拜访。此行为虽然唐突，但实属无奈之举。要是这样仍找不到杜若京，那此事我就彻底无望了。

幸运的是，李立前去敲门，开门的正是杜若京先生本人，他是南星的第五个孩子。李立倍感欣喜，当即拨通我的电话，让我在手机里跟杜若京先生通了话。我没想到杜老先生是个古道热肠之人，他为我替南星所做的一切，深表谢忱。几天之后，杜若京先生便寄来了出版南星著作的授权书，还附带捎来几十张南星不同时期的生活照片，以及他从南星日记本上誊抄的几十首未曾公开发表的旧体诗。

我收到授权书当日，便将此喜讯告知了林贤治老师，他甚是感动。林老师说："你编了一本好书，也做了一件好事，这是在拯救一个文学史上的失踪者。"可我知道，当初若不是他主动提出公开出版此书，也不会有我的最终坚持。我原以为，只要拿到授权书，就可以顺利出书了。可世事多变，因此前通过的选题逾期太久，按规定，须重新申报选题。或许是南星已离世，几乎被世人所忘，在选题会上，有人忧心出版一个如此冷寂的作家著作，是否会有读者，因而提出异议。在出版业普遍不景气的当下，有此顾虑，实属正常。会后，林老师亲自去找社领导沟通，讲述出版南星诗文集的意义。社领导深表认同，随即决定出版。林老师打来电话，不仅将此事告知我，还说："无论是南星诗文的美学价值，还是南星的人格操守，都是稀有的。身为出版人，理应有责任和道义出版这样的作品。"更是让我感动不已。

在此期间，又因责编邹蔚昀女士离职，书稿只得交给另一位编辑张旬接手。好在，虽历经重重困难，《寂寞的灵魂——南星作品全集》到底还是跟读者朋友们见面了，为此，我的心可以无愧了。

感谢为此书的出版给予过帮助的所有人，是我们共同的努力，才使这位现代作家的好诗文得以重现风华！